Christina Auerswald

Magdalenes Geheimnis

Christina Auerswald

Magdalenes Geheimnis

Historischer Roman

mitteldeutscher verlag

1. Kapitel

Auch in dieser Nacht träumte Magdalene den alten Traum. Deutlich stand Jeans Gestalt vor ihr. Es war dasselbe Bild, das sie schon oft genarrt hatte: Sie sah, wie Jean den Pfad zu ihrer Hütte heraufkam, er hatte die Mundwinkel im Lächeln auseinandergezogen und winkte. Er winkte dem Mädchen in der Tür. Das war Magdalenes Gestalt, Magdalenes Körper, aber er winkte nicht ihr. Er winkte der anderen Frau, die er in ihr sah. Sein langes Haar wehte im Wind, sein verschlissener Mantel flog, er sprang über einen Stein. Die Kiesel spritzten unter seinem Schuh zur Seite; er kam näher, breitete die Arme aus und zog diese Frau an sich, die Magdalene war und die sie doch nicht sein konnte.

*

Am frühen Abend des 8. Juni 1690, einem Donnerstag, sprach Magdalene Bertram das erste Mal seit elf Monaten mit ihrer Freundin Sybille. Sie trafen sich zufällig, als das Mädchen vor die Haustür ihres Onkels in die Märkerstraße trat, um das dreckige Wischwasser auszukippen. Magdalene holte Schwung und schüttete es in einem hohen Bogen quer über die Straße. Die glitzernden Tropfen standen für einen Augenblick als silberner Bogen in der Luft und erloschen auf dem Boden. Magdalene streckte sich, um den Rücken geradezubiegen, und stellte den Holzeimer neben sich ab. Sie schaute sich um. Der Tag musste herrlich gewesen sein, denn auf dem gepflasterten Mittelstreifen der Straße lag noch der warme Glanz der Abendsonne, deren letzte Strahlen gerade über das Dach der gegenüberliegenden Akademie lugten. Ein spätes Fuhrwerk ratterte über die Steine, der Kutscher knallte die Peitsche, um das Pferd in seinem müden Trott noch das kurze Stück bis zum halleschen Marktplatz zu bewegen. Ein paar Hunde stießen auf der Suche nach Abfall ihre Schnauzen in den Staub. Fußgänger strebten der Ulrichskirche zu, die zwei Gassen hinter dem Haus der Familie Bertram steil aus dem Häusermeer aufragte, gut gekleidete Bürger auf dem Weg zur Abendandacht. In der Luft wogte ein Rest der Sonnenwärme dieses Tages. Magdalene wischte sich den Schweiß von der Stirn.

»He, Lene!« Ihre Freundin Sybille näherte sich. Sie war einer der Menschen, die immer zu lachen schienen. Von ihren schweren Pflichten im Haus gegenüber, der Ritterakademie, wirkte sie kaum gedrückt. Sybilles Kleid strahlte hell, als wäre es nicht grob und für die Arbeit gemacht. Sie trug einen Gemüsekorb über dem Arm, darin schleppte sie drei schwere Kohlköpfe. Den Korb schwenkte sie, als wären es Wollknäuel, und rief: »Wie schön, dich wiederzusehen! Es sieht alles aus wie früher. An deiner Arbeit hat sich nichts geändert, oder? Lässt sie dich immer noch wischen?«

Magdalene seufzte. »Das dritte Mal diese Woche. Sie macht ein Drama um diesen Fußboden, dabei ist er nur da, um drauf rumzutrampeln.«

Sybille streifte die Haube ab, und ihre rotblonden Locken quollen über die Schultern. Sie strich darüber, schlang die leuchtende Flut um die Hand und stopfte sie unter das grob gewebte Leinen. »Man sagt, du hast ganz schön was hinter dir.«

Magdalene nickte ernst.

Die Freundin zog die Stirne kraus und fragte flüsternd: »Und was hast du erlebt? Erzähl!«

»Tut mir leid, darüber kann ich nicht reden.« Magdalene verschränkte die Arme vor der Brust.

Sybille hob die Brauen: »Soso.« Sie spitzte den Mund. »Ein Kind hast du gekriegt, sagen die Leute. Hast du nicht eine Menge Ärger? Haben sie dich nicht bestraft? Auf jeden Fall wirst du jetzt schnell verheiratet werden. Das ist Strafe genug.«

Ehe sie weitersprechen konnte, knarrte hinter den Mädchen die Haustür. »Lene, ab ins Haus«, stach Tante Dorotheas

Stimme zwischen die beiden. Bedauernd zuckte Sybille die Schultern und beugte sich über ihren Korb. Magdalene wandte sich ihrem Zuhause zu. Hier war sie auch nicht viel mehr als eine Magd.

Tante Dorothea hatte tagsüber die Verantwortung für Magdalene zu tragen. Das war schon früher so gewesen. Sie erzog das Mädchen zu dem, was sie für rechtschaffen, nützlich und sittlich hielt. Die Tante musterte Magdalene von oben bis unten. »Du wirst niemals eine brave Ehefrau, wenn du dermaßen nachlässig bist«, schimpfte sie. »Geh hinein und wische weiter, der Boden ist noch nicht richtig sauber!«

Die Tante war durch und durch flachsblond, ihre bleiche Haut, das Haar und ihre gelbliche Haube schienen in eins verschmolzen. Ihre knochigen Hände konnten kräftig zupacken. Zu alledem war sie lang und dürr und überragte ihren Mann um einige Zoll. Magdalene hob das Kinn und konnte ein Grinsen nicht verhindern. Tante Dorotheas Nase vibrierte vor Ärger dermaßen, dass der Tropfen, der ständig daran hing, ins Schaukeln geriet. Das Lächeln brachte dem Mädchen eine Kopfnuss ein, während es an der Tante vorüberschlüpfte.

Im Hof schöpfte Magdalene frisches Wasser in den Eimer. »Du wirst niemals eine brave Ehefrau«, äffte sie ihre Tante nach und verdrehte die Augen. Sie seufzte und wandte sich erneut der Arbeit zu.

Wie schon den halben Nachmittag glitt der löchrige Haderlumpen gleichmäßig über den Steinboden. Es war ein polierter Boden aus schwarzen und weißen Platten. Der Onkel hatte ihn erst vor zwei Jahren legen lassen. Magdalene wusste, dass er damit vor den Besuchern protzen wollte. Die Steinplatten lagen im Muster wie ein Schachbrett, das sah tatsächlich edel aus. Magdalene lag auf den Knien und biss die Zähne zusammen. Sie hatte die Ärmel aufgekrempelt und den Rocksaum in den Bund gesteckt, damit ihr Kleid nicht nass wurde.

Die Tante gab ihr Kontrollamt auf und stieg mit festem Schritt nach oben. Das Mädchen atmete durch und richtete sich auf. Kein Mensch würde sehen, ob sie jetzt noch länger über die Steine fuhr. Magdalene wrang den Hader aus, bis der mürbe Stoff riss. Wie den vorigen, trug sie auch diesen Eimer zur Haustür und schüttete das Wasser in hohem Bogen auf die Straße.

Sybille war nicht mehr zu entdecken.

Vor der Tür streckte sich Magdalene und krempelte die Ärmel herunter. Nachdenklich lehnte sie sich an die Hauswand. Die letzten abendlichen Sonnenstrahlen ruhten auf dem Gesicht der Siebzehnjährigen. Sie seufzte und wandte sich zurück zur Haustür.

Es war Zeit für das Abendessen. Die Familie aß erst in der Abenddämmerung und die hatte heute, gemessen am Hunger, viel zu lange auf sich warten lassen. Magdalene und die alte Magd Anna trugen das Essen über die breite Treppe mit dem gedrechselten Geländer hinauf in den ersten Stock. Gegessen wurde oben in der guten Stube. Unten, neben dem Eingang, lag zur Linken die Küche, zur Rechten die Bibliothek von Magdalenes Onkel Conrad. Er arbeitete in diesem Raum, da kamen die Besucher hin. Das Geschäft musste vorn am Eingang seinen Platz haben. Deshalb schleppten die

Frauen, was es an Essen gab, jeden Tag hinauf in den ersten Stock.

Magdalene hielt die heiße Schüssel mit der nach Thymian duftenden Wurstsuppe in beiden Händen. Anna hinter ihr trug das runde Brot auf einem Brett und das breite Messer. Conrad Bertram trug kein Messer am Gürtel, wie es noch sein Vater und sein Großvater getan hatten. Das sei primitiv, sagte er. Wenn er eins brauchte, ließ er sich eins bringen.

Die Familie Bertram wartete. Conrad Bertram thronte auf seinem gewohnten Platz an der Stirnseite des schweren eichenen Tisches. Neben ihm, zu seiner Rechten, saß seine Frau. Ihre drei Kinder verharrten still und diszipliniert, wie sich das für die Erben einer wichtigen Familie gehörte, der zehnjährige Friedrich, flachsblonder hoffnungsvoller Sohn und Träger der Bertramschen Tradition, zur Linken des Vaters, Elisabeth, vierzehn, und Katharina, sieben Jahre alt, am Ende des Tisches links und rechts von Magdalene. Die Kinder einschließlich Magdalenes wurden während der Mahlzeiten alle gleich behandelt. Sie erhielten alle gleich viel zu essen, wurden gleichermaßen für Störungen bestraft.

Alle waren hier, die ganze Familie.

Nur Hans nicht.

Das Zeitmaß eines Essens bestimmte sich nach Conrad Bertrams Einsatz. Er war der Taktgeber in der Musik der Mahlzeiten. Sie begann, wenn er das Messer hob und das Brot schnitt. Anderswo schnitt sich jeder selbst sein Brot. Hier war es dem Hausherrn wichtig, seine Autorität im Kleinen zu beweisen; er allein schnitt das duftende Backwerk. Er hielt das Messer in seiner Linken und teilte das Brot nach einem bestimmten Maß zu. Er säbelte sich zwei große Scheiben von dem scharf gebackenen, krustigen Laib, die zweite erst, wenn die erste aufgegessen war, als würde er genießen, dass alle am Tisch ihm beim Abschneiden mit großen Augen zusahen. Das Brot wurde direkt in der Bertramschen Küche gebacken, es war schwer und dunkel und fest, damit es schön sättigte. Tante Dorotheas Scheibe war ebenso dick wie die ihres Mannes, die nächste erhielt der Sohn. Die drei Mädchen bekamen ein mageres Brotstück, durch das man hindurchsehen konnte.

Seit vier Wochen saß Magdalene wieder jeden Tag hier. Seit dem 9. Mai hatte sie jeden Tag zu essen, ein warmes Bett und ein dichtes Dach über dem Kopf. Sie tat vom folgenden Tag an wie früher ihre Pflicht in diesem Haus, nachdem sie für ihr Kind eine Kiste zum Schlafen beschafft und es zum ersten Mal richtig gewickelt hatte. Am Nachmittag des 10. Mai ging der Onkel mit ihr zur Ulrichskirche. Es war ein kurzes Stück Weg von seinem Haus in der Großen Märkerstraße bis zur Kirche, trotzdem schnaufte er, weil er schnell ging, um von niemandem auf diesem Weg gesehen und angesprochen zu werden.

Conrad Bertram war ein betuchter Bürger, massig, dunkelblond und im besten Alter. Sein Haar war kurz geschoren, weil er draußen die große Perücke trug, ohne die ein Mann von Stand nichts galt. Rund wölbten sich die rosigen Wangen, unter ihnen der Ansatz von Doppelkinn. Den fein gewebten Stoff seines Rockes hatte Magdalene wie befohlen gut ausgebürstet. In seiner Rocktasche steckte ein hellblaues Tüchlein von der Farbe seiner Augen, das ihm vor seinen Klienten ein gewisses Maß an höfischer Gewandtheit verleihen sollte. Conrad Bertram galt als wichtiger Mann in der Stadt Halle. Er hatte ein achtjähriges Rechtsstudium in Jena und Wittenberg vorzuweisen, praktizierte als Jurist für ausgewählte Klienten und beriet den Vorstand der Ulrichskirche in gewissen Angelegenheiten. Sein Sinnen und Trachten ging dahin, ein noch wichtigerer Mann zu werden. Das Vorsteheramt in der Ulrichskirche war vakant und er hegte große Hoffnungen, erwählt zu werden, denn der Name Bertram besaß in Halle und in der Ulrichskirche einen guten Klang. Sein Vater Sixtus Bertram, Magdalenes Großvater, war Pfarrer in der Ulrichskirche und Schullehrer gewesen. Conrad Bertram atmete schwer, da er die Last seines Schmerbauches zu tragen hatte und auch sonst muskulös war, wie seine Frau es auszudrücken pflegte. Er ging langsam und geriet darüber schnell in Schweiß. Wie er sich bewegte, war auch sein Reden. Dafür nutzten die Leute allerdings das Wort »wohlüberlegt«. Seine Stimme tönte tief und flößte durch ihre Lautstärke Respekt ein, eine Fähigkeit, die seinem Beruf dienlicher war als zaghaft vorgebrachte Klugheit.

Der Onkel kannte den Pfarrer der Ulrichskirche gut, einen Amtsnachfolger seines eigenen Vaters. Er schob Magdalene vor sich her in die Kirche hinein, wo der Pfarrer wartete. Magdalene trug das Kind auf ihren Armen. Es war in ein weißes Tuch gewickelt und schlief friedlich.

Der Pfarrer waltete seines Amtes schnell und effizient. Er taufte den Kleinen auf den Namen Johannes Conrad Bertram.

Magdalene sah das Taufwasser über die kleine Stirn rinnen und dachte darüber nach, wo man den kleinen Hans getauft hätte, wenn sie nicht zurück nach Halle gegangen wäre.

Das Kind verschlief die Taufe. Wie auf dem Hinweg nahm Conrad Bertram seine Nichte schnell und unauffällig mit nach Hause. Dort stellte sie sich in die Küche zu Anna und begann ihre Arbeit. Das Kind blieb bei ihnen.

Es war in den vergangenen vier Wochen ihr Alltag geworden, in der Küche zu stehen oder im Haus diejenigen Arbeiten zu verrichten, für die Anna allmählich zu alt wurde. Magdalene verließ das Haus nicht. Vier Wochen lang wiegte sie sich in dem Glauben, sie wäre unsichtbar für alle Menschen und von den Nachbarn wüsste keiner, dass sie wieder da war. Das war, bei Lichte betrachtet, Unsinn. In einer Stadt wie Halle, mit zehntausend Einwohnern, konnte man nicht unbeachtet leben, erst recht nicht als Nichte eines bedeutenden Mannes. Es war Stadtgespräch, dass man Magdalene, o Wunder, nach mehr als einem Dreivierteljahr lebend wiedergefunden habe. Dass an der Sache einiges Rätselhafte war, machte sie erst richtig interessant.

Magdalene spürte es, als sie Anfang Juni das erste Mal sonntags mit den Bertrams in die Kirche gehen musste. Wenigstens waren ihr Gesicht wieder glatt, die Schwellung und das blaue Auge verschwunden. Sie sah die Blicke rings um sich aufflammen. Keiner sprach sie an, aber alle Leute beobachteten sie. Jeder malte sich bei ihrem Anblick aus, was geschehen sein mochte. Sie hatte den Hans zu Hause gelassen, trotzdem musterten die Nachbarn unverschämt ihre volle Brust und ihren Nacken hinter dem gesenkten Kopf, als wäre es nötig, sie darauf zu schlagen.

Als sie zu Hause war, stürzte sie in ihre Kammer und heulte eine Stunde lang, ohne das Kind zu beachten, das nach Nahrung schrie. Am Ende der Stunde wischte sie sich das Gesicht ab und wandte sich Hans zu. Es sollte so sein. Wenn sie es sowieso alle wussten, konnte sie ohne Scheu ihren Platz in der Stadt einnehmen.

Bei Tisch wurde nicht gesprochen. Kaum ein Ton war während der Mahlzeiten zu hören. Selten erhob einer der Erwachsenen die Stimme, und wenn, war das meist Conrad Bertram.

Heute war so ein Tag. Er blickte von seiner Schüssel auf und befahl: »Magdalene, ich erwarte dich nachher in meinem Arbeitszimmer.«

Den Gefallen, ihren Namen in seiner vollen Länge auszusprechen, tat Magdalene hier niemand. Sie nannten das Mädchen in diesem Haus Lene, wie früher als Kind, obwohl sie selbst Mutter war und ihr voller Name Magdalene Aurora Veronika Bertram lautete. Anna durfte Lenchen zu ihr sagen, sonst hatte sie niemandem gestattet, ihren Vornamen abzukürzen. Sie kämpfte mit sich, auf ein: »Lene!« zu antworten: »Ich bin alt genug und habe ein Anrecht auf meinen vollen Namen.« Aber sie wagte es nie.

Wenn der Onkel sich die Mühe machte, sie Magdalene zu nennen, musste es einen besonderen Anlass geben. Erst zwei Mal hatte er das bisher getan: das erste Mal, als er ihr vor neun Jahren mitteilte, dass er ihr Vormund geworden war, das zweite Mal, als er ihr die Nachricht vom Tod ihres

Bruders überbrachte. Nun hatte er wieder »Magdalene« gesagt.

Sie löffelte ihre Suppe eilig aus der Schüssel und wartete, bis alle anderen aufgegessen hatten. Gemeinsam mit Anna räumte sie ab, trug das Geschirr in die Küche und lauschte den Schritten des Onkels, der in seine Bibliothek ging. Sie wischte sich die Hände an der Schürze ab und folgte ihm hinüber, wo er vor seinem mächtigen Schreibtisch saß. Er wies mit der Hand auf den hölzernen Scherensessel, auf dem die Besucher platziert wurden. Sie hockte sich hin und fühlte sich gleich wie mit Eisenstiften festgenagelt, während der Onkel mit den Fingern auf seinem Tisch trommelte. Tante Dorothea tappte draußen vorbei und klinkte die Tür ein, als wüsste sie Bescheid. Magdalene blieb allein mit dem Onkel, er vor seinem Tisch, sie im leeren Raum, mit nichts vor sich als ihren gefalteten Händen auf der Schürze. Er hatte »Magdalene« gesagt.

Nun stand er auf und rieb sich die Hände. Es war wirklich nicht kalt hier. Er rieb sie mit einer selbstvergessenen Zufriedenheit und tat drei Schritte zu den Fenstern hin, die auf die Märkerstraße hinausgingen. Sein Haus besaß viele Fenster, drei zu jeder Seite der Tür und sieben in der Etage darüber. Er blieb vor dem mittleren der drei Fenster seines Zimmers stehen.

Er sagte noch einmal »Magdalene« und begann ein Klagelied, das sie zur Genüge kannte und das jedem Besucher vorgesungen wurde. Die Kosten für ein Mündel. Besonders für dieses Mündel, das ungezogen war. Die Nachsicht, die endlich sei, denn an den Umständen der schlechten Zeit könne es nicht mehr liegen, wo er sein Bestes getan habe, sie gottgefällig zu erziehen. Der Undank, zu verschwinden und nach einem Dreivierteljahr aufzutauchen, als sei nichts geschehen, obwohl der Kummer sie alle fast umgebracht habe. Und die Schande, die sie über sein Haus gebracht habe, seit sie eine Hure geworden wäre. Jetzt war er beim Kern der Sache.

Er hatte ihr dieses Schimpfwort nie ins Gesicht gesagt, nicht einmal, als er sie in ihrem verwahrlosten Zustand ankommen sah. Und nun nannte er sie eine Hure. Magdalene reckte sich. Sie war immer noch eine Bertram. Sie war keine Bettlerin oder Hausierersfrau, dass er so mit ihr umgehen durfte. Was die Leute redeten, wollte sie nicht wissen. Selbst wenn sie sich das Maul zerfetzten – was sie mit Sicherheit taten – hätten sie nicht gewagt, das Wort laut vor ihr auszusprechen.

Ihr Onkel tat es. Er wollte Magdalene demütig und schuldbewusst sehen. Er wusste, dass es sie treffen musste und kannte sie genug, um sicher zu sein, dass es an ihrem Gesicht trotzdem nicht abzulesen sein würde. Sie verstand, dass er etwas von ihr wollte, was er sonst nicht bekam. Etwas, für das er das Wort noch einmal wiederholte und noch einmal und noch einmal.

Der Scherensessel, auf dem Magdalene saß, knarrte. Er war aus schwerer dunkler Eiche und besaß ein geschnitztes Muster in der Rückenlehne. Sie kannte diesen Stuhl schon lange. Er stand früher in der Stube ihres Vaters, sie war darauf herumgeklettert, als sie klein war. Magdalene presste den Rücken gegen die Stuhllehne. Das Relief der Schnitzerei, ein verziertes Oval, drückte gegen ihr Rückgrat. Das stärkte sie: Ein Stück ihrer alten Familie war bei ihr, wenn auch nur ein lebloser Stuhl. Es war ein Stück aus der Zeit, als die Welt noch gerecht war und sie ein unschuldiges Kind.

Der Onkel brauchte lange, bis er mit seinem wirklichen Anliegen herausrückte. Er wischte mit dem hellblauen Tüchlein den Schweiß von seiner Stirne, ging vom Fenster zurück zur Tischkante, wippte auf den Fußspitzen und trommelte mit den Fingern auf dem Tisch. Er räusperte sich. Magdalene hielt den Blick sittsam gesenkt, um ihm zu zeigen, dass sie so weit war, Magdalene als gehorsames und stilles Mündel zwei Ellen unter seiner Nasenspitze. »Die Schande muss aus der Welt. Entweder du sagst mir auf der Stelle, wer dich verführt hat, damit wir Ordnung in dein Leben bringen können, oder ich werde dich in Kürze verheiraten.«

Nun schwieg er. Er wartete. Er ließ sich Zeit, das hatte sie ihm nicht zugetraut. Das Ganze war ihm unangenehm, der Schweiß auf seiner Stirne bewies es. Sein Schweigen konnte aber auch einen anderen Grund haben. Er hatte sein Pulver verschossen, seine Rede war wohlüberlegt, doch endlich, und es gab nichts mehr zu sagen.

Er konnte unmöglich erwarten, dass sie ihm einen Namen nannte. Magdalene war seit mehr als vier Wochen wieder bei ihnen, und all die Tage war es ihm nicht gelungen, ihr einen einzigen Kommentar zu der Zeit zu entlocken, in der sie das Mädchen für ertrunken hielten. Wenn sie dort hätte bleiben wollen, wo sie gewesen war, hätte sie ihren Onkel nicht gebraucht. Wenn sie den Vater ihres Kindes hätte haben wollen, hätte sie ihrem Onkel nur seinen Namen nennen müssen. Er hätte schon lange für Ordnung gesorgt.

Nein, kein Wort über diese Zeit verließ ihre Lippen. Das wusste der Onkel genau, er kannte sie gut genug. Also konnte er in Wirklichkeit nur eins im Sinn haben: das, was er ihr für den Fall androhte, dass sie schwieg.

»Was soll die lange Vorrede? Es ist doch schon abgemacht. An wen wollt Ihr mich verschachern?«

Die Ohrfeige tat nicht weh, da sie saß und er zur Seite abrutschte, so schnell, wie er den Schritt auf sie zu gemacht hatte. Magdalenes Gedächtnis arbeitete präzise, sie zitierte Lukas 16, Vers 15: »Ihr seid es, die sich selbst rechtfertigen vor den Menschen, Gott aber kennt Eure Herzen.« Das brachte ihn aus dem Konzept, schließlich kannte er die Bibel so gut wie auswendig. Er blieb im Abstand von zwei ganzen Stühlen vor Magdalene stehen. Knapp antwortete er, seine Augen funkelten. »Es ist der Händler Rehnikel, der unten am Tal wohnt.«

Ein Händler. Er achtete sonst sehr auf die Stellung der Familie. Magdalene war eine Bertram! Nie hätte sie für möglich gehalten, dass er sie derart unstandesgemäß verhökerte. »Er ist keiner von denen, die bei Wind und Wetter am Markt stehen müssen. Die Leute kommen zu ihm«, fügte er hinzu.

Magdalene platzte heraus: »Ich denke nicht daran, einen alten Mann zu heiraten!«

Damit erntete sie eine zweite Ohrfeige, die besser saß und ihr den Hinterkopf an die Stuhllehne schlug. Das Mädchen ließ nicht zu, dass der Onkel ihr den Schmerz ansah. Sie verschloss die Ohren vor der Rede, die ihr Onkel jetzt schwang, aber sie konnte nicht verhindern, dass die Worte: »Das ist mein Recht!« in ihr Hirn drangen. Er war der Vormund. Sie konnte nichts ändern. Er konnte sie verheiraten und würde es zweifellos tun, da er glaubte, mit einem gut untergebrachten Mündel dem Vorsteheramt näher zu sein.

Es war beschlossene Sache, sie sollte die Frau eines Händlers werden. Von nun an musste sie behutsam sein, denn was jetzt entschieden wurde, galt für ihr restliches Leben. »Da Ihr es so eilig habt«, fragte Magdalene den Onkel, »habt Ihr den Herrn sicher schon für morgen eingeladen.«

Er lächelte süßlich. »Für heute, Mädchen. Er kommt in einer Stunde.«

2. Kapitel

Als Magdalene mit dem Kleinen die Treppe herunterstieg, hörte sie im Haus schon eine fremde Stimme. Der Onkel stapfte die Stufen herauf und wandte sich zur guten Stube. Er trug ein Lächeln im Gesicht und ging, ohne Magdalene im Dunkel der oberen Treppe zu sehen, in den Raum. Hinter ihm erschien eine zweite Gestalt. Das war er also.

Herr Rehnikel hatte Magdalene erblickt. Er blieb am Fuß der Treppe stehen, bis sie hinuntergegangen war. Die ganze Zeit ruhte sein Blick auf ihr, gierig, wie es schien. Besonders fielen ihr seine Augen auf, runde, braune, feucht glänzende Augen wie Flusskiesel. Sie waren schwarz bewimpert und verliehen ihm ein gutmütiges Aussehen. Unvermittelt begriff sie, dass sie ihn schon einmal gesehen hatte: Ihr war ein Mann begegnet, als sie nach Halle heimkehrte, der hatte sie an der Salomo-Apotheke angesprochen. Er trug heute einen dunklen französischen Rock, ein wenig abgetragen und mit genauso einem albernen Tüchlein in der Rocktasche, wie ihr Onkel es besaß. Er war rundlich, alles an ihm war rundlich. Sein dicker Bauch wölbte sich, dass die Knöpfe in der Mitte seines Rocks abzuplatzen drohten. Die Beine, krumm wie türkische Säbel, steckten in eng anliegenden dunklen Kniebundhosen. Über dem flachen Kragen und dem doppelten Kinn leuchtete die Mondscheibe seines Gesichts. Auf der gewölbten Stirn lag eine zerdrückte Perücke mit weißen Locken; die Nase war knotig wie eine vom Baum gefallene, eingetrocknete Birne. Schweiß glänzte auf seiner blassen Stirn.

Er hob eine Augenbraue, die linke, und beugte den Kopf leicht. »Wie schön, Euch wiederzusehen«, hörte sie ihn in einem sanften Tonfall schmeicheln. Er verzog das Gesicht zu einem Lächeln, derart mild, dass sie in Versuchung geriet, ihn für ein wenig dümmlich zu halten. Dass es das nicht traf, merkte sie im gleichen Atemzug. Sein Blick folgte ihren Bewegungen genau.

Magdalene antwortete ausdruckslos: »Guten Tag«, genau mit der Menge Distanz, dass er es auf sein Süßholzgeraspel beziehen konnte. Er kam einen Schritt näher und hob die Hand, legte sie Hans auf die Wange und strich darüber.

Es gelang Magdalene nicht, ihre Abwehr zu verbergen. Er bemerkte ihre Bewegung rückwärts, musterte sie forschend und ging dennoch wieder zum Lächeln über. »Was für ein prachtvoller Knabe«, schmeichelte er. Sie hätte schwören können, dass er noch eine Portion Schmalz zugelegt hatte. Die Mondscheibe lächelte.

Schnell brachte Magdalene den Kleinen zu Anna in die Küche und stieg hinauf in den ersten Stock. Sie atmete tief, bevor sie die Klinke drückte. Es war nur noch Formsache, die Einzelheiten waren längst abgesprochen, sonst hätte Conrad Bertram sein Mündel noch nicht informiert. Immerhin war dieses Geschäft gut verborgen geblieben, dass sie bis zu dieser Stunde nichts davon geahnt hatte.

Herr Bertram stand an seinem Platz und goss Wein in drei Becher. Der Gast saß am Tisch, an der zweiten Stirnseite, dem Hausherrn gegenüber. Er saß auf dem Stuhl, der eigentlich Magdalenes war, einem schönen Holzstuhl mit einer geschnitzten Eule in der Lehne. Sie nahm einen Duft wahr, einen Duft nach Nelken mit einem Hauch Zimt und etwas anderem, das sie nicht kannte.

Herr Rehnikel lehnte sich locker an. Er lächelte, als wäre er zum Vergnügen hier. Magdalene kannte ihn noch nicht gut genug, sie konnte nicht herausbekommen, ob es seine Art war oder ob er sich über etwas lustig machte. In diesem Moment drehte sich Onkel Conrad zu ihr. Er nahm ihre Hand und zog sie näher zu sich. Er hatte gesiegt, er hatte seine widerspenstige Nichte dahin gebracht, wohin er sie haben wollte, glaubte er. So einfach würde sie es ihm nicht machen. Erst musste er noch ein bisschen Gift und Galle spucken.

Conrad Bertram verbreitete eine Rede, die wie Saalewasser nach der Schneeschmelze durch den Raum plätscherte. Er hielt

Magdalene weiter an der Hand. Dieser Rehnikel lächelte, aber er sah nicht Herrn Bertram an. Er betrachtete Magdalene. Man hätte meinen können, er lächelte ihr zu. Sie glaubte, ihn allmählich zu durchschauen. Hinter seinem Lächeln taxierte er. Natürlich, er war ein Händler, und Händler müssen schlau sein wie Füchse. Er taxierte ihre Hand, die des Onkels Hand nicht griff, sondern die Arbeit des Festhaltens ihm überließ. Er taxierte ihre Brust, die sich unter ihrem Atem gleichmäßig und langsam hob und senkte, aber nicht langsam genug, um so gelassen zu atmen, wie sie wollte. Er taxierte die kleine Erhebung unter ihrem Hemd, wo das Amulett hing, das er nicht sehen konnte und von dem Onkel und Tante nichts wissen sollten. Als Conrad Bertram schon so lange geredet hatte, dass alle drei Menschen im Raum knietief im Wasser seiner Rede standen, gab es eine Pause. Der Händler hatte seinen Einsatz verpasst.

Er stand extra auf, um zu reden. Er brauchte nicht viele Worte, um sein Anliegen vorzutragen. Er würde Magdalene jetzt fragen, ob sie bereit wäre, seine Frau zu werden, und sie musste darauf antworten. Zuerst redete er von seinem Witwerstand und von seinem Handel. Spezereien. Fünfundvierzig Jahre alt. Himmel hilf! Er hätte bequem Magdalenes Vater sein können!

»Die Ehe ist die einzig wahre Verkörperung der göttlichen Liebe auf Erden«, sprach er in würdigem Ton. Magdalene kaute noch an diesem Satz, da erläuterte er, dass er den Hans legitimieren wolle. Herr Rehnikel würde im Taufregister als Vater eingetragen. Hans würde Hans Rehnikel werden, er war für ein paar Taler kein Bankert mehr, er konnte später das Bürgerrecht bekommen. Ein äußerst verlockendes Angebot. Der Händler sollte als Magdalenes Verführer herhalten. Magdalene musste wider Willen schmunzeln. Ob das jemand glaubte? Endlich die Frage: »Wollt Ihr mein Eheweib werden, vor Gott und den Menschen?«

Magdalene ließ sich Zeit mit ihrer Antwort. Sie stand auf und sah Herrn Rehnikel in die Augen. Ausnahmsweise überlegte sie jedes einzelne Wort. Die beiden Männer schauten sie mit einem zufriedenen Lächeln an, als hörten sie schon ein demütiges Ja und sähen ein braves Nicken.

»Ich bin noch nicht einmal achtzehn Jahre alt«, antwortete Magdalene stattdessen, »und jedermann weiß, dass es Mädchen in diesem Alter an Verstand und Reife für solche schwerwiegenden Antworten gebricht. Seid so freundlich, lieber Onkel, und antwortet an meiner Stelle. Für die bisherigen Verhandlungen habt Ihr mich nicht gebraucht, was wollt Ihr Euch wegen meiner Zustimmung bemühen?«

Sie starrten Magdalene an, als hofften sie beide, das Mädchen würde zu lachen beginnen. Magdalene lachte nicht, sie setzte noch hinzu: »Bitte, lieber Onkel! In Sachen der göttlichen Liebe und ihrer Verkörperung auf Erden, meine ich, ist ein angehender Kirchenvorstand kompetenter als ich.«

Conrad Bertram sprang von seinem Stuhl auf. Die beiden Männer standen einen Augenblick starr. Dem Händler kerbte sich eine steile Falte zwischen die Brauen. Er ging einen Schritt rückwärts und lehnte sich an die Wand, als mache ihm sein Alter zu schaffen. Herr Bertram schniefte, in seinen Pupillen wuchs der Zorn. Er packte seine Nichte am Oberarm, murmelte, er müsse noch einmal mit ihr reden, und schob sie durch die Tür ins Treppenhaus.

Draußen entließ er seine Gesichtszüge aus der Gewalt, presste die Zähne aufeinander und knurrte. Magdalenes Knie wurden weich. Sie hatte ihm Gift und Galle entlocken wollen, doch die Gegenwart des Besuchers sollte eigentlich die Strafe ersparen. Ein Kloß versperrte ihre Kehle, der sie fast erstickte. Der Onkel knurrte weiter, er hielt sie am Kragen wie einen kleinen Dieb und bellte in ihr Gesicht. »Du undankbare, dumme Göre«, schnaubte er in ihre Ohren. »Du wirst noch alles verderben. Es hat mich Mühe gekostet, dieses Arrangement zustande zu bringen. Ich habe es satt, für deine Dummheiten geradezustehen!«

Es war kein Kloß, der ihre Kehle versperrte, da hatte sie sich geirrt. Es war Conrad Bertrams Hand, die ihren Kragen zusammenzog. Er schien nicht zu merken, dass er dabei war, ihr die Gurgel zuzuschnüren. Magdalene spannte alle Muskeln an, riss den Mund auf, schnappte nach Luft und brachte krächzend hervor: »Meine Mitgift! Sie ist groß genug!«

Der Onkel stieß ein böses Lachen aus. »Welche Mitgift? Glaubst du, dass die Sachen deines Vaters einen Pfifferling wert waren? Weißt du, was man nach der schrecklichen Pestzeit für ein Haus bekommen hat? Niemandem saß das Geld locker in der Tasche!« Er kniff die Augen zusammen und senkte den Tonfall. »Was glaubst du überhaupt, wie dein Leben aussehen soll, wenn du nicht heiratest? Willst du mir mit deinem Bankert lebenslänglich auf der Tasche liegen?«

Magdalene zuckte die Schultern, eine Antwort konnte sie ihm nicht geben. Dafür redete der Onkel weiter. Er kniff die Augen noch ein bisschen mehr zusammen. Er sprach leiser und betonte seine Worte einzeln.

»Weißt du, ich dachte, es kommt mal jemand und erkundigt sich danach, wie es dir geht. Irgendein Kerl muss das Kind ja gemacht haben. Kinderkriegen ist eine gefährliche Sache. Es hätte sein können, du stirbst dabei. Diesem Menschen, wer immer das war, scheint es gleich zu sein, ob du lebst oder tot bist und ob du sein Kind zur Welt gebracht hast oder nicht. Was meinst du, Lene?«

Er löste sich von der Wand und nahm seine Hand von Magdalenes Schulter. Die Knie knickten dem Mädchen wider Erwarten nicht ein. Magdalenes Augen füllten sich mit Tränen. Ihr Onkel hatte recht. Er hatte verdammt nochmal recht. Magdalene sah den Mann vor sich, der sich hätte erkundigen müssen, wenn es ihn interessiert hätte. Er wusste, wie sie hieß, er hätte bloß nach Halle hereinfahren und sich erkundigen müssen. Er hätte wenigstens fragen müssen, ob sein Kind lebte und sie auch. Aber einem Mörder war so etwas egal. Ihr Onkel hatte recht.

Sie senkte den Kopf. »Ich werde Herrn Rehnikel heiraten«, flüsterte sie. Sie blieb stehen und atmete. Die Abendsonne schien ungerührt durch das bunte Fensterglas, als wäre nicht eben eine neue Seite in ihrem Lebensbuch aufgeschlagen worden.

Der Händler stand einen Schritt von der Wand entfernt, als die beiden in die Stube zurückkehrten. Conrad Bertram lächelte freundlich, nur seine Unterlippe zitterte. Er bat den Mann, seine Frage zu wiederholen.

Herr Rehnikel lächelte nicht mehr. Er schwieg nachdenklich, im Raum lag die Luft schwer wie Blei. Er ging auf Magdalene zu, am Tisch vorbei, griff nach ihrer Hand und zog sie mit sich vor das mittlere der drei Fenster. Sie hielt den Kopf gesenkt, sie mochte ihm jetzt nicht ins Gesicht sehen. Unten auf der Straße liefen Menschen, alte und junge. Es waren Fußgänger, die vom Markt heimkehrten. Einer war dabei, der ging mit elastischen Schritten, das lange schwarze Haar wehte im Wind. Er ging, als käme er mit flatternden Mantelschößen einen Hügel hinauf, den Hügel zu einer Hütte. Es war niemand, den sie kannte. Es war irgendein Bauer, er zog einen Esel am Strick hinter sich her. Draußen dämmerte es. Niemand sah sich nach dem Mädchen am Fenster um, niemand schaute nach oben.

»Wollt Ihr mein Eheweib werden, vor Gott und den Menschen?« Magdalenes Blick blieb am Boden kleben. Nichts bleibt, wie es ist. Von dem Schwur, den jener Mann ihr geleistet hatte, war nichts mehr übrig. Es war der Schwur eines Mörders. Der galt nicht.

Sie atmete tief ein. »Es überrascht mich, dass es sich angehört hat, als hätte ich etwas gegen unsere Verbindung vorzubringen«, sie hob den Kopf und sah ihm gerade ins Gesicht, »diesen Eindruck hattet Ihr doch nicht, oder?«

Die Männer antworteten beide nicht. Der Onkel vier Schritte hinter ihr stieß ein warnendes Fauchen aus seinen Nasenflügeln. Der Händler schüttelte den Kopf.

»Nun«, fuhr sie fort, »das wäre auch nicht klug von mir gewesen.«

Conrad Bertram stand in ihrem Rücken, daher konnte er ihren Blick nicht sehen. Magdalene fixierte den Rehnikel. Sie schaute ihm direkt in die Augen. Herr Rehnikel senkte den Blick nicht vor ihr. Er bewegte sich nicht und blinzelte nicht, er erwiderte ihren Blick, bis sie das Zeitgefühl für dieses Schweigen verlor. Beide schwiegen so lange, bis es Magdalene als Erste nicht mehr aushielt. Sie öffnete den Mund, sie gab ihre Antwort: »Ich erkläre mich einverstanden.«

Sie sah in dem Augenblick, dass Herr Rehnikel den Atem angehalten hatte. Der Onkel schnaufte erleichtert. Er ging auf den Händler zu, schüttelte ihm die Hand und fing an, salbungsvoll zu reden.

Herr Rehnikel hob die Hand, Conrad Bertram schwieg augenblicklich. Magdalene sah, was er wollte. Der Händler zog ein Etui aus der Börse am Gürtel und öffnete es. Er ergriff ihre Rechte und steckte einen dünnen Ring auf den vierten Finger, golden mit einem kleinen roten Stein in der Mitte.

Magdalene konnte den Blick nicht von dem Schmuck wenden. Es war ein wunderschönes Stück, sie liebte es sofort. Herr Rehnikel tat das, was man bei Verlobungen üblicherweise tut. »Ich bin dein, du bist mein«, sprach er langsam die Formel, die die Kirche für die Gültigkeit verlangte. Sie warteten auf Magdalenes Antwort.

»Ich bin dein, du bist mein«, wiederholte sie diesem fremden Menschen ins Gesicht hinein. Es war ein Satz, der eher zum Mond und den Sternen gehörte als hierher. Eher war der

Mond ihrer als ein nach Nelken und Zimt riechender alter Mann. Der Onkel fasste sie bei den Schultern, als wollte er sie umarmen, aber er zog sie nicht näher heran. Er gratulierte ihr mit blumigen Worten, dabei galt seine Gratulation dem eigenen Geschäft. Der Händler indessen beobachtete Magdalene. Er folgte mit seinen Blicken jeder Bewegung ihrer Hand mit dem Ring am Finger.

Das Mädchen bekam einen der drei Becher. Die Männer tranken ihr zu. Sie nippte vorsichtig von dem sauren, unverdünnten Wein. Das kam in Tante Dorotheas sparsamem Haushalt nicht oft vor. Mit einem Schlag ergoss sich die Familie ins Zimmer. Sie mussten draußen gewartet haben und stürzten sich jetzt auf Magdalenes rechte Hand, schüttelten sie, die Mädchen betasteten neugierig den roten Stein an ihrem Ring. Conrad Bertram redete über alle Köpfe hinweg und zog Bilanz, was er in den letzten neun Jahren aus Magdalene habe machen können, von einem mageren Kind zu einer gesunden, stolzen Braut. Sie musterten Magdalene wie einen Affen bei den Gauklern.

Zum Glück trat Anna in die Tür. Sie kam auf das Mädchen zu und umarmte es, Tränen glänzten in ihren Augen. Magdalene war froh, dass sie sich an ihrer Amme festhalten konnte. Sie plauderten alle mit dem Rehnikel; das verschaffte ihr Gelegenheit, Anna nach dem Hans zu fragen. Er schlief.

Anna wünschte ihrem Lenchen Glück. Das Mädchen verkniff sich die bissige Antwort, die ihr auf der Zunge lag. Anna meinte, was sie sagte. Sie sagte, sie wünschte, Magdalenes Eltern und ihr Bruder könnten das erleben. Magdalene wünschte sich das nicht. Sie hätten es als Schande empfunden, ihre Tochter und Schwester an einen einfachen Händler verkauft zu sehen.

Tante Dorothea kam näher. Sie streckte Magdalene ihre rechte Hand entgegen, fing Magdalenes Rechte ein und schüttelte sie. Die Tante öffnete den Mund, blieb aber noch stumm. Einen Augenblick lang sah sie aus wie ein Fisch, weil sie sich mit offenem Mund von Magdalene wegwandte und erst dann, quer durch den Raum, dem Gast ihre Frage stellte. »Wann wird denn die Hochzeit stattfinden?«

Die Gespräche verstummten, sogar Magdalenes plappernde Basen waren augenblicklich still. Herr Rehnikel sah Conrad Bertram an und nickte ihm zu. Der richtete sich zu seiner vollen Größe auf. Er schwieg und genoss die Aufmerksamkeit einen Augenblick, bis er antwortete: »In einer Woche, am 15. Juni.«

Magdalene stieg nach oben in ihr Zimmer. Schon als Kind hatte sie hier oben gewohnt, direkt unterm Giebel, wo es im Winter eisig wurde und im Sommer so heiß, dass einem im Liegen der Schweiß von der Haut rann. Man konnte die Spatzen auf dem First tschilpen hören und die Mäuse an den Balken rascheln. Manchmal knackte es im Holz und zwischen den Schindeln. Der Raum besaß ein einziges kleines Giebelfenster, der Wind pfiff an den Dachbalken vorüber. Es war ihr Zuhause. Die Treppe war schmal und wackelig, und außer der Magd Anna kam niemand freiwillig hier hinauf. Magdalene verschränkte die Arme und ging leise, um den Hans nicht zu wecken, hinüber zum Spiegel, dem einzigen Luxus in ihrem Zimmer.

Auf ihre Schönheit war sie nicht stolz. An ihr gab es eine einzige Besonderheit, das war ihr Haar. Ansonsten war da nichts: ein kräftiger Wuchs, ein ovales, regelmäßiges Gesicht, große graue Augen, eine Haut von eher gelblichem Ton, zu dichte Brauen. Überhaupt fand sie ihr Gesicht zu grob, sich selbst derb und bäurisch. Doch auf das Haar war sie stolz. Es war dickes, kastanienbraunes Haar, unwillig gekraust und schwer in den Zopf zu bändigen. Seine Farbe unterschied sie deutlich von anderen Mädchen. Viele ringsum besaßen blondes Haar, was in jeder Schattierung zu sehen war, von einer Farbe wie Holzasche, wie Baumrinde, wie Lehmziegel, wie Straßenstaub. Manche hatten schwarzes oder schwarzbraunes Haar. Sehr wenige hatten feuerrotes Haar. Das war so gut wie alles. Dazwischen gab es ein einziges Mädchen mit Haaren in einer wirklich braunen Farbe, die nichts mit dem verwaschenen Dunkelblond zu tun hatte und nichts mit dem Schwarzbraun. Es war Magdalene mit ihrer Kastanienfarbe. Niemand, den sie kannte, hatte solches Haar, leuchtend braun und kräftig.

Seit sie denken konnte, trug Magdalene unterm Hemd an einem Lederband ihr Amulett, Annas Geschenk. Kein Zweifel, dieses Amulett war die Ursache dafür, dass Magdalene als Letzte ihrer Familie all die Schicksalsschläge überlebt hatte. Nur wusste sie nicht recht wozu. Der einzige Sinn in ihrem Leben war jetzt Hans. Es mochte sein, dass Gott sie bloß dazu ausersehen hatte, diesem Kind das Leben zu schenken. Sie streifte das Kleid ab und löste den Zopf, um ihr Haar zu kämmen.

Hans rührte sich. Er schlug die Augen auf, die wunderschönen dunklen Augen, ganz verträumt, und öffnete den Mund. Er besaß volle, rosige Lippen und wölbte sie suchend nach vorn. Magdalene hob ihn aus seinem Bett und hielt ihn auf dem Schoß. Er drehte den Kopf schon zur Seite, noch ehe sie das Hemd richtig gehoben hatte. Er trank genießerisch, in langen Zügen, und allmählich öffneten sich seine kleinen Fäuste. Seine Hände lagen weich auf Magdalenes Brust. Sein Gesicht war von einer bronzenen Färbung wie das seines Vaters, eine Spur dunkler als Magdalenes; man konnte das gerade noch als mütterliches Erbteil gelten lassen. Was bestimmt nicht von Magdalene stammen konnte, waren Hänschens dunkle Haare. Sie wuchsen vom ersten Tag an schnell und lockten sich allmählich. Sie strich gern über die feinen schwarzen Härchen seiner Brauen. Er besaß überall im Gesicht winzige Haare, sogar an den Ohrläppchen. Von Zeit zu Zeit kam es ihr vor, als schliefe er nicht, sondern hielte die Augen geschlossen, um das Streicheln besser zu genießen.

Magdalene hielt inne. Sie erinnerte sich, dass auch Hans' Vater Haare an den Ohrläppchen gehabt hatte. Über die strich ihr Finger manchmal, über die gleichen dunklen Härchen, fein und ganz dicht. Auch die Form der Ohren war die gleiche, lang und schmal. Es war inzwischen dämmrig in der Kammer unterm Giebel. Die letzten Zipfel des Tageslichts hingen in den Ästen der Apfelbäume. Sie öffnete den Mund und flüsterte über das Bettchen ihres Sohnes: »Jean Philippe Pasquale de Morin.« Das war sein voller Name. Es war der Name, den ihr Sohn niemals nennen würde, wenn er von seinem Vater sprach. Er würde später sagen: »Mein Vater ist Georg Rehnikel«, ohne zu wissen, was seine Mutter ihm vorenthielt. Seine Mutter würde ihm noch mehr verschweigen. Denn sie wollte niemals zu ihm sagen müssen: »Hans, du bist der Sohn eines Mörders.«

3. KAPITEL

Hans regte sich im Schlaf. Seine Hände zuckten. Diese Regung der kleinen, drallen Finger stach Magdalene ins Mark. Sie wusste nicht, warum Jean seine Frau umgebracht hatte. Sie wusste nicht einmal, wie er es getan hatte. Sie hatte gespürt, dass er hoffte, deren Gesicht zu sehen, wenn Magdalene sich zu ihm umdrehte. Bereute er den Mord? Hatte er gehofft, mithilfe von Magdalene seine schreckliche Tat vergessen zu können?

Magdalene streckte sich auf dem Bett aus, in Kleidern, so wie sie war. Sie schlief ein, die Müdigkeit steckte in jedem einzelnen Knochen. Wieder kehrte ihr Traum zurück, der Traum von Jean, der den steilen Weg von der Saale heraufkam und sie mit einem Lächeln fest im Blick hielt. An dieser Stelle erwachte das Mädchen jedes Mal, auch an diesem Abend, der der Abend ihrer Verlobung gewesen war.

Seufzend stand sie vom Bett auf und ging hinüber zur Fensternische, wo sie abends gern saß, wenn Hans schlief und die Hausarbeit getan war. Magdalene setzte sich auf den schmalen hölzernen Sims und lehnte ihren Rücken an den Fensterrahmen. Von dort aus schaute sie in den Garten hinab, hinter sich die leisen Atemzüge des Kleinen.

Draußen schwieg eine mondlose Nacht. Die Dächer der Stadt, die Bäume im Garten und die Mauern rings ums Geviert waren kaum zu erkennen. Sie konnte die kleinen, verschachtelten Gärten und Mäuerchen mit geschlossenen Augen sehen, das Muster der hellen und dunklen Backsteine in der einen und die Kerben im Lehm der anderen Mauer. Sie kannte jeden Apfel, der allmählich an den Bäumen ihres Blickfeldes wuchs. Sie kannte jedes Nachbarskind, das von den Mauern aus sehnsüchtig die Äpfel betrachtete. Wenn man die Tatsachen kennt, kann man sich ein Urteil darüber bilden, ob jemandem Recht widerfährt. Magdalene kannte keine Tatsachen. Sie wusste nichts weiter als das, was sie selbst erlebt hatte.

Sie musste mit aller Kraft den Gedanken von sich schieben, noch einmal nach Wettin zu reiten. Wie er wohl jetzt lebte? Allein wie früher, als sie noch nicht da gewesen war? Ob er es bedauerte, dass niemand mehr sein Essen kochte? War er froh, dass er das Kindergeschrei nicht ertragen musste? Ob er gesund war, ob es ihm überhaupt gut ging? Hatte er genug zu essen? Es machte sie wütend, dass er sich dasselbe zu ihr offensichtlich nicht fragte. Ihr Onkel hatte recht. Es interessierte Jean nicht, was Magdalene geschehen war, ihr und dem Kind, von dessen Geburt er nichts mehr erfahren hatte. Nein, er hatte nicht verdient, dass sie noch einen einzigen Gedanken an ihn verschwendete.

Manchmal brummte Anna in ihren Altweiberbart, Kinder seien eine schwere Last. Magdalene glaubte ihr nachts, wenn der Hans sie weckte und sie sich schnell, damit er nicht zu viel Lärm machte, über ihn beugte und ihn hochhob. Er besaß als Bett den Kasten, den sie tagsüber unter ihr eigenes Bett schob. Für ein zweites Bett, sei es noch so klein, wäre kein Raum gewesen. Die Truhe mit den Kleidern stand am Fußende, an der Wand hing der kleine Spiegel. Wenn der Kasten herausgezogen war und Hans schlief, hatte sie gerade noch Platz, die Tür einen Spaltbreit zu öffnen.

Es mochte sein, dass sie, wenn sie mit diesem Händler verheiratet war, besser lebte als bisher. Sie stellte sich ein großes, schönes Zimmer vor, in dem sie mit ihrem Kind wohnen konnte, etwa wie die Bibliothek ihres Onkels, mit einem Ofen und drei großen Fenstern und einem richtigen Schrank für die Kleider. Hans könnte ein großes Bett haben, sie müsste aufstehen und zu ihm gehen. Sie müsste sich nicht sorgen, dass der Kleine die anderen mit seinem Weinen weckte. Vielleicht gab es sogar eine Magd für die Hausfrau und sie müsste nicht, obwohl der Kleine sie nachts aus dem Schlaf gerissen hatte, beim ersten Hahnenschrei aufstehen. Der Gedanke an ihr neues Leben, das bald beginnen sollte, verlor ein wenig von seinem Schrecken.

Magdalene ging am Morgen hinunter in die Küche zu Anna. Sie trug Hans auf dem Arm, den behielten sie tagsüber bei sich in dem warmen Raum. Er brabbelte vor sich hin und fuchtelte mit den Ärmchen. Wenn er einen Ton zu weinen anfing, konnte gleich eine der beiden ihn herzen und wiegen.

»Ach, mein liebes Lenchen«, empfing Anna sie heute, »dass du schon in einer Woche weg sein wirst, ist unfassbar!« Sie wackelte mit dem Kopf und tupfte sich eine Träne aus dem Augenwinkel. Anna war eine erfahrene Amme und schon Magd im Haus ihrer Eltern gewesen, als Magdalene geboren wurde. In den letzten Jahren ergraute das Haar unter ihrer Haube, sie schlurfte behäbiger als früher und redete noch langsamer. Sie schniefte dauernd. Wenn sie redete, dann von früher. Immer war früher auch besser gewesen, das war schon in Magdalenes Kinderzeit so.

Magdalene sah sich um. Die enge Küche, die gemauerte Kochstelle, die Töpfe auf Borden und Stapel von Schüsseln, alles war ihr vertraut. Was sie dagegen in dem fremden Haus erwartete, wusste sie nicht. »Ich komme dich besuchen, ganz bestimmt.«

»So oft du kannst, ja?« Anna deutete mit dem Kinn auf den Kleinen. »Sie wachsen schnell. Du wirst sehen, es dauert nicht lange, bis er sich umdreht und du ihn nicht mehr alleine liegen lassen kannst.« Magdalene betrachtete das Kind, das sie mit offenen Augen ansah.

»Ach, es hat sein Gutes, dass alles schnell geht.« Anna seufzte. »Da kommt es noch in Ordnung.«

Magdalene schwieg, weil sie nicht recht verstand, was Anna meinte.

»Man hat allgemein gewusst, dass der Rehnikel ein seltsamer Kerl ist«, brummelte Anna weiter, »aber was er dir angetan hat, Kind, ist doch kaum zu glauben.«

»Was?« Magdalene war überrascht und begriff nicht gleich, was Anna damit sagen wollte.

»So ein Lüstling. Hält dich monatelang versteckt und tut sich gütlich an dir. Man hat gesehen, wie er dich zugerichtet hat. Du bist ihm abgehauen mit dem Kind, das war gut. Sonst hätte dein Onkel nichts für dich tun können. Er hat den Lüstling gezwungen, zu seiner Tat zu stehen! Der Herr Bertram ist ein guter Vormund!«

Magdalene blieb der Mund offen stehen. »Herr Rehnikel ist nicht schuld!«

Anna schüttelte den Kopf. Ihre Stirn legte sich in Falten. »Ist der nun Hänschens Vater oder nicht?«

Magdalene holte tief Luft. Was sollte sie ihrer gutherzigen Anna sagen? Dass Hans nicht Herrn Rehnikels Sohn war, sondern der Sohn eines Franzosen, eines Ketzers, eines Mörders?

»Doch, Georg Rehnikel ist Hänschens Vater.«

»Na siehst du. Also hat er auch alles andere verschuldet. Wie hat er zulassen können, dass du dermaßen abmagerst! Hat er dir nichts zu essen gegeben? Und deine Kleidung, bloß einen zerrissenen Kittel hast du getragen! Hat er dich geschlagen? Ach Lenchen, ich kann verstehen, dass du nicht darüber reden willst. Du musst ihn nicht in Schutz nehmen, diesen Kerl. Ich mache mir Sorgen um dich. Dein Onkel meint, es käme alles in Ordnung, wenn du ihn heiratest, weil er auf diese Weise für sein Kind geradestehen muss. Ich denke aber, wenn er dich schon früher geschlagen hat, wird er es weiter tun!«

Magdalene fasste Anna bei den Oberarmen. »Anna, Herr Rehnikel hat mich nicht geschlagen. Das mit meinem Gesicht war ein … Unfall. Es wird mir gewiss gut gehen, ich werde seine Ehefrau.«

Anna nickte. Eine Träne tropfte ihr aus dem Auge. »Wenn es dir nur gut geht. Dass er dich heiratet, ist die einzige Lösung. Weißt du, der Rehnikel ist gerade erst vor einem Vierteljahr Witwer geworden. Als wir die Daten gesehen haben, haben wir verstanden, warum er das mit dir so gemacht hat.«

»Wer, wir?«

»Die anderen Mägde und ich.«

»Anna, redest du draußen über mich?«

Anna schlug ihre blauen Augen zu Magdalene auf. »Mein liebes Lenchen, was soll ich denn sonst tun? Ich war außer mir vor Kummer, als du verschwandst, und ich war auch noch schuld an deinem Unglück! Ich hatte dich hinausgehen lassen. Du warst all die Zeit bei dem Rehnikel. Er hat dich in irgendeinem Versteck festgehalten, dabei dachten hier alle, du wärst ertrunken. Sie haben in der Stadt geredet, es hieß, dein Onkel hätte nicht auf dich achtgegeben. In Wirklichkeit hat der Rehnikel seinen Spaß an dir gehabt und inzwischen so getan, als ob er dich selbst suchte. Das konnte er nicht anders machen, weil seine Frau noch lebte. Das haben wir jetzt verstanden. Dein Onkel hat sich angeboten, den Rat von einer Klage gegen den Rehnikel abzuhalten, wegen der Entführung. Hat er nicht ein gutes Herz, dein Onkel?«

Magdalene sank auf die Küchenbank und schüttelte den Kopf. Sie war nicht in der Lage, ein Wort zur Antwort zu geben. Ob dieser Herr Rehnikel das geahnt hatte, als er zur Heirat nickte? Ob der Onkel lange suchen musste, bis er einen fand, der samt Magdalene noch diese dumme Geschichte auf sich nahm? Noch sechs Tage, bis sie die Frau dieses Menschen war, der sie überhaupt nicht kannte. Der hatte sich ein Fischlein gefangen, das schwerer wog als das, was dem Jean de Morin ins Netz gegangen war.

Die sechs Tage bis zu ihrer Hochzeit verflogen wie der Sommerwind, der sich am Tag vor der Feier schlafen legte. Magdalene durfte das Haus nicht mehr verlassen, auch nicht vorm Haus mit den Leuten reden. Sie ahnte, warum. Zu gefährlich war es, dass sie sich zur Herkunft ihres Kindes verplapperte. Der Schneider brachte am Abend vor der Hochzeit das Brautkleid. Jetzt hing es griffbereit, die Falten glatt gelegt, über der Truhe. Es hatte noch den Geruch der Schneiderstube an sich, den ärmlichen Dunst saurer Gurken, der mit ein paar Tropfen Rosenöl zu vertreiben war.

Das Kleid, schwarz wie alle Brautkleider, schmiegte sich eng an ihre Haut. Eine zart geraffte Bordüre und eine Schleife verzierten den Ausschnitt ihrem Stand angemessen. Es saß knapp in der Taille, wölbte sich modisch über den Hüften und reichte genau bis zum Boden. Die Schnüre am Rücken konnte Magdalene ohne Hilfe nicht schließen. Deshalb schlich sie, die Arme überkreuz vor der Brust, zu dem kleinen Spiegel.

Sie betrachtete sich, so gut es ging, von allen Seiten. Es war das wertvollste Kleid, das sie je besessen hatte, sie fühlte sich schön darin. Dennoch war es ein trauriges Kleid. Es erinnerte sie an den Schwur, den Jean und sie einander geleistet hatten. Vor Gott war sie bereits verheiratet.

Doch es war ein Schwur einem Mörder gegenüber. Solch einen Schwur musste man nicht halten. Sie erinnerte sich an das Lachen und Träumen mit den anderen Mädchen am Melusinebrunnen. Dort redete Magdalene von ihrer künftigen Hochzeit stets als ein großes, fröhliches Fest. In Wirklichkeit wurde ihre Hochzeit weder groß noch fröhlich. Die eine, die vor Gott, war eine heimliche Hochzeit gewesen, die zählte nicht. Die andere, die für die Leute, würde nur verschämt gefeiert werden.

Die Trauung verlief ohne großes Aufsehen. Der Onkel hatte beschlossen, die üblichen Hochzeitsspäße zu untersagen. Am frühen Morgen stand Magdalene auf und ging mit dem kleinen Hans hinunter in die große Stube, wo sie eingekleidet und geschmückt wurde. Ihre beiden Basen Elisabeth und Katharina, naseweise Mädchen, standen dabei und fühlten dauernd am Stoff und an den Nadeln, mit denen er gesteckt wurde. Tante Dorothea und Anna vollbrachten das Werk selbst. Sie steckten das Kleid eng um ihren Körper, flochten das Haar zu einem Kranz und befestigten die Brautkrone, ein filigranes Drahtgeflecht mit Bändern, obenauf. Anna stand alle Augenblicke vor Magdalene, die Hände gefaltet, und schluchzte: »Was für eine schöne Braut! Wenn das deine Mutter sehen könnte!«

Um neun Uhr morgens kam Georg Rehnikel mit seinen Begleitern, um sie abzuholen. Er trug einen neuen schwarzen Anzug und eine Perücke, unter der er noch dicker wirkte als zuvor. Magdalene betrachtete den Mann, der bereit war, sie samt dieser furchtbaren Gerüchte zu sich zu nehmen. Er schwitzte, er sah sie nicht an, seine Hände zitterten. Waren ihm die Folgen seiner Entscheidung erst nach der Verlobung aufgegangen und er bereute es längst?

Der Brautzug zur Ulrichskirche ordnete sich, ein kleiner, von allen Straßenecken gut beobachteter Zug. Georg Rehnikel führte mit seinen drei Schwägern – das waren andere Kaufleute aus seinem Viertel – den Zug an. Dahinter folgte Conrad Bertram mit Magdalene am Arm, dann die Tante mit ihren Kindern, weiter das Gesinde, allen voran Anna, die ständig schluchzte. Die Bänder der Brautkrone flatterten Magdalene ins Gesicht.

Dem Onkel entging die Neugier der Beobachter. Er spielte unerbittlich seine Rolle als Vormund der Braut. Er hielt Magdalene fest, als ihr mitten auf der Straße übel wurde, lächelte nach allen Seiten und führte sie mit festem Schritt zu ihrer Trauung. Es mochte sein, dass er glaubte, Magdalene wollte im letzten Augenblick kneifen, denn sie schwankte wie ein Grashalm im Wind. Als sie in die Kirche trat, fiel ihr ein, dass Jean gerade in sein Fischerboot stieg und zu den Reusen fuhr. Der Drang überkam sie, etwas Irrsinniges zu tun, etwa laut zu schreien oder die Röcke zu raffen und davonzurennen.

Sie tat nichts dergleichen. Der Onkel hielt sie die ganze Zeit starr am Arm. Er führte Magdalene bis vor Georg Rehnikel hin, der vor dem Altar wartete und sie mit seinen blanken dunklen Augen fest anschaute. Er war ein Anker in diesem Meer von Leibern. Viele unnütze Worte flossen an ihr vorüber und glitten durch die bunten Glasfenster hinaus in den Sommertag. Magdalene war, als stünde sie als einziger Mensch mitten in einem Ozean von nickenden Köpfen, geraunten Worten und staubtrunkener Luft. Sie fühlte sich einsam, so sehr, dass es schmerzte. Ihr Verrat an Jean, an dem Schwur, den sie ihm geleistet hatte, fühlte sich in dieser Stunde schwer an. Sie wurde zur Frau Rehnikel, doch sie wurde es nur mit Hilfe von Worten, nichts als Worten, von Menschen gesprochen, Menschen mit Sünden beladen. Magdalene spürte weder göttlichen Segen noch Fluch. Sie war deshalb die Rehnikelin, weil sich alle einig geworden waren und es in ein großes Buch schrieben. Heiraten ist ein großes Blendwerk, für die gemacht, die daran glauben, und diese Erkenntnis, so traurig sie auch war, erleichterte Magdalene ungeheuer.

Der Tag blieb anstrengend. Es war nicht nur das schwere siebengängige Mahl, das im Gasthof ›Zum Palmbaum‹ serviert wurde: Fasanensuppe, in Brühe geschmortes Wildbret und Pasteten, Fleisch von Rebhühnern, Tauben und Schnepfen, kleine gebackene Speisen vom Kalb mit Früchten, in Speck geschmorte Lachse, Forellen und Hechte, Fischpasteten und Krebsragout, gebackene, mit Zucker bestreute und gefärbte Eierspeisen und Mandelkonfekt. Man war der Stellung der Braut schuldig, dass es beim Essen an nichts fehlte. Als Magdalene am Abend, nach den nötigsten Gratulationen und dem Abtanzen der Brautkrone zum ersten Mal in ihrem Leben ihr neues Zuhause, das Rehnikelsche Haus, betrat, waren ihr die Glieder schwer wie Blei und die Lider brannten. Anstrengend an diesem Tag war die Luft, die um die Hochzeit herumschwebte, wie ein dichter Herbstnebel, beklemmend und unbarmherzig. Anstrengender noch waren das Getuschel, das hinter ihrem Rücken aufflammte, als wär's die Spur ihres Weges, und die Unverschämtheit mancher Blicke.

Sie betraten das Grundstück durch einen Torbogen. Das Haus lag am Ende des Grasewegs, in der Nähe des Klaustores. Vom Gasthaus waren es ein paar Schritte, die gingen Georg Rehnikel und seine neue Frau nebeneinander. Magdalene spürte ihre Hand in seiner liegen und fühlte, dass er schwitzte. Sie sah, wie rot er war. Das würde die Vorfreude sein. Er glaubte, er ginge seiner Hochzeitsnacht entgegen. Magdalene dachte nicht daran, ihm heute Nacht irgendeine Freude zu bereiten. Das Herz klopfte ihr trotzdem. Links und rechts von ihnen stemmten sich die Pfeiler des mächtigen Torbogens in den Boden, Linien zu Mustern in den Stein gehauen, mit einem breiten umlaufenden Sims. Magdalene ging durch den Bogen, der in der Dunkelheit massig erschien, als wäre er von einem Riesen vor Urzeiten dorthin gepflanzt worden und bliebe bis zum Jüngsten Tage stehen.

Magdalene hatte, obwohl es ihr verboten gewesen war, in den letzten Tagen ein paar Mal mit Sybille sprechen können. Sie hatte sich jede Information über Herrn Rehnikel verschafft, die sie kriegen konnte, um den Preis von Sybilles Ungnade wegen ihrer unbefriedigten Neugier. Herrn Rehnikels Haus trug den Namen »Zu den drei Rössern«, den mochte man ihm gegeben haben, weil es einen Durchgang zum Innenhof besaß, breit genug für ein Fuhrwerk. Die Gasse unweit des Klaustores, an der das Haus lag, war mit buckligem Feldstein gepflastert. Viele Menschen zogen vor allem an den Markttagen durch, es war niemals still dort, eine quirlige, geschäftsträchtige Gegend. Das dunkle, zweigeschossige Gebäude an einer Straßenecke stand zwischen zwei höhere Bauten gepresst, die es mit ihren spitzen Giebeln niederzudrücken schienen.

Die Mauern des Hauses teilten sich deutlich in zwei Schichten. Das Untergeschoss, gemauert aus rauen, behauenen Quadern, war an manchen Stellen eine Armlänge dick. Die fleischfarbenen Steine lagen seit Generationen auf diese Weise aufeinandergeschichtet, und vor ebenso vielen Generationen war ihnen ein einziger großer Bogen als Einfahrt in den Hof gegeben worden. Luft drang durch schmale Schlitze in den Bau, so weit oben, dass kein Hochwasser sie bisher erreicht hatte, nicht einmal die große Flut vor fast hundert Jahren, von der die Alten sagten, es sei eine zweite Sintflut gewesen. Es gab zwei winzige quadratische Fenster in jeder Wand und zum Hof hin eine Tür. Vor wenigen Jahren hatte man erst ein richtiges Geschäft eingebaut, von außen zugänglich durch eine zusätzliche Tür. Obenauf saß wie ein Vogel im Nest ein Fachwerkgeschoss mit einem steilen Ziegeldach, mit verglasten Fenstern und einem Schornstein.

Magdalene war jetzt Herrin eines Haushalts, den sie noch nicht kannte und der viele Jahre lang gut ohne sie ausgekommen war. Magdalenes Füße wollten ihr nicht recht gehorchen und stehen bleiben wie die eines alten Weibes, das vom Gehen ausruht. Sie war noch nie hier gewesen, auch den bekannten Laden unweit der Saalebrücke hatte sie noch nie betreten. Nicht nur, dass die teuren Spezereien nicht von Bediensteten oder Unwissenden gekauft wurden, auch der Ruf des Händlers verhinderte den Besuch der neugierigen Mädchen. Herr Rehnikel war als komischer Kauz bekannt. Man wisperte hinter vorgehaltener Hand, er schließe sich abends in seine Kammer ein und braue Zaubertränke.

Er handelte mit allen Materialien, die ihm Gewinn brachten, er kaufte und verkaufte en gros. Im Laden allerdings bot Herr Rehnikel die Waren an, denen seine Vorliebe galt: den ausgefallenen Spezereien, seltenen Rinden, Wurzeln und Früchten. Herr Rehnikel war ein Liebhaber botanischer Seltenheiten. Sybille hatte ihr berichtet, dass man glaube, er wolle seine Schätze am liebsten behalten und gar nicht verkaufen; er wäre bloß von dem Wunsch getrieben, von allem und jedem ein Quäntchen zu besitzen, zu sammeln, um ein vollständiges Spektrum vorweisen zu können.

Georg Rehnikel führte Magdalene zu einer Tür links hinter dem eichenen Torflügel. Ein seltsam schwerer und würziger Geruch empfing Magdalene, als sie das Haus betrat. Es war derselbe Geruch, den sie an ihrem Mann bei der Verlobung wahrgenommen hatte. Herr Rehnikel wies mit der Hand auf die beiden anderen Türen im Erdgeschoss. »Da geht es in die Küche und auf der anderen Seite in den Laden. Das können wir uns morgen ansehen.«

Sie stiegen die Treppe hinauf ins Erkerzimmer, in dem ein kleines Kaminfeuer brannte. Vom Erkerfenster sahen sie herab auf die erleuchtete Straße und das Gewimmel vorm Gasthaus. Dort feierten die Hochzeitsgäste noch ausgelassen. Die Vornehmheit hinderte sie nicht, sich kräftig zu betrinken, einige grölten lautstark durcheinander. Magdalenes Onkel stand in der Tür und prostete jemandem zu. Es war eine klare, helle Nacht. Magdalene sah sein Gesicht, als stünde er mitten im Sonnenschein. Er lachte fröhlich und gelöst. Musikanten traten auf die Straße, einer fiedelte, einer stieß den Brummtopf. Die Leute begannen zu tanzen. Der Onkel erwischte einen Weiberarm, eingehakt sprang er wie ein Grünschnabel, in der Hand den Becher, aus dem die Gose schwappte.

Georg Rehnikel hielt noch immer Magdalenes Fingerspitzen. Mit dem anderen Arm fasste er sie und zog sie heran. Er kam ihr heute kleiner vor, seine runden grauen Augen sahen auf gleicher Höhe in ihre. Sein Mund näherte sich. Sie begriff, was er vorhatte, und senkte den Kopf. Seine Lippen trafen ihre Stirn.

Sie schwiegen lange. Magdalene hielt den Blick auf die Holzdielen geheftet, denn sie wollte nicht die Erste sein, die sprach. Sie hatten den Tag über keine Zeit gehabt, ein einziges Wort unter vier Augen zu wechseln. Herr Rehnikel nahm den Arm von ihrer Schulter.

»Wo ist Hans?«, fragte sie. »Man hat mir gesagt, dass sie den Hans hierher bringen würden.«

Georg Rehnikel nickte und wies mit der Hand auf eine Tür, die links der Eingangstür in einen weiteren Raum führte. Er ging vor, öffnete sie und schritt durch einen kleinen gefangenen Raum mit Schreibpult und Bücherschrank weiter in das nächste Zimmer. Das war das Schlafzimmer mit einem richtigen Kleiderschrank und zwei Truhen, einem großen Bett mit vier gedrechselten Säulen und einem Himmel aus Stoff.

Vor dem Fenster stand eine Wiege. Darin schlief tatsächlich Hans, ihr Sohn. Sie beugte sich über das Bettchen und strich ihm über die Wange. Sie hatte ihn den ganzen Tag nicht stillen können, ihre Brust spannte und sie war sicher gewesen, dass Hans vor Hunger schreien würde. Anna hatte sie noch am Morgen beruhigt und gesagt, dass sie sich keine Sorgen machen solle. Anna wusste alles über kleine Kinder, sie hatte ihm eine Milch gemacht und ihn am Abend hierher gebracht. Magdalene war verletzt, dass das Kind so lange ohne sie ausgekommen war. Sie hob es vorsichtig aus der Wiege. Es seufzte im Schlaf, ließ sich in den Arm nehmen und schlief weiter.

Herr Rehnikel stand hinter ihr. Er sah zu, wie sie mit dem Kind hinüberging in das warme Zimmer. Dort in der Nähe eines großen Erkers standen zwei gepolsterte Stühle. Auf einem von denen ließ sie sich nieder und wiegte das Kind. Georg Rehnikel setzte sich auf den zweiten Stuhl. Er schaute ein Weilchen zu, wie sie dem Kind über die Wange strich. »Seid Ihr müde?«, fragte er. »Möchtet Ihr schlafen gehen?«

Magdalene schüttelte den Kopf.

»Dann darf ich Euch noch ein bisschen Gesellschaft leisten.«

Sie schaute auf. »Es ist Euer Haus, ich kann Euch nicht daran hindern.«

Er atmete aus und ein, bevor er antwortete. »Es ist auch Euer Haus. Ihr seid jetzt meine Frau.«

»Wie konnte ich das vergessen.« Magdalene hörte sich selber sprechen und spürte, wie bitter es klang. Das war der einzige Klang, den sie für den Rehnikel zu verwenden gedachte.

»Magdalene, Ihr seid jetzt wirklich und wahrhaftig meine Frau. Ihr werdet in diesem Haus die Herrin sein. Das werdet Ihr doch nicht ablehnen, oder?« Er beugte sich aus seinem Stuhl vor.

»Natürlich nicht. Ich kenne meine Verpflichtungen.«

Herr Rehnikel atmete ein bisschen und wurde lauter. »Ihr hättet nicht Ja sagen müssen zu unserer Heirat. Ihr habt Ja gesagt. Da kann ich ein bisschen Freundlichkeit von Euch erwarten.«

Magdalene wurde auch lauter, und es brach mehr aus ihr heraus, als sie eigentlich gewollt hatte. »So? Meint Ihr? Was Ihr erwartet oder nicht, ist mir völlig egal. Ich jedenfalls hatte keine andere Wahl als Ja zu sagen. Deshalb braucht Ihr Euch keinerlei Hoffnung machen, dass ich Euch das Bett wärme. Deshalb habt Ihr mich eingekauft, nicht wahr? Für den Spaß, den man mit jungem Fleisch haben kann? Das könnt Ihr Euch schenken. Schließlich weiß alle Welt, dass Ihr mich bereits verführt habt. Geht ruhig schlafen, ich komme später.«

Herr Rehnikel sank in seinen Stuhl zurück und schlug die Augen nieder. Die Hände ballte er zur Faust und sagte keinen Ton. Er stand auf und ließ sie allein. Sie hörte ihn im Schlafzimmer hin und her gehen. Erst als es still war, ging sie ihm nach. Sie legte Hans in seine Wiege und zog das festliche Kleid aus.

Als sie unter das Deckbett kroch, sah sie kurz zu Georg Rehnikel hinüber. Der hatte sich zur anderen Seite gedreht und hielt die Augen geschlossen, aber sie spürte, dass er nicht schlief. Sie rollte sich ein und legte sich auf die andere Seite. Obwohl sie ihm den Rücken zudrehte, hörte sie jede seiner Bewegungen. Sie hatte mehr als neun Monate im selben Bett mit Jean de Morin geschlafen. Nie waren ihr seine Geräusche so aufgefallen wie die von Georg Rehnikel. Der atmete, seine Hand schabte über das Leinen des Bettzeugs, er drehte den Kopf. Sie versuchte vollkommen still zu liegen und flach zu atmen. Schlafen konnte sie nicht.

Gegen Morgen fiel sie in einen Schlummer, aus dem sie sofort erwachte, als Hans in seinem Bettchen einen ersten Ton von sich gab. Sie holte das Kind zu sich herüber und begann es zu stillen. Herr Rehnikel in ihrem Rücken schlug das Deckbett zurück. Er sagte leise: »Guten Morgen!« und stand auf. Er zog seine Kleider an, die gewöhnlichen, und ließ diese furchtbare Perücke weg. Magdalene schaute beim Stillen auf den kleinen Hans. Die Tür hinter ihr klappte, Herr Rehnikel trappte die Treppe hinunter. Sie hörte seine Schritte, die ein wenig schlurften, und dachte darüber nach, wie viele Jahre das jetzt noch so weitergehen mochte, bis sie endlich Witwe war und es hinter sich hatte.

4. Kapitel

Als Hans satt war, legte sie ihn in die Wiege und zog sich an. Die Geräusche des erwachenden Tages drangen undeutlich von draußen herein. Karrenräder polterten über das Buckelpflaster. Spatzen tschilpten, Holzschuhe klapperten vorbei. Sie kämmte ihr Haar und band es hoch. Endlich trug sie die Kopfbedeckung einer verheirateten Frau, eine neue weiße Haube. Einmal, ein einziges Mal hätte sie gern eine für Jean getragen. Aber das war vorüber.

Auch die Hochzeitsnacht war vorüber. Sie musste jetzt ihre neue Aufgabe beginnen. Alles, was sie bei Tante Dorothea gelernt hatte, diente dem Zweck, dass sie selbst eines Tages einen Haushalt führen konnte. Zwar war es bloß ein Händlerhaushalt, aber es war besser als eine Hütte am Saaleufer, in der man morgens nicht wusste, ob es am Tage überhaupt etwas zu essen gäbe.

Magdalene trat durch das Zimmer mit dem Schreibpult in den Raum, in dem sie am Abend zuvor gesessen hatten. Bei Tageslicht war es ein heller Raum, dessen Erker Eindruck machte. Von außen sah man ihn über der Gasse thronen, wenn man den Blick nach oben wandte. Die Fenster dieses Erkers waren zweigeteilt wie das Haus. Weiße, glatt geschliffene kleine Butzenscheiben füllten die untere Hälfte der Fensterrahmen, während die obere Hälfte an allen drei Erkerseiten mit gezogenem flachem Glas gefüllt war. Der Erker verlieh der Stube einen unruhigen Charakter. Magdalene konnte nicht aufhören, über die eigenartige Komposition zu staunen. Ansonsten überwog das sparsame Bauen. Keine Verzierung, kein modischer Schnörkel fand sich an den Wänden, den Türen und Fenstern. Der Erker war überhaupt das einzige Bauteil, das nicht einem streng ökonomischen Zweck diente. Rechts des Erkers, in die belebte Gasse zwischen Pforte und Markt weisend, saß noch ein zweites Fenster, das wegen seiner Schlichtheit neben dem großen Lichtquell kaum auffiel. Der weiß gekalkte Raum war nicht größer als eine gewöhnliche Stube. Modisch waren weder der Kamin noch der dunkle Esstisch oder die schweren Stühle. Das neueste Stück mochte ein Eckschrank sein, hinter dessen Glasscheibe ein silberner Becher und zwei farbige Vasen aus durchscheinendem Material blitzten. Die beiden Armlehnstühle in der Nähe des Erkerfensters waren aus ebenso dunklem Holz wie die anderen Möbel im Raum, die Sitze gepolstert und mit braunem Leder bezogen. Hier hatten sie am Abend gesessen.

Ihr Mann kam die Treppe hinauf. Er sah sie an, wie sie mitten im Raum stand. Kein Muskel in seinem Gesicht zuckte. »Würdet Ihr so freundlich sein«, begann Magdalene zu sprechen, »und mir die Magd schicken, die bisher die Schlüsselgewalt innehatte? Ich werde jetzt meine Pflichten übernehmen.«

»Die Else ist das. Ich werde ihr sagen, dass sie heraufkommen soll.« Georg Rehnikel nickte, wandte sich zurück zur Tür und stieg die Treppe hinab. Magdalene würde sich Küche und Kammern zeigen lassen und sehen, wo ihr neues Leben anfing und wo es eines Tages enden würde. Ihre Blicke wanderten in alle Ecken, über die Fensterrahmen und hinauf zur Decke, wo die dunklen Balken auf sie hinunterschauten.

Die Magd Else trat ins Zimmer, eine große, schlanke Frau, in deren blondem Haar Silberfäden schimmerten. Sie trug ein dunkles grobes Wollkleid und eine leinene Schürze. Else mochte um die fünfzig Jahre alt sein, in Herrn Rehnikels Alter oder etwas darüber. Die Magd legte den großen Ring mit etlichen Schlüsseln auf den Tisch in Magdalenes Reichweite. Sie redete keinen Ton, doch es war aus ihren zusammengekniffenen Lippen herauszulesen, wie ungern sie es tat. Magdalene hob das Kinn. Ein feines Lächeln trat auf ihre Lippen, das erste in diesem Haus.

Sie griff nach dem eisernen Ring. Er war groß und schlicht, blank vom vielen Tragen, daran hingen etliche Schlüssel. Sie zählte: elf, zwölf, dreizehn. Dreizehn Schlüssel für Meister Rehnikels Haus.

Die Holzschuhe der Magd scharrten lustlos über die hölzernen Dielen. Von der Treppe aus, die Magdalene am letzten Abend hinaufgekommen war, führte eine weitere Tür zu einem offenen Gang, der auf der Rückseite des Hauses zum Hof lag. Von hier aus konnte man zu zwei Kammern und in das Dachgeschoss gelangen. Else zeigte auf eine Tür. Magdalene verstand erst, als Else auf die Schlüssel wies, dass sie selbst öffnen musste. Der Schlüssel drehte sich leicht, das Scharnier quietschte ein wenig, als sie die Tür aufzog.

»Das war das Krankenzimmer der verstorbenen Frau«, erklärte Else. »Sie hat im März da drin ihren letzten Atemzug getan.« Magdalene schaute in den kleinen wohnlichen Raum mit einem Bett, einer Truhe und einem dunklen Wandschrank mit geschnitzter Krone. Er war gut gelüftet, das Fenster ging zur Pforte hinaus, wo unten die Menschen vorbeiquirlten. Im Schein der Junisonne tanzten kleine goldene Pünktchen durch den Raum, von der frischen Luft aufgewirbelte Staubkörnchen. Das Schlüsselbund in Magdalenes Hand klimperte. Übermütig rüttelte sie ein wenig mehr, dass es rasselte und schepperte, und trat mit festem Schritt auf den Gang hinaus.

Die andere Tür barg den Eingang in das künftige Zimmer ihres Sohnes. Ein mit einem Baldachin überwölbtes Bett, kleiner als ein gewöhnliches, mit weichen Kissen übersät, auf den hölzernen Dielen ein Teppich, mehr befand sich nicht in dem Raum. Dennoch lag er warm und freundlich vor ihr. Man sah durch ein Fenster auf die Straße herunter, wo Wagen fuhren und Leute gingen. Mit Schwung schloss Magdalene die Tür hinter sich, dass es knallte und die Magd empört die Lippen zusammenkniff.

Eine schmale Stiege führte hinauf ins Dachgeschoss. »Die Mägdekammern«, erklärte Else vor den drei Brettertüren unter den schindelbedeckten Dachsparren.

»Habe ich hier auch einen Schlüssel?«, fragte Magdalene.

Else nickte säuerlich. »Ihr seid die Hausherrin, natürlich.«

Magdalene lächelte strahlend in Elses Essigmiene hinein, rasselte mit den Schlüsseln und lobte Reinlichkeit und übersichtliche Ordnung des Haushalts. Sie stieg die Treppe hinab, ohne sich umzudrehen, und fand sich in dem offenen Gang draußen vor dem Haus, wo ein lauer Luftzug wehte. Sie drehte sich einmal um sich herum und nickte. Ohne ein weiteres Wort ging sie zur unteren Treppe, gefolgt von Else.

Unten führten vom Treppenabsatz drei Türen, eine auf den Hof, eine zum Laden und eine in die Küche. Die klinkte sie auf und ging an einer jungen Magd vorbei zuerst auf das Fenster zu, öffnete den Riegel und sah auf die Straße hinaus, auf der die Leute von der Pforte zum Markt zogen. All der Lärm, das Geschrei und Geschwätz und Gepolter und Gekreisch drangen herein. Man sah zu ihr hinauf, wie sie da im Fenster stand. Das Herdfeuer brannte, die junge Magd rührte die Suppe und auf den Borden blinkten die metallenen Platten, auf denen die Speisen aufgetragen wurden. Ein großer Spülstein in der Ecke war sauber gescheuert, hölzerne Eimer mit frischem Wasser standen bereit. Niemals, als sie da draußen am Saaleufer lebte, hätte sie sich träumen lassen, eines Tages solch eine herrliche Küche zu führen.

»Wie ist dein Name?«, fragte sie die junge Magd.

»Gertrud«, flüsterte das Mädchen und zwinkerte erschrocken. Magdalene lächelte ihr zu und wandte sich dem nächsten Raum zu, hinter der Tür auf der anderen Seite des Korridors.

Es war der Laden, das Geschäft für die Leute der Stadt, die hier ein paar Kleinigkeiten erwerben wollten. Von den Deckenbalken hingen getrocknete Pflanzen. Der kleine Raum war an zwei Wänden bis zur Decke mit Regalen eingerichtet, in denen Fläschchen, Gläser, Kisten und Körbe miteinander um Platz rangen. Auf dem Boden standen Krüge und Kiepen, jedem einzelnen Gefäß schien ein eigener Duft zu entsteigen. Magdalene tastete, als sie sich an das Dämmerlicht des Ladens gewöhnt hatte, mit ihren Blicken die Regale ab. Sie hatte solch eine Vielfalt an Gefäßen noch nie gesehen. Was war die Ordnung der Apotheke am Markt gegen die wunderliche Mischung von rätselhaften Materialien, wie Herr Rehnikel sie hier stapelte!

Hinter dem Tisch, der eine Waage trug, stand ein glatzköpfiger Mann im leinenen Kittel eines Gesellen. Er verbeugte sich leicht.

»Ich bin Magdalene Rehnikel«, erklärte sie mit einem Lächeln. Es war das erste Mal, dass sie ihren neuen Namen aussprach. »Und wer seid Ihr?«

Er eilte um den Tisch herum, der sie getrennt hatte, und klappte zusammen wie ein Scherenmesser. Unter der neuerlichen tiefen Verbeugung hervor antwortete er: »Ich bin Jakob Lichtenberg, der Geselle Eures Gatten, unseres lieben Meisters.«

Magdalene nickte und sah hinter dem Mann eine weitere offene Tür. Sie ging darauf zu, Else wie einen Schatten hinter sich. Es war ein Vorratslager. Einen Keller gab es hier nicht, das war Magdalene klar, wegen der Nähe der Saale und der häufigen Hochwasser. Was bei den Bertrams im Keller lagern konnte, war hier säuberlich in der Vorratskammer aufgestapelt: Fässer, Kisten, Tonkrüge, Stiegen. Auf einem kleinen Tisch drängten sich Flaschen und ein Kessel, an einer Wand lehnte ein Warenregal. Der Meister hatte offensichtlich von hier einen kurzen Weg und lagerte alles, was sich im Laden schnell verkaufte, in dieser Kammer. Das erklärte, warum die Vorratskammer einen Hauch von dem Duft besaß, der im Laden herrschte, jenem fremdländischen, schweren Atem der Gewürze. Die kleinen, Schießscharten ähnlichen Fenster weit oben füllten den Raum mit einem diffusen Licht. Von den dicken Mauern her wehte Kühle.

Ein einziges Mal stellte Else eine Frage. »Soll ich den Einkauf erledigen, das schwere Tragen, Fleisch und Gemüse?«

Magdalene schüttelte den Kopf. Stattdessen diktierte sie den Speisenplan für den nächsten Tag und fragte: »Wie hast du es bisher mit dem Geld gehalten?«

»Der Meister hat mir gegeben, was für den Haushalt nötig war«, gestand die Magd mit nach vorn gerecktem Kinn und dünner Stimme.

Magdalene zückte ihr Büchlein. »Von heute an, Else, wird hier alles aufgeschrieben, jeder Einkauf und jeder Verbrauch. Wir halten jeden Abend Rechnung, und wir werden gut zurechtkommen, nicht wahr?«

Elses Miene sprach Bände. Es fehlte nicht viel, und sie hätte die Zähne gefletscht.

Magdalene stieg nach oben, um nach dem Kleinen zu sehen. In ihrer Hand trug sie das Schlüsselbund. Es fühlte sich gut an, ein Schlüsselbund zu besitzen. Sie holte den friedlich schlafenden Hans aus seiner Wiege und trug ihn auf den Armen durch das Zimmer. Am Erkerfenster blieb sie stehen. Von hier konnte sie den Graseweg vom Klaustor bis hinauf Richtung Markt einsehen. Gegenüber befand sich die kleine Gastwirtschaft. Wenn sie sich dicht ans Fenster lehnte, sah sie in der anderen Richtung hinterm Tor die Saalebrücke und ein Stück vom Fluss. Die schmale, gepflasterte Straße war an diesem Markttag voller Menschen und Wagen.

Die junge Magd trat hinter ihr ein. Magdalene hörte die Türklinke quietschen und drehte sich um. Das Mädchen besaß ein blasses Gesicht und Haare von der Farbe nassen Strohs unter der strengen Haube. Sie trug auf einem Tablett eine kleine blaue Tasse, knickste und stellte das Geschirr auf den Tisch. »Ich soll Euch Kaffee bringen, Frau Meisterin«, erklärte sie schüchtern, »das hat Meister Rehnikel gesagt. Er hat ihn selbst gemacht.« Dabei betrachtete sie Magdalene aus dem Augenwinkel. Sie blieb stehen, die Hände vor dem Schoß zusammengelegt.

Offensichtlich gab sich Herr Rehnikel als weltgewandter Mann. Nicht einmal Conrad Bertram war bisher auf diese Moden gekommen. Weder wurde bei Bertrams zu Hause auf dem Tablett serviert, noch wurde geknickst und erst recht kein Kaffee getrunken.

Das Mädchen schien auf irgendetwas zu warten, aber sie war zu schüchtern, um selbst zu fragen.

»Wie alt bist du, Gertrud?«, fragte Magdalene, um die Kleine aufzumuntern.

»Dreizehn«, antwortete das Mädchen schüchtern.

»Und gefällt es dir gut hier im Haus?«

Gertrud nickte. »Die Arbeit in der Küche ist schwer, aber das macht mir nichts aus. Die Else ist ein bisschen streng«, flüsterte sie, »und der Meister und der Jakob sind wirklich gute Menschen.«

»Du musst vor mir keine Angst haben, Gertrud«, kam ihr Magdalene entgegen. »Du hast etwas auf dem Herzen, nicht wahr?«

Gertrud wurde rot und nickte. »Darf ich … darf ich das Kind sehen?«

Magdalene lächelte. Sie nahm den Hans von ihrer Schulter, an der sie ihn getragen hatte, legte ihn auf den großen Tisch und sagte: »Er muss sowieso neu gewickelt werden. Du könntest mir gleich dabei helfen.«

Gertrud begann zu strahlen. Magdalene schob die Tasse ein Stück zur Seite und zog die Nadeln heraus, mit denen Hans' Tücher gesteckt waren. Gertrud öffnete den Mund staunend. »Er ist so klein«, flüsterte sie, »seine Finger sind winzig.« Hans streckte sich, als er die frische Luft an seinen Gliedern fühlte. Er begann die Beine zu bewegen, die sonst in den gewickelten Tüchern eng aneinander gedrückt waren, damit sie gerade wuchsen. Der Kleine öffnete die Augen. Er konnte schon sehen, wenn sich etwas vor ihm bewegte, und seit einigen Tagen hatte Magdalene stets das Gefühl, dass er ihr mit seinen Blicken folgte. Gertrud klatschte in die Hände. »Oh, er hat wunderschöne braune Augen! Genau wie der Meister Rehnikel!«

Magdalene lächelte. »Warum nicht?«

Gertrud meinte abfällig: »Die Else meint, das Kind könne nicht von Meister Rehnikel sein, weil der niemals so etwas getan hätte wie ein Mädchen irgendwo festzuhalten, um seinen Spaß an ihr zu haben.«

»So, meint sie das?« Magdalene richtete sich gerade auf.

»Ja, sie sagt, sie glaubt nicht, dass er in der Lage wäre, eine junge Frau wie Euch zu bezaubern.«

Magdalenes Stimme wurde weich, weil ihr Inneres hart geworden war. »Du kannst der Else berichten, dass der Kleine das Ebenbild meines lieben Mannes ist. Du kannst ihr außerdem sagen, dass mich der Meister nicht festhalten brauchte, weil ich freiwillig bei ihm geblieben bin, denn ich bin von ihm ganz hingerissen.«

Gertruds Augen rundeten sich vor Staunen. Sie sah zu, wie Magdalene den Kleinen putzte, ihm eine neue Windel umlegte und ihn in sein Tuch steckte. Unter einem neuen Knicks zog sie sich zurück.

Magdalene kostete von dem Kaffee, als die Magd gegangen war. Das dunkle Getränk roch merkwürdig und schmeckte bitter und verbrannt, deshalb ließ sie es auf dem Tisch stehen. Sie hob Hans auf und ging ans Fenster. Der mit den runden Butzenscheiben verglaste Streifen endete in Höhe ihrer Brust. Sie konnte ungehindert durch das schöne flache Glas sehen, in dem sich die Sonne spiegelte.

Von oben betrachtete sie das Treiben auf der Straße. Mädchen gingen lachend und kichernd vorbei. Sie gehörte nicht mehr zu denen, sie war jetzt eine verheiratete Frau. Auf den Stufen klangen Schritte. Magdalene konnte sie jetzt schon voneinander unterscheiden. Da kam Georg Rehnikel herauf, ihr Mann. Niemand sollte an der Geschichte zweifeln, die zu ihrer Heirat gehörte, ganz bestimmt nicht die Altmagd Else. Magdalene würde dafür sorgen.

Herr Rehnikel trat ins Zimmer. Auf seinem Gesicht stand nichts zu lesen, er war ernst und hielt die Lippen fest geschlossen. Es mochte sein, dass sie ihn am Abend zu hart behandelt hatte. Auf einmal tat es Magdalene leid. Sie hätte ruhig ein bisschen freundlicher zu ihm sein können.

Seine braunen Augen ruhten fest auf ihr. »Ich danke Euch für den Kaffee«, begann sie. »Ich habe noch nie in meinem Leben welchen getrunken.«

Eine Strähne seines von grauen Fäden durchzogenen Haares fiel nach vorn über die hohe Stirn. »Er scheint nicht nach Eurem Geschmack zu sein. Ihr habt ja nur genippt.« Herr Rehnikel zog die Tasse herüber und ging damit zu ihr ans Fenster. Sie nahm sie entgegen. Die Tasse war noch warm, eine Wohltat für ihre eiskalten Finger. »Er schmeckt ein bisschen bitter, nicht wahr?«, urteilte sie zaghaft. Dabei verzog sie unwillkürlich das Gesicht.

Herr Rehnikel lächelte. »Ihr findet ihn scheußlich! Mögt Ihr etwas anderes trinken?«

Magdalene schüttelte den Kopf.

»Ich würde Euch gern noch mehr zeigen. Ihr wart schon

im ganzen Haus, habe ich gehört. Den Laden habt Ihr mir zu schnell durchschritten. Der Laden ist mein Ein und Alles. Er war es, mit dem ich hier angefangen habe und ich stehe heute noch so oft darin, wie ich irgend kann.«

Sie nickte vorsichtig. Sie würden an der Küche vorbeikommen. Wahrscheinlich stand Else dort und würde sie sehen. Das war gut. Magdalene brachte das Kind in seine Wiege, dann stiegen sie gemeinsam die Treppe ins Erdgeschoss hinab.

Meister Rehnikel begann noch im Gehen zu erläutern. »Es gibt so viele Spezereien, dass man, um sie alle anzubieten, einen viel größeren Laden bräuchte. Leider sind die Interessenten nicht zahlreich genug. Nicht einmal zum Würzen nutzen die Köche, was ich zu bieten habe, denn alles und jedes wird hier in Salz eingelegt. Die Anwendungsgebiete für Spezereien sind vielfältig. Die neuen Manufakturen und alle Handwerker könnten welche brauchen, ob es Weber oder Schneider, Schmiede oder Köche sind. Die meisten hier wissen nicht, was man alles machen könnte, und es ist zu wenig Geld unter den Leuten, um etwas auszuprobieren. Solange die Stadt verschuldet ist, werden die Leute nicht wohlhabend werden. Deshalb bleibt mir für den Laden bloß das gewöhnliche Geschäft, das, was die Leute und die Handwerker der Umgebung benötigen. Seht.« Er ging die letzte Stufe in den Laden hinunter und wies auf die Regale.

»Was in diesem Raum lagert, sind zu großen Teilen die Gewürze des Orients. Gewürze sind meist Samen von Pflanzen, die aus fernen Ländern stammen. Samen, Früchte, Blätter und Wurzeln sind jene Pflanzenteile, die unter den Spezereien den wichtigsten Platz einnehmen. Darüber hinaus verkaufen wir gewisse Teile und Absonderungen von Tieren sowie Mineralien und andere Dinge aus dem Schoß der Erde. Ich finde die Pflanzen am interessantesten und nützlichsten. Sie wachsen von selber nach, was bei den Mineralien strittig ist. Seht hier!« Er griff in einen kleinen Korb und holte eine Handvoll Pfeffer heraus. Die schwarzen Körner lagen ruhig in seiner Hand. Er zerrieb eins zwischen Daumen und Zeigefinger, ein beißender Geruch stieg auf. Magdalene sog ihn durch die Nase und musste niesen.

»Ich mahle ihn erst vor den Augen der Kunden. Es ist eine frischere Würze, als wenn ich das Pulver lagere, und die Leute können genau sehen, dass ich sie nicht betrüge. Es ist holländischer Pfeffer. Sie bringen ihn zu Schiff aus Malabar. Es sind schöne dicke Körner, nicht wahr?«

Er wartete ihre Antwort nicht ab, sondern holte einen anderen Korb heran. »Nägelein. Sie wachsen auf Bäumen, auf den Molukkischen Inseln, und ich kaufe sie ebenso von den Holländern wie den Pfeffer. Riecht mal«, er streckte ihr eine Handvoll hin. »Bei mir kaufen Apotheker und machen davon gut riechende Medizin. Die Nägelein sollen der Herzstärkung dienlich sein. Oder seht, das hier sind Muskaten-Nüsse, die Kerne einer Frucht, die die Holländer von der Insel Banda in Asien bringen, wo sie dreimal im Jahr geerntet werden. Die besten Nüsse sind jene, die innen rötlich marmoriert sind, außen grau. Wenn sie voll fettiger Flüssigkeit sind, ist das ein gutes Zeichen, dann sind sie frisch. Ich muss diese Dinge genau wissen, wenn ich Waren kaufe. Ich habe Fuhrwerke nach Holland laufen und war schon mehrmals in Hamburg und Amsterdam, um Spezereien zu prüfen, ehe ich sie kaufe. Muskatenöl stelle ich selbst her. Das kaufen die Apotheker, und ich stehe mit meinem Namen für seine Güte. Ihr könnt alle Apotheker in der Stadt fragen, Rehnikels Muskatenöl wird jeder loben. Es soll dick und goldgelb aussehen. Riecht an dieser Flasche: Besitzt das Öl nicht ein herrliches Aroma? Sein Geschmack ist heiß und beißend, so soll es sein.«

»Wie macht man Muskatenöl?«, fragte Magdalene.

»Das ist ganz einfach«, erklärte Herr Rehnikel. »Man zerstößt zuerst die Nüsse grob. Dann dämpft man sie in einem härenen Sieb, wohl bedeckt, und nach einer gewissen Zeit, wenn sie gut erwärmt sind, presst man sie, in ein Tuch eingedreht, zwischen zwei warmen Blechen aus. Hervor rinnt das gewünschte Öl.«

Ganz einfach! Magdalene schnaufte bei seiner Erklärung. Herr Rehnikel zog ein Säckchen von einem Stoß Körbe herunter. Er schüttete grünliche Bohnen heraus, trocken und hüllenlos, und zeigte sie ihr auf seiner Handfläche. »Das ist Kaffee. Aus diesen Körnern ist das Getränk gemacht, das ich Euch bereitet habe.«

»Muss man die Bohnen weichkochen?«, fragte sie.

»Oh nein, da könntet Ihr lange kochen und hättet doch keinen Kaffee. Man röstet sie zuerst, als Nächstes zerstößt man die gerösteten Körner, um sie mit heißem Wasser und diversen Zutaten zu einem Getränk zu verwenden. In Leipzig wird Kaffee öffentlich an Männer ausgeschenkt. Tut mir den Gefallen und urteilt nicht sofort. Ihr nährt sonst das Gerücht,

Kaffee wäre den Weibsleuten nicht zuträglich und sie hätten keine Ahnung davon.«

Magdalene zog spöttisch die Nase kraus. »Wozu soll ich etwas trinken, was teuer und ungesund ist und mir nicht schmeckt?«

»Mir hat der Kaffee auch nicht gleich geschmeckt«, er lächelte. »Zuerst dachte ich, er wäre bitter und wertlos, doch meine Meinung hat sich geändert. Wartet die verschiedenen Zubereitungen ab und urteilt erst danach. Was die Gesundheit angeht, kann ich Euch beruhigen. Mit allen Spezereien sagt meine Erfahrung, dass das richtige Maß entscheidet. Man darf Neues nicht gleich verwerfen.«

»Ihr könnt Euch auf mich verlassen«, antwortete sie ruhig, »ich bin weder zimperlich noch böswillig und werde Euch nach bestem Wissen und Gewissen Auskunft über den Kaffee geben.«

Herr Rehnikel warf einen prüfenden Blick auf sie, öffnete den Mund, wie um etwas zu sagen, verzichtete dann doch darauf. Er schüttete die Kaffeekörner zurück in das Säckchen und wandte sich der nächsten Spezerei zu.

»Eine andere und ebenso teure Spezerei ist der Cacao, aus dem ich die Chocolate anfertigen kann. Ich habe noch nicht einmal ein Dutzend Portionen verkauft, es ist noch kein Gewinn damit zu machen gewesen. Wenn aber mehr Geld unter die Leute kommt, wird die Pfännerschaft dem Thalvogt nicht nachstehen wollen und so fort. Diese Bohnen hier kommen aus Nicaragua, einer fernen Provinz. Ich mahle sie und mische sie mit Zucker, Zimt und Vanille. Das kann man mit Sahne zu einem köstlichen Getränk machen; manche nehmen aus Ersparnis Milch. Oder man isst die Chocolate als einen Brei zum Nachtisch. Mancher Koch könnte herrliche Speisen daraus erfinden. Leider ist unsere Stadt nicht reich genug, um solche Blüten hervorzutreiben. Ich habe keine Illusion über die Ausdehnung dieses Geschäfts. Es macht mir einfach Freude, die Dinge zu bewahren.«

Magdalene schaute sich im Laden um und griff wahllos nach einem mit roten Zeichen bemalten Kistchen, das vor ihr stand. »Was ist das hier?« Sie öffnete das Kistchen. Darin lagen mehrere rötliche Bälle von eigenartig glasiger Konsistenz.

»Das ist Drachenblut. Ich habe es von der Insel Porto Santo bezogen, über einen Händler in Frankreich, der es mir in Frankfurt übergeben hat. Es wird aus Bäumen gewonnen, deren Stämme man anritzt und das heraus fließende Gummi auffängt. Es ist wirklich nur von dem Baum Rha und hat nichts mit Blut zu tun als die Farbe. Ich verkaufe es an Färber und Glasmaler und sie versichern mir, es sei die beste rote Farbe, die man bekommen kann. Man braucht wenig davon, deshalb mache ich keinen großen Gewinn damit. Es versetzt mich einfach mit Stolz, eine kleine Menge davon aufzubewahren.« Er ging im Laden umher und zeigte auf das Regal, dem sie die Kiste mit dem Drachenblut entnommen hatte. »Es ist alles geordnet. Dort sind auch alle anderen Gumme, die ich außer dem Drachenblut handele. Ihr findet dort Arabischen Gummi, Englischen Gummi, Gummi von Senega, Tragant, Gummi Lacca, Terpentin, Barras und Theer. Das Englische

Gummi zum Beispiel verkaufe ich an den Haarschneider des Thalvogts, der es für dessen Frau benutzt. Sie hat die Löckchen links und rechts der rosigen Wangen dem englischen Gummi zu verdanken.«

Magdalene war neugierig. »Was ist Tragant?«

»Tragant sind diese kleinen Stücklein«, er öffnete eine Dose, »wie Würmer gekrümmt. Hier habe ich schwarzen Tragant, der kommt von der Staude Bocksdorn, die in Syrien wächst. Ich verkaufe ihn an zwei Kürschner in Leipzig.«

Magdalene griff in eine andere Schachtel und zog ein Stöckchen von der Länge und Dicke eines Fingers hervor. Es war rundherum rötlich, hart und durchscheinend; Herr Rehnikel nahm es ihr aus der Hand und hielt es gegen das Licht. »Ein eigenartiger Stoff, nicht wahr?« Sie nickte pflichtschuldig. »Er stammt aus Persien, nennt sich Gummi Lacca, und ich habe sagen hören, dass es Insekten wie unsere Fliegen sind, die ihren Dreck auf kleine Stöckchen, in die Erde geschoben, machen. Gewaschen, getrocknet, ist es das, was wir hier sehen. Ob die Geschichte wahr ist, kann ich nicht sagen. Ich handle damit an Maler und Siegelwachsmacher und sende einiges nach Anhalt und Polen. Und dies hier ist Terpentin«, er hielt eine dunkelbraune Glasflasche hoch, »die Buchdrucker brauchen es zu Farbe. Ich verkaufe auch Schmieden davon. Darauf müsst Ihr achtgeben, denn es kann ein schlimmes Feuer machen. Ich habe einmal Öl daraus destilliert, dabei ist mir ein Gefäß zerbrochen; es wäre mir schlecht bekommen, hätte nicht mein Geselle schnell seinen Mantel auf die Flammen geworfen.« Es war eine der Geschichten, derentwegen ihm die Leute misstrauten. Er lächelte in arglosem Stolz.

Magdalene stand in der Mitte des Raumes und sah sich um. Von dem farbigen Glasfenster in der Tür her drang ein Lichtschein in das Stübchen. Ein Stübchen, mehr war es nicht, aber es wohnte ein Zauber darin wie von den Märchen, die Anna ihr an lange vergangenen Abenden erzählt hatte, an denen sie zwischen leisem Murmeln von Riesen und Geistern, Helden und schönen Mädchen in den Schlaf dämmerte. Es war das Licht, diese kaum erkennbaren roten und gelben Streifen von der Tür her, die wie ein Fächer in alle Richtungen flossen, in die Regale hinein, über den Tisch, zwischen die Körbe und oben auf die Kisten. Sie griffen nach dem Reichtum dieser Kammer, nach den Gläschen, an denen sie vorüberblitzten, schlängelten sich durch das Flechtwerk der Körbe und rieben sich am Metall der Kisten. Als Patriarch thronte über allem der schwere, würzige Geruch, der, je nachdem, welchem Regal sie sich näherte, eine andere Färbung annahm. Ihr schwindelte vor Verlangen, das Öle und Harze, Kräuter und Körner in ihr erweckten. Es war der Duft von Indien, von Zypern, Amerika, Frankreich und tausend kleinen Inseln, vom Meer und fremdartigen Bäumen, und sie schwebte einen Augenblick wie ein Vogel über einem grünen Hain, aus dem Rha-Bäume zu ihr hinaufwinkten und die Wipfel vor ihr beugten. Eine entrückte, selige Freude grub sich in ihre Mundwinkel und machte ihre Hände weich. Herr Rehnikel sprach weiter von Seifenbaum und Weinstein, Brunellen, Zitronöl, Safran und Zimt. Zauberhafte Wörter glitten über Magdalenes Zunge, als sie ihm nachsprach: Indigo, Magalep, Jalappe. Sie strich mit sanften Händen über die Kannen und Kästen und jedes Material schien, wie sie mit den Fingern darüber fuhr, Wärme und Duft in sie zu leiten. Eine wohlige Gelassenheit ging über sie hin. Als sie sich langsam im Kreis drehte, sprach das Kämmerchen zu ihr: Magdalene, he, Magdalene!, als wäre sie schon tausendmal hier gewesen.

Auf der Treppe hinauf in das große Zimmer mit dem Erkerfenster redete Herr Rehnikel weiter. Magdalene hatte längst aufgegeben, zustimmend zu nicken. Sie sah aus dem Augenwinkel, wie die alte und die junge Magd ihnen nachschauten. Magdalene genoss den Gedanken mit Freude, dass Else jetzt ins Zweifeln gekommen sein mochte. Georg Rehnikel geleitete seine Frau in den Stuhl vorm Fenster und brachte ihr ungefragt einen gemischten Wein. Er redete vom Geschäft, wie er die Waren manchmal erst nach monatelanger Korrespondenz bekam und was er tat, wenn sie verdorben ankamen.

Magdalene erinnerte sich daran, dass sie ihm die gezwungene Ehe mit Bitternis vergelten wollte. Sie wusste nicht mehr genau, warum. Sie wusste nur, dass sie zornig gewesen war.

»Ihr werdet es gut haben bei mir. Glaubt mir, Magdalene, es soll Euch an nichts fehlen. Ich kann Euch mehr bieten als Ihr bei den Bertrams je gesehen habt.«

Magdalene atmete tief ein. Jetzt musste sie heraus mit der Sprache, ehe der Mut sie noch verließ. »Ich verstehe nicht, warum Ihr diesen Handel eingegangen seid. Welche Kröte muss ich schlucken?« Ihre Stimme hatte vor Aufregung einen schneidenden Ton bekommen, sie war rot wie ein Herbstapfel. Herr Rehnikel sah sie von der Seite an. Das Lächeln verschwand wie ein Schatten aus seinem Gesicht. In seine Züge trat die Aufmerksamkeit, mit der er das Mädchen schon bei der Verlobung betrachtet hatte. Er schwieg ein Weilchen.

Als sie schon dachte, er hätte nichts dazu zu sagen, begann er gegen das Fenster gerichtet zu sprechen: »Ihr seid verletzt, dass man Euch zu unserer Ehe nicht befragt hat, nicht wahr?«

Im Zimmer war es nicht kalt, dennoch fröstelte Magdalene. Sie rieb die Hände an den Armen, ehe sie antwortete. »Wir sollten ehrlich miteinander sein, wenn wir ein gemeinsames Leben führen wollen. Ich möchte im Bilde sein, warum Ihr ausgerechnet mich geheiratet habt, denn Ihr musstet dafür viel opfern, und zwar zumindest Euren Ruf. Ihr habt Euch freiwillig als Bösewicht hinstellen lassen müssen. Das tut man, wenn man eine Menge dafür erwartet. Welchen Gewinn erhofft Ihr Euch durch die Heirat mit mir?«

Magdalene sah, wie Herr Rehnikel schluckte. In seinem Gesicht arbeitete es, doch der Zornesausbruch, den sie befürchtet hatte, blieb aus. Herr Rehnikel atmete hörbar durch die Nase ein. Seine vor wenigen Minuten noch sanft lächelnden Augen blickten groß und ernst. »Warum glaubt Ihr, dass alles nur ein Handel ist?«

Magdalene war heiß. Auf ihrer Stirn sammelten sich kleine Schweißtröpfchen, die an den Schläfen herabzurinnen drohten. »Was soll es sonst sein?« Magdalene spürte die Sonne in ihrem Gesicht. Der Schein blendete, dass sie die Augen schließen musste. Sie wartete, dass Herr Rehnikel etwas tat. Aber er tat nichts. Er war ein schlauer Kerl, das hatte sie schon bemerkt. Schließlich war sie diejenige, die zu fragen begonnen hatte.

Herr Rehnikel schwieg. Er saß in dem dunklen Stuhl wie hineingegossen, die Arme auf die Lehnen gepresst und mit seinem Leibesumfang den Sitz füllend. Hinter seinen geschlossenen Lippen bewegte sich der Kiefer, die Augen wanderten den Erker hinauf und hinab, ringsherum, als sähe er das Fenster zum ersten Mal. Endlich sah er seine Frau an. »Ist unsere Verbindung nicht das Beste, was uns beiden zustoßen konnte?«

Das war nichts weiter als Überredungskunst. Das zu glauben, fehlten Magdalene die Gründe. Sie blieb still und schüttelte den Kopf.

»Lasst Euch Zeit, Magdalene. Ihr werdet es mit ruhiger Überlegung so sehen wie ich.«

Der Wein hatte sie benommen gemacht. Sie lehnte schwach in ihrem Stuhl und presste bitter die Lippen aufeinander.

»Was glaubt Ihr denn, könnte ich dafür fordern, dass ich Euren Sohn für meinen erkläre und meinen Ruf vor Euren stelle, um Euch zu schützen?« Herr Rehnikel fragte mit einem gespannten Blick, als hätte er ihre Gedanken gelesen. Er hörte nicht auf, Fragen mit Fragen zu beantworten.

Magdalene legte die Hand auf ihren Hals, an die Stelle in der Mitte, wo der Brustkorb eine Kerbe hat, rund wie ein Medaillon, und spürte an ihrer Fingerspitze den Puls. Sie kannte das. Es beruhigte. Sie konnte jetzt ohne Zittern in ihrer Stimme sprechen. »Auf jeden Fall Demut, und dass ich den Mund halte.«

Herr Rehnikel lächelte. In seinen Augenwinkeln erschienen Falten. »So? Da hätte ich mir eine andere aussuchen müssen. Demut gehört nicht zu den Eigenschaften, die Euer Onkel an Euch preist. Im Kirchenbuch ist im Übrigen schon vor drei Wochen eingetragen worden, was seit der Taufe des Kleinen dank der vorausschauenden Weisheit Eures Onkel frei geblieben war: der Vaterseintrag. Der lautet jetzt auf meinen Namen.«

»Warum? Warum damals schon? Da war ich gerade erst zurückgekommen!« Magdalene versuchte ihre Frage in dem gleichen ruhigen Ton zu stellen, den er benutzt hatte, doch es gelang ihr nicht. Die Aufregung färbte ihre Stimme hell.

»Schreibt es von mir aus dem Charakter eines Händlers zu.« Er lächelte. »Ein Händler muss eine geschlossene Muschel kaufen, wenn er eine Perle sucht. Wir geben damit unserer Kirche, was sie für die Ordnung in unserem Leben braucht.«

Magdalene konnte nicht dermaßen verächtlich schauen, wie ihr zumute war. »Gott können wir nicht betrügen, Herr Rehnikel. Ihr und ich wissen genau, dass Ihr mich noch nie berührt habt. Ich bin nicht die Jungfrau Maria, dass ich von einem Blick schwanger geworden wäre.«

Herr Rehnikel atmete tief ein. »Es sind die Leute, die dieses Spiel brauchen, nicht Gott. Ihr werdet bei mir kein schlechtes Leben führen und Euer Sohn wird Bürger dieser Stadt sein können. Ist diese Heirat nicht ein Akt der Mutterliebe gewesen?«

Magdalene winkte müde ab. »Einen guten Handel für die Kirche, für mich und den Hans und für Euch selbst, das könnt nur Ihr Euch ausgedacht haben, als wahrer Krämer. Seid Ihr denn nie auf den Gedanken gekommen, dass mich schon einer berührt hat und dass ich den im Stich gelassen habe? Wer sagt Euch denn, dass ich nicht dasselbe mit Euch tun werde?«

Ob sie Herrn Rehnikel getroffen hatte, konnte sie nicht sehen. Jedenfalls hörte er auf, sie auf das künftige schöne Leben hinzuweisen. Er stand auf und ging ins Nebenzimmer. Als er wiederkam, trug er ein Buch in der Hand. Es war eine Bibel mit braunem Ledereinband und dicker geprägter Schrift auf dem Deckel. Wegen des besseren Lichts ging er ans Fenster, hielt die Bibel in der Linken und blätterte mit der Rechten. Er war bei Matthäus, suchte offensichtlich eine bestimmte Stelle. Er hob das Buch näher an die Augen und zitierte. »Habt Ihr nicht gelesen, dass der, welcher sie schuf, sie von Anfang an als Mann und Frau schuf und sprach: darum wird ein Mensch Vater und Mutter verlassen und seiner Frau anhängen, und es werden die zwei ein Fleisch sein, dass sie nicht mehr zwei sind, sondern ein Fleisch? Was nun Gott zusammengefügt hat, soll der Mensch nicht scheiden.«

Magdalene konnte sich nicht beherrschen, es entfuhr ihr ein heftiges Nicken. Ihre Fäuste waren geballt, sie atmete dreimal tief. Das war ein wunderbares Mittel, das hatte ihr Bruder ihr beigebracht für die Situationen, wo der Onkel sie nicht weinen sehen sollte. Es funktionierte. »Das ist es doch! Wenn ich also von dem fortgegangen bin, dem ich Treue geschworen habe, habe ich gesündigt!« Sie sprach mit einer schönen klaren Stimme, als wäre das, was sie beschrieb, nicht schlimm.

»Gesündigt?« Herr Rehnikel ließ seine Augen wachsen, sie wurden immer größer. »Dass Ihr das Kind nicht vom Heiligen Geist empfangen habt, kann ich mir schon denken. Es gibt Gründe, nicht wahr? Dafür, dass Ihr nicht zu diesem Mann geht und dafür, dass dieser Mann nicht zu Euch kommt, wer das auch sein mag.« Georg Rehnikel kam vom Fenster zurück und ließ sich in seinen Stuhl fallen. Das Holz knarrte. »Ihr habt die Situation gewiss nicht selbst geschaffen. Ich habe Euch gesehen, als Ihr wiederkamt. So, wie Ihr aussaht, Magdalene, hattet Ihr keine Wahl, als Euch und Euer Kind zu retten. Ihr tragt keine Schuld.«

Magdalene antwortete nicht. Sein Wort stand in diesem Zimmer, es schwang von einer Wand zur anderen. Keine Schuld. Sie musste noch einmal tief einatmen. Herr Rehnikel sah sie besorgt an, als wäre sie krank. Er stand auf und öffnete das Fenster. Frische, tagwarme Luft wehte herein.

»Kehren wir zurück zur Frage, wer von dieser Heirat welchen Vorteil hat«, setzte Herr Rehnikel die Unterhaltung fort. »Ich gebe zu, die Heirat hat durchaus ihre Vorteile für mich. Doch Ihr sollt auch den Euren haben. Nennt mir Eure Bedingungen.«

Er sah sie von oben her an, in seine Mundwinkel setzten sich Falten. Stille schwappte herein. Magdalene ließ eine Zeit verstreichen, in der sie an ihrem Becher nippte, auf die Gefahr hin, dass es ihr den Verstand weiter vernebelte. Ihr Mut wuchs mit der Menge des getrunkenen Weines.

Herr Rehnikel ging im Zimmer umher. Magdalene überlegte, ob das seine Art war, eine starke Aufregung zu verbergen.

Er ging hinüber in den anderen Raum. Von hinten sah sie den Schweiß in seinem Nacken glänzen. Der Weinkrug, den er brachte, war neu gefüllt; sie merkte beim ersten Kosten, dass die Mischung dieses Mal stärker geraten war. »Also, was sind Eure Vorstellungen?« Er nötigte seine Frau regelrecht, ihm Forderungen zu stellen.

»Volle Freiheit in finanziellen Dingen: eine feste Summe für den Haushalt. Was übrig bleibt, ist mein. Ich will meine freien Stunden nicht überwacht haben. Zu wem ich gehe und was ich tue, darüber bin ich Euch keine Rechenschaft schuldig. Das ist ebenso meine Sache wie die Art und Weise, wie ich meinen Glauben erfülle. Und wenn ich Hilfe brauche für Dinge, die ich als Frau nicht allein tun kann, will ich nicht zu Begründungen gezwungen sein.«

Er lächelte, auf eine gewisse Weise erleichtert. »Dass ich im Gegenzug absolute Loyalität verlangen muss, ist Euch sicher klar. Es ist wichtig für mich, dass Ihr mich vor den Leuten nicht zum Hanswurst macht.«

Darauf nickte sie. »Das ist noch nicht alles.« Ihre Worte verlangsamten sich. Das war der Wein. »Das Eheleben im Bett, das darf nicht gegen meinen Willen geschehen. Wenn ich Nein sage, lasst mich in Frieden und fasst mich nicht an.« Jetzt sah sie es deutlich. Er war aufgeregt, sehr aufgeregt, auch wenn es den Anschein hatte, als bliebe er ruhig sitzen.

Seine Augenlider flatterten. »Ihr seid meine Frau und tut alles, was einer Ehefrau ansteht. Ihr werdet in meinem Schlafzimmer schlafen und an meiner Seite leben.« Er schaute sie gerade an.

»Ja, ich werde bei Euch schlafen. Euer Ruf bleibt heil.« Magdalene verzog den Mund spöttisch. »Schließlich habt Ihr bereits einen prächtigen Sohn gezeugt.«

Er spielte mit seinem Becher, drehte ihn in der Hand, kippte ihn, bis das erste Tröpfchen über den Rand floss. Ganz unedel leckte er es von seinem Finger und hob den Kopf. »Schließen wir einen vollständigen Handel. Wenn wir einmal mit der Ehrlichkeit begonnen haben, will ich wissen, wo Ihr in all den Monaten wart, in denen Euch kein Mensch in Halle gesehen hat. Von wem habt Ihr den Hans empfangen? Und warum ist dieser Mensch nicht gekommen, um nach Euch zu sehen?«

Magdalene schaute ihn eine Weile an und nickte. »Eines Tages werde ich es Euch erzählen. Es ist ein Geheimnis. Das wisst Ihr.«

Sein rundes Gesicht glänzte. Er hielt ihrem Blick stand. Kein Zwinkern. Kein Lächeln. Wenn es der Preis dafür war, dass sie mit ihm in Frieden leben konnte, wollte sie ihm ein paar Brocken von der Wahrheit hinwerfen. Sollte er sehen, was er damit anfing. Er reichte Magdalene die Hand. Es war ein Vertrag, den sie schlossen. Magdalene wusste nicht recht, ob es ein Sieg für sie war.

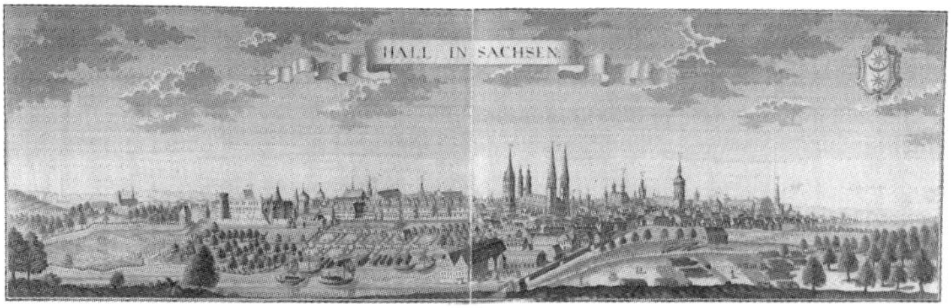

5. Kapitel

Die Magd Else sah Magdalene niemals ins Gesicht. Sie tat ihre Arbeit, aber sie warf keinen Blick auf ihre Herrin, machte den Mund nicht mehr auf als nötig und schaute das Kind nicht an. Gertrud dagegen war hingerissen von dem Kleinen. Sie berührte, so oft sie konnte, die winzigen Finger und strich über die pfirsichweiche Haut.

Mit Herrn Rehnikel hatte Magdalene einen kleinen Frieden gefunden. Sie redeten freundlich miteinander, besonders solange Else in der Nähe war. Magdalene aß abends mit ihm im Erkerzimmer und ging allein schlafen. Herr Rehnikel blieb noch auf und folgte zwei, drei Stunden später, wenn Magdalene schon fest schlief. Sie berührten sich nicht, aber sie taten sich auch nichts Böses.

Magdalene genoss ihre neue Freiheit. Als Frau Meisterin machte ihr niemand mehr Vorschriften. Sie hatte nicht geahnt, wie wunderbar es sein konnte, Herrin der eigenen Zeit zu sein. Sie gab Else die gleichen Arbeiten, die die Altmagd vorher verrichtet hatte, nur dass sie als Herrin die Abrechnungen von ihr erhielt. Magdalene genoss die Freiheit, nach Herzenslust in der Stadt herumzulaufen. Sie streifte durch den Trödel, wo sie als kleines Kind gewohnt hatte, sah sich bei jedem Markt jeden einzelnen der Händler an, grüßte von fern die Mädchen am Melusinebrunnen und besuchte Anna. Natürlich musste sie zuerst immer einen Anstandsbesuch bei ihrer Tante machen. Der kostete nie viel Zeit. Und vorher ging sie durch die Märkerstraße. Das bedeutete, sie konnte auf einen Sprung bei Sybille vorbeigehen.

Sybille arbeitete meist in der Küche der Ritterakademie. Dieses Haus schräg gegenüber des Bertramschen Hauses gehörte Herrn Michel Milié genannt La Fleur. La Fleur war der Kammerdiener des seligen Administrators gewesen und betrieb die Akademie, die als Ausbildungsstätte adliger Söhne für die höchsten Positionen dienen sollte. Das Gebäude besaß eine Länge von sechzig Schritten oder mehr, denn es war aus zwei stattlichen Häusern zusammengewachsen. Magdalene hatte früher oft das Treiben vor diesem Haus beobachtet, die vielen Menschen, die dort aus- und eingingen, junge Barone und Freiherren mit lockigen blonden oder braunen Perücken und Atlasgewändern. Sie liefen aufrecht, mit nach vorn gerecktem Kinn. Niemand wäre im Traum auf den Gedanken gekommen, an ihrer wichtigen Bestimmung zu zweifeln.

Sybille arbeitete seit vier Jahren hier, sie kannten sich seit sie Kinder waren in den Straßen rings um den Trödel. An einem freundlichen Tag zwei Wochen nach ihrer Hochzeit ging Magdalene zum ersten Mal wieder zu Sybille hinein. Sie schlüpfte in den Durchgang des Hauses, denn der Eingang zur Küche lag eine halbe Treppe tiefer und war vom Hof aus zu erreichen.

Magdalenes Blick durchdrang mühsam die Dampfschwaden über den Töpfen. Sybille saß an einem der kleinen Fenster und las Erbsen aus. »He, Lene, komm her! Gratuliere zu deiner Heirat! Komm her, du hast nicht etwa dein Kind mit? Ach, wunderbar! Lass sehen!« Magdalene ging zu Sybille hin und setzte sich neben sie auf das Fensterbrett. Entzückt beugte sich die Freundin über das Kleine. »Ach, was für ein süßes Kerlchen!« Sie zupfte an den Ohrläppchen und senkte die Nase auf das Kind. »Wie gut es riecht! Dein Mann ist wirklich glimpflich davongekommen mit dem, was er dir angetan hat!«

Auch Sybille gegenüber vermochte Magdalene nichts anderes zu tun, als die offizielle Geschichte zu verteidigen. »Sag ihm nichts Schlechtes nach, Sybille. Er hat mir nichts getan. Ich bin freiwillig bei ihm geblieben. Wenn jemandem etwas nachzusagen ist, dann mir.«

Sybille schlug die Augen zu Magdalene auf. »Nein, ehrlich, Lene, ich glaube ja manches. Aber dass du ausgerechnet diesem hässlichen alten Mann verfallen sein sollst?«

Magdalene zog die Brauen in der Mitte zusammen. »Er ist nicht hässlich! Er ist freundlich und liebevoll!«

»Warum hast du mich so viel nach ihm gefragt, bevor du ihn heiraten musstest? Wusstest du nichts von ihm?«

Magdalene schüttelte den Kopf. »Nein. Man muss sich einander nicht vorstellen, um ein Kind miteinander zu haben, oder?«

Sybille lachte. Sie schüttelte ihre rotblonde Lockenmähne, die sie verbotenerweise ohne Kopftuch trug. »Da hast du recht. Man kann sich ein Kind vom schlimmsten Unhold machen lassen, von einem Dieb oder einem Mörder, und weiß nichts davon.«

Magdalenes Herz setzte einen Schlag aus. Sybille konnte nichts von Jean wissen und schon gar nicht, dass Hans das Kind eines Mörders war.

Sybille wurde ernst. »Dir geht es also gut?«

Magdalene nickte. »Verheiratet sein ist viel besser als ich dachte. Und du, wie geht es dir?«

»Langweilig«, meinte Sybille. »Es passiert ja nicht viel in diesem Kaff. Außer, dass sie seit gestern einen Mörder im Gefängnis liegen haben. Er soll aufgehängt werden, weil er seine Frau umgebracht hat.«

»Einen Mörder? Davon weiß ich nichts.«

»Ach«, Sybille winkte ab, »es ist bloß einer von den Ketzern, ein Franzose.« Sie kicherte. »Einer von diesen furchtbar tugendhaften Reformierten! Die tun überheblich, dass sie auserwählt sind und solche Sachen. Und jetzt haben sie einen Mörder unter sich! Das muss ihnen furchtbar unangenehm sein! Na ja, nicht mehr lange. Wenn sie ihn aufgehängt haben, ist das Problem gelöst.«

»Wer ist das? Einer von hier?« Magdalene war warm geworden. Sie lockerte ihr Brusttuch.

»Nein, sie haben ihn von woanders gebracht. Er gehörte ursprünglich hierher, zuletzt hat er irgendwo anders gelebt.«

Magdalene wurde wärmer. Hier drin war eine Luft zum Ersticken. Sie fächelte sich Kühle zu, aber das half nicht. Zum Glück fing der kleine Hans an zu quengeln. Sie verabschiedete sich, Sybilles verwunderten Blick ignorierend.

Draußen atmete Magdalene tief. Der schlimme Verdacht, der ihr gekommen war, schlug Wellen rings um ihr Herz. Ihre Hände waren eiskalt geworden, das Gesicht rot. Jean de Morin war ein Mörder, das wusste sie. Er hatte seine Frau umgebracht. Hatten sie ihn nach so langer Zeit gefangen? Es war eine grausige Tat, und wenn er der Gefangene war, würde er dafür büßen müssen.

Vielleicht wusste Anna mehr. Magdalene klopfte tapfer an die Bertramsche Tür, plauderte ein paar höfliche Sätze lang mit ihrer Tante und schlüpfte zu Anna in die Küche. Anna war entzückt, Magdalene wiederzusehen. Die Hochzeit lag erst so kurz zurück, und doch kam es Magdalene vor, als wäre sie schon viel länger nicht mehr hier gewesen. Anna umarmte sie und küsste das Kind. Sie erzählte unentwegt, als Magdalene sich zum Stillen auf der Bank niederließ. Während Hans seine Nahrung bekam, fragte Magdalene: »Hast du schon von dem Franzosen gehört, den sie gefangen haben?«

Anna nickte. Natürlich hatte sie von dem Mörder gehört. Es war in jeder Küche in Halle an diesem Morgen das wichtigste Gespräch. »Sie haben nicht einmal ein richtiges Gefängnis, die Franzosen«, brummte Anna. »Sie haben den armen Mann im Keller unter dem französischen Gericht eingesperrt, also in dem Haus, wo Richter Duclos wohnt.«

Magdalene nickte, als würde es sie nicht richtig interessieren, und schaute auf ihr leise schmatzendes Kind.

»Und sie wollen, dass er seine Seele Gott anempfiehlt. Deshalb darf er zur Predigt.«

Das überraschte Magdalene nicht. Die Reformierten glauben daran, dass alles, was man erlebt, die Folge von Gottes Gnade ist, deren Maß er entsprechend der eigenen guten oder schlechten Taten gewährt. Also wollten sie selbst gute Menschen sein und ließen sogar einen großen Sünder Gottes Wort hören.

»Jeden Freitag, bis seine Gerichtsverhandlung stattfindet, werden sie ihn ab heute in die Franzosenkapelle führen. In Ketten natürlich, die trägt er seit vier Wochen.«

Magdalene riss die Augen auf. »Wieso seit vier Wochen? Ich denke, er ist erst gestern ins Gefängnis gekommen?«

Anna schmunzelte. »Siehst du? Es interessiert dich. Jeder will wissen, warum er seine Frau umgebracht hat. Sie sagen, es wäre viereinhalb Wochen her. Draußen in Wettin haben sie ihn schon genauso lange im Gefängnis gehabt. Sie haben dort herausbekommen, dass er zur französischen Gemeinde von Halle gehört, da mussten sie ihn herbringen. Weil sie über einen Franzosen nicht richten dürfen.«

Magdalene saß wie gelähmt auf ihrer Bank. Ihre Lippen waren zu Eis gefroren. In Wettin gab es sonst keinen Franzosen, nur Jean. Jean war all die Zeit im Gefängnis gewesen. Er hatte nicht nach ihr suchen können, weil er in Ketten lag. Er stand unter Anklage, weil sie glaubten, er hätte vor viereinhalb Wochen seine Frau umgebracht. Sie meinten Magdalene damit.

Sie stand auf und ging ein wenig in der Küche hin und her. Hans war fertig mit dem Trinken, sie legte ihn über die Schulter, damit er aufstoßen konnte. Nach einigen Schritten fragte sie: »Anna, heute ist Freitag, nicht wahr?«

Anna nickte und lächelte. Die Warze an ihrer Nase wackelte. Sie glaubte, sie hätte Magdalene durchschaut. Ihr weiches Herz kam nicht auf dem Gedanken, Magdalene könnte irgendein anderes Interesse haben als pure mädchenhafte Neugier. »Nun geh schon«, sagte sie, »ich kümmere mich um den Hans, du kannst ihn danach gleich wieder holen.«

Diesen Weg musste Magdalene flink gehen. Ihre Beine liefen von allein. Die Kapelle der Franzosen lag im Gelände der Moritzburg auf der anderen Seite der Stadt. Sie musste unbedingt hineingelangen, ohne dass jemand merkte, dass sie nicht zu den Reformierten gehörte. Sie hatte ein Tuch von Anna ausgeliehen, das sie über die Schultern zog wie die armen Frauen, die keinen Mantel besitzen. Magdalene ging mit gesenktem Kopf, weil sie nicht erkannt werden wollte. Es sollte sie keiner auf der Straße ansprechen, denn sie musste zeitig an ihrem Ziel sein, um nicht aufzufallen. Die Kapelle war unverschlossen, als Magdalene ankam. Noch kein Mensch befand sich drinnen. Rüböllichter malten auf den schlecht gekalkten Wänden bewegliche Schatten, hinter denen Reste alter Wandmalereien schimmerten.

Die junge Frau stellte sich in eine Ecke, die von vorn schlecht einsehbar war. Es war ein Winkel gegenüber dem Eingang, unter den spitzbogigen Fenstern. Die Kapelle war über den rechten Seitenflügel zugänglich, da sie in die Außenmauer der Moritzburg einbezogen war. Zur Tür gelangte man über den Burghof, an einer lärmenden, kegelnden Horde vor der Schänke vorbei. Die linke Seitenwand, an der Magdalene stand, war zugleich die Wand zum Burggraben, hinter dem ein Berg aufgeschüttet war, eine Schanze. Rings um das Kirchenschiff reihten sich Nischen, kleine und große Räume unter den Bögen, die zu katholischer Zeit die Plätze bedeutender Reliquien gewesen waren. Dort kniete sie nieder, neben einem der leeren Plätze in der Düsternis. Der Altar war hell erleuchtet, hinten herrschten dämmrige Schatten. Der Kirchenraum lag offen vor ihr. Oben führte ein Wandelgang ringsherum, auch dort war niemand hinter der Brüstung aus kunstvoll behauenem Stein zu sehen.

Magdalene musste die Wartezeit still und unbeweglich aushalten. Dabei war Warten für sie schon an gewöhnlichen Tagen eine Tortur. Dieses Mal war es eine Höllenqual. Sie gab sich große Mühe, auf dem Steinboden ruhig zu knien und nicht aufzustehen und nach einem anderen guten Platz zu suchen. Man würde den Gefangenen hierher bringen, damit er Gottes Wort hören konnte. Sie würde ihn sehen. Magdalene konnte nicht sagen, ob sie wirklich das Richtige tat, sie wusste nur, dass sie es nicht ertragen konnte, diese Möglichkeit ungenutzt verstreichen zu lassen. Sie wollte in sein Gesicht schauen und darin lesen: Quälten ihn Zerknirschung und

Reue, plagten ihn Schuldgefühle wegen des Mordes an seiner Frau? Und würde er, wenn er Magdalene erkannte, ein winziges bisschen Schuld empfinden?

Die Tür öffnete sich, zwei alte Weiber schlurften in die Nähe der Kanzel. Ein Knabe trat ein, der einige Kerzen anzündete. Magdalenes Finger zitterten. Ein Pastor kam herein und machte sich vorn zu schaffen. Es musste Pastor Vimielle sein, der älteste der drei amtlichen Prediger, die sie hier hatten. Mit einem Blick überflog er den Raum, aber er schien die fremde Frau nicht zu bemerken. Sie rührte sich nicht.

Die Tür öffnete sich ein weiteres Mal. Jemand trat ein, er sah aus wie ein Bettler. Nein, es war kein Bettler. Eine Kette klirrte zwischen seinen Handgelenken. Ein Wächter schob den Mann mit der Hand an der Schulter vorwärts. Die erbarmungswürdige Kreatur war ihr zuerst fremd, doch unter dem wirren schwarzen Barthaar schlummerten die vertrauten Linien seines Gesichts: Es war ihr Mann, ihr Mann vor Gott. Sie erkannte Augen, Nase, Mund, Erhebungen in einer Landschaft, die sich unter dem Gestrüpp des befremdlichen Bartwuchses verbarg. Das war Jean de Morin, den sie vor viereinhalb Wochen verlassen hatte, Jean de Morin, den man hängen würde, weil er seine Frau umgebracht hatte.

Pastor Vimielle nickte dem Wächter zu und wies mit der Hand auf den Platz, auf den der Gefangene gebracht werden sollte. Der Gefesselte ging langsam und vornüber gebeugt. Der Kittel, den er trug – es war sein alter Kittel, zu einem Lumpenfetzen verkommen – schlug gegen die hagere Brust. Selbst aus der Entfernung sah sie die wächserne Blässe seiner ehemals bronzenen Haut. Grindige Pusteln von entzündeten Flohstichen bedeckten das Gesicht. Vor Schmutz starrte sein ganzer Körper, nicht allein die bloßen Füße. Die Handgelenke waren von den groben Eisen wundgescheuert.

Sie kamen näher. Jean kniete an derselben Seite der Kapelle nieder wie Magdalene, schräg vor ihr, wenige Schritte entfernt. Sie sah seinen filzigen Haarschopf, staubig und strähnig. Es war ein Gefangener, einer dieser unbeliebten Franzosen, und gleichzeitig war es Jean, Hans Mohr, der Fischer an der Saale gewesen war. Ihre Brust schmerzte stark, sie presste die Hand darauf. Die Bilder um sie herum verblassten. Magdalene nahm wie durch einen Schleier wahr, dass andere Franzosen hereinkamen, die Andacht begann, französische Worte schwebten um das Mädchen herum. Sie begriff ihren Sinn nicht. Ihr war heiß, am liebsten wäre sie auf den kühlen Steinboden gesunken. Eine Zeit lang entfiel ihr völlig, was sie hier tun wollte. Die Gemeinde sang. Sie beteten gemeinsam und dann predigte Pastor Vimielle. Magdalene hatte die französische Sprache vergessen, hörte ihn lange in dem hohen, hallenden Raum reden und wusste nicht, wovon er sprach. Die Umrisse von Worten erreichten sie allmählich, sie nahmen Gestalt an, eines nach dem anderen.

Der Schleier verschwand.

Herr Vimielle stand vorn und verabschiedete die Gemeinde. Wenn sie Jean de Morin gleich fortbrachten, wäre Magdalenes unerlaubter Besuch hier umsonst. Sie musste ihm ins Gesicht sehen, bevor es zu spät war. Die ersten Franzosen verließen die Kapelle. Er kniete noch auf seinem Platz, dicht neben dem Wächter.

Magdalene stand auf, so schnell, dass sie stolperte, und ging die wenigen Schritte nach vorn. Das Tuch zog sie bis in die Stirn. Als sie auf gleicher Höhe war – ihr Herz rumpelte wie ein Karren auf holprigem Pflaster – wandte sie den Blick zu ihm, halb in der Hoffnung, er würde sie nicht bemerken, halb getrieben von dem Wunsch, ihm genau ins Gesicht zu sehen.

Er hob den Kopf. Er schaute direkt in Magdalenes Augen. Seine Züge waren schärfer geschnitten als früher, die Wangen eingefallen, das Gesicht von tiefen Linien durchzogen. Sein Blick schwelte wie Asche, ein winziges Flackern unter einer fahlen Schicht. Magdalenes Hoffnung, er möge den Mund öffnen und sprechen, zerfiel. Keine Regung verriet, ob er sie erkannte oder ob er in einer anderen Welt lebte. Er sah sie durchdringend an, die Lippen zu einem Strich gepresst. Magdalene war es, die den Blick senkte und weiterging.

Sie tastete sich bebend zum Ausgang, schloss die schwere Tür hinter sich und lief davon, immer wieder mit einem Blick über die Schulter, als könnte Jean sie verfolgen. Sie lief aufs Geratewohl davon. Ihre Füße trugen sie zur Halle, wo das Salz gemacht wird. Da unten fühlte sie sich wohl. Das mochte der Grund sein, warum ihre Füße dorthin wollten, trotz des morastigen Bodens und des stickigen Rauches in der Luft. Magdalene ging an der Wassermühle vorbei bis zu den ersten Siedehütten.

Man sah Fremde dort nicht gern. Kaum war sie von den Franzosen weg, zu denen sie nicht gehörte, lief Magdalene wieder an einen Ort, an dem sie störte, obwohl sie in ihrer Kindheit oft an diesem Platz gespielt hatte. Ihre Spielgefährten waren Kinder gewesen, deren Väter als Sieder, Stöpper oder Läder arbeiteten. Die Kinderschar rannte gern zwischen den Koten herum, von den Salzwirkern verjagt, von der Betriebsamkeit dieses Ortes ständig angezogen. Ihr großer Bruder Christoph war dabei, Sybille, die schon damals mit ihren rotgoldenen Locken auffiel, und bestimmt noch zehn weitere Bälger, wie sie geschimpft wurden. Die Salzarbeiter hatten stets einen wichtigen Stand in der Stadt, vor allem in den Notzeiten, von denen keiner genau sagen konnte, ob sie schon zu Ende waren oder nicht. Die letzte große Notzeit war die Pest, danach war es die Armut, die schlechte Ernte, manche fügten den Zuzug der Franzosen hinzu.

Magdalene hockte sich an einer Siedehütte nieder, die man hier Kote nannte, und lehnte sich mit dem Rücken an das lehmige Mauerwerk. Sie wusste, es gehörte sich nicht, dass sie hier saß, aber das scherte sie nicht. Es war schön warm. Magdalene saß an der Ecke auf einem löchrigen alten Korb inmitten einer Insel aus Vergangenheit. Sie schloss die Augen und war wieder das kleine Mädchen, das mit den Salzwirkerkindern spielt: Fangen und Hahnenkampf, Stelzenlauf und Verstecken. Beim Hahnenkampf nahm ihr Bruder Christoph sie auf den Rücken. Er war stark und gewandt gewesen und sie konnte gut kämpfen, das war die richtige Kombination für dieses Spiel. Zwischen den Koten lag die Luft von damals, der salzige Hauch auf den Lippen war der gleiche geblieben. Wenn Magdalene hier war, kam es ihr vor, als besäße sie noch ihre alte Familie, als wäre sie nicht so verlassen, wie sie es in Wirklichkeit war.

Verlassen war sie zuerst durch den Tod all ihrer Liebsten. Nun war sie es gewesen, die jemanden verlassen hatte. Und weil sie es getan hatte, musste Jean de Morin jetzt in einem Gefängnis sitzen. Nur wegen ihr sah er jetzt grau und schmutzig aus. Niemand wäre auf den Gedanken gekommen, ihn des Mordes zu beschuldigen, wenn Magdalene bei ihm geblieben wäre. Was sollte sie dem Hans eines Tages sagen, wenn er größer wurde? Hans, ich habe zugesehen, wie dein Vater aufgehängt wurde, und ich habe nichts dagegen getan. Oder sollte sie sagen: Es war eine schlechte Zeit mit ihm, ich musste ihn verlassen und kann nichts dafür, wenn jemand anderes daraus irgendwelche Schlüsse zieht. Oder sollte sie alles in ihrer Brust verschließen, niemandem ein Sterbenswort über die Zeit mit Jean de Morin verraten?

Magdalene versuchte sich an Jean de Morins Grausamkeiten zu erinnern, die sie von ihm fortgetrieben hatten. So viel sie nachdachte, die Grausamkeiten fielen ihr nicht mehr ein. Seine Schläge des letzten Tages konnte man ihrer eigenen Provokation zuschreiben, ihrer Enttäuschung und seiner Hilflosigkeit. Lag es daran, dass die sich entfernende Vergangenheit ein neues Bild malte? War es gut, dass Erinnerungen rosiger werden, je ferner ihr Entstehen ist? War das Leben einzig und allein dazu gemacht, um am Ende eine Erinnerung zu werden?

6. Kapitel

Magdalene kehrte in das Haus ihres Onkels zurück. Die Hände zitterten ihr. Als Erstes würde sie ihren Sohn holen und nach Hause gehen, sich in irgendeine Ecke setzen und nachdenken. Anna in der Küche herzte den Kleinen und schaukelte ihn auf den Armen. Sie trennte sich ungern von dem süßen Kind, doch Magdalene drängte es danach, allein zu sein. Sie hatte die Hand schon auf der Klinke und die Küchentür ein Stück geöffnet, da hörte sie direkt gegenüber, auf der anderen Seite des Korridors, die Tür vom Arbeitszimmer ihres Onkels aufspringen. Sie wartete, sie wollte ihrem Onkel jetzt nicht unter die Augen kommen und weitere höfliche Gespräche führen.

Jeden Tag kamen die verschiedensten Leute zu Conrad Bertram, dauernd ging die Tür und Anna oder er selbst ließen die Besucher in seine Bibliothek ein. Es waren Leute, die sich von ihm vor Gericht vertreten, Leute, die einen Handel beurkunden lassen wollten, oder Kirchenmänner, mit denen der Onkel über Geld oder Predigten oder andere Leute sprach. Conrad Bertram ging dieses Mal selbst an die Haustür. Magdalene schaute durch den Türspalt. Draußen vor ihrem Onkel stand effektvoll hüstelnd ein reifer Mann im silbern durchwirkten Seidenrock mit Spitzenmanschetten. Dieser Herr war Michel Milié, genannt La Fleur, der Franzose von gegenüber, der Herr der Ritterakademie, des vornehmsten Hauses in der Straße.

Monsieur Milié war von edler Herkunft und unterhielt sich trotzdem manchmal mit den Stadtbürgern. Sogar Magdalene hatte gelegentlich mit Herrn Milié ein paar höfliche Worte gewechselt. Sie bildete sich nichts darauf ein, denn sie konnte sich denken, dass sich Monsieur dabei bloß für die Fälle interessierte, die ihr Onkel bearbeitete. Er lebte davon, Dinge früher zu erfahren als andere Leute. Er war es gewesen, der als Erster mit der Neuigkeit vom Ableben seines Herrn, des seligen Administrators, im Jahre 1680 in Berlin zum Kurfürsten von Brandenburg gelangte. Diese Nachricht bedeutete viel, denn die Administratur war ein Zugeständnis aus dem Westfälischen Frieden, das sich auf Augusts Lebenszeit bezog. Deren Ende brachte dem Brandenburger die Herrschaft über jenen Teil von Sachsen, zu dem Halle gehört. Zum Lohn dafür, die Nachricht überbracht zu haben, erhielt Monsieur

Milié die Akademie, für die er das Haus in der Märkerstraße erworben hatte.

Herr Milié ging vor dem Onkel in den Hausflur hinein. Er strahlte über das ganze Gesicht, das von ausschweifendem Leben und mangelndem Schlaf faltig geworden war, und machte dem Onkel ein paar hübsche Komplimente. Dabei tänzelte er unablässig. Seine weiße Perücke war frisch gepudert und stank nach Mottenpulver. Magdalene vermutete, dass ihm darunter nicht ein einziges Haar wuchs, so eifrig wachte er über die künstliche Pracht. Er war kläglich klein und an den Gliedern schlaffhäutig wie eine alte Kuh. Seine winzigen blaugrauen Augen wanderten wie flinke Käfer hierhin und dorthin auf der Suche nach verdächtigen Details. Er sprach wegen seines jahrelangen Aufenthaltes hier ausgezeichnet Deutsch. Doch Französisch war die Sprache, die einen Hauch Vornehmheit mit sich brachte, da man glaubte, nichts auf der Welt wäre so vornehm wie der französische Hof. Herr Milié bediente sich der französischen Sprache mit Vorbedacht und oftmals zweckgebunden.

Conrad Bertram blieb an der Tür stehen und ließ Herrn Milié in sein Arbeitszimmer vorangehen. All die Zeit stützte sich der Franzose sacht auf seinen mit dicken Silberbeschlägen verzierten Stock. Die freie rechte Hand hielt er gestikulierend vor seine Brust, den kleinen Finger abgespreizt. Die beiden redeten frei und offen. Sie glaubten, da sie Französisch sprachen, wäre es so gut wie privat. Niemand im Haus sprach gut genug Französisch, um die Unterhaltung zu verstehen. Und dass Magdalene hier war und sie hören konnte, dass sie überhaupt sehr gut Französisch sprach, wusste der Onkel nicht. Sie redeten laut genug, dass Magdalene hinter der Tür jedes Wort verstehen konnte.

Monsieur Milié war ein guter Taktiker. Allerdings ging er jedes Mal nach demselben Muster vor, und da er schon öfter hier gewesen war, konnte Magdalene seine Mienenspiele vorhersagen. Während er höflich ein Pfeifchen entzündete, ließ er Tropfen für Tropfen den Grund seines Besuchs fallen. Magdalene war begierig darauf, etwas aus der Kolonie zu hören. Die Kolonie, das war die kleine Gemeinde der Franzosen, die seit vier Jahren in Halle bestand und stets gewachsen war. Hier mochten um die fünfhundert Réfugiés leben; so nannten sie sich nach dem französischen Wort refuge, Zuflucht. Das war eine beträchtliche Zahl, wenn man bedachte, dass in Halle seit der Pest nicht einmal mehr zehntausend Menschen wohnten. Die Franzosen hatten die Magdalenenkapelle als eigene Kirche bekommen, sie wollten bald eine Schule einrichten und einer von ihnen, Monsieur Duclos, war zum Richter bestimmt worden. Man mochte sie hier nicht, weil die meisten von ihnen Hungerleider waren, die sich mit geringen Arbeiten, mit Kramhandel oder Strumpfwirkerei knapp über Wasser hielten. Auch religiöse Gründe wurden angeführt, wenn jemand sich die Mühe machte, seine Geringschätzung zu begründen. Die Leute behaupteten, die Franzosen wären Ketzer, obwohl sie die gleiche Bibel lasen wie die Einheimischen.

In Wirklichkeit ging es um Besitz und Neid, da war sich Magdalene sicher. Man neidete den armen Teufeln ihr hartes

Brot. Kein einziger der gehässigen Leute hier erkannte seinen eigenen Hochmut.

Monsieur Milié war kein armer Teufel. Er war schon lange vor dem Edikt hergekommen, das verlieh ihm die Position eines Wissenden, in der er sich wohlfühlte. In Wahrheit stand er nicht im Mittelpunkt der französischen Gemeinde, da ihn nicht die schwierige Flucht und die schlimmen Entbehrungen mit seinen Brüdern verbanden, sondern kaum mehr als die gemeinsame Muttersprache. Das machte ihm nichts aus. Er verweilte viel lieber nicht im Mittelpunkt, sondern einige Meilen hoch darüber. Sein Stern stand im Zenit. Mit dem seichten Vorgeplänkel war er fertig, das hörte Magdalene an dem Tonfall, der sich senkte. Jetzt kam die Hauptsache, der Grund, warum Monsieur zu Conrad Bertram gekommen war. »Es wird bald einen Prozess bei uns geben«, tönte Monsieur Milié. »Wir haben einen Gefangenen, der bei unserem geschätzten Richter im Keller sitzt.«

Magdalene erschrak. Er war wegen Jean hier!

Der Monsieur seufzte tief. »Ich habe schon immer gesagt, dass die Sitten verfallen. Dieser Gefangene ist nicht mehr Herr seiner Sinne. Daher hat man sich entschlossen, dem Angeklagten, einem gewissen Jean de Morin, einen Fürsprecher im Prozess zu gestatten.«

Magdalene stand still im Flur, den Kopf nah an der Tür des Arbeitszimmers. Es war ihr gleich, was Anna davon hielt. Conrad Bertram begann zu fragen. Magdalene kannte das schon. Er tat ganz sanft, doch in Wahrheit lockte er damit seine Auftraggeber, viel preiszugeben. »Was haltet Ihr von ihm, diesem verderbten Menschen?«

Monsieur Milié mochte es, sich in Aufmerksamkeit zu sonnen. Conrad Bertram hatte einmal von ihm gesagt, er sei ein eitler Tropf, Magdalene dagegen glaubte, er sei zwar unglaublich eitel, aber alles andere als ein Tropf. Magdalene konnte sich gut vorstellen, dass er jetzt mit der Hand schmeichelnd über seine seidene Jacke strich, aus der die gerüschten Spitzenmanschetten der Hemdsärmel schauten, und sorgenvoll den Kopf wiegte. »Traurig, traurig«, hörte sie ihn sagen, »früher war er ein Edelmann, hat gebratene Wachteln zum Frühstück gegessen und Calvados zu Mittag getrunken. Das war die Zeit, da hat er sich gut zu seiner Frau betragen, zu gut. Er hat sie auf Rosen gebettet, ihr jeden Wunsch erfüllt, war stets vornehm und höflich. Für seine Kleider waren ihm Seide und Atlas kaum gut genug. Und heute? Er ist ein Bauer geworden, trägt einen Kittel aus grobem Leinen. Genauso hat sich sein Verhalten geändert. Das Pack säuft und hurt, streitet und schlägt sich. Die Frau war, als man sie zuletzt gesehen hat, schrecklich zugerichtet, hatte blaue Flecken und Verletzungen im Gesicht und an den Armen, und einen Tag später war sie verschwunden. Wenn man ihn fragt, antwortet er nicht oder wirres Zeug. Er ist ganz stumpf. In ihm lebt nichts mehr als ein irrer Geist.«

Herr Bertram fragte weiter. »Wie könnt Ihr sicher sein, dass er geisteskrank ist?«

Monsieur Milié antwortete: »Kennt Ihr das nicht, dass Euch ein Schauer über den Rücken läuft, wenn Ihr gewissen Menschen in die Augen seht? Man spürt das doch! Der Teufel, oder was Macht über ihn hat, ist stark. Ihr würdet nicht zweifeln, wenn Ihr ihn sehen könntet. Unfug erzählt er! Ständig murmelt er leise vor sich hin. Man fragt ihn, ob seine Gattin tot sei, Frau de La Roque, die Tochter des Comte des Foys en Languedoc, und was kommt von ihm? Keine Antwort, nur wildes Stieren. Dann fragen sie: Wo ist Madeleine? Und er schreit los: Ach, Madeleine! Wo kann sie sein? Als Nächstes stellt man ihm die Frage, ob er etwa selbst Schuld am Tod seiner Frau hätte, da schlägt er die Augen nieder und fängt an zu heulen wie ein Weib. Sagt selbst, ist das ein vernünftiges Verhalten? Nein, das sind Zeichen von Irrsinn. Es ist traurig, wenn man bedenkt, dass er früher Manufakteur war. Viele haben durch die Flucht aus der Heimat alles von sich lassen müssen, was ihnen lieb und teuer war, aber ihn ist es am teuersten zu stehen gekommen. Ihn hat es den Verstand gekostet.«

Mit der Kühle seines Berufes fragte der Jurist: »Warum ist man sicher, dass er seine Frau erschlagen hat? Hat man die Leiche gefunden?«

Magdalene roch den Tabakdunst aus dem Arbeitszimmer. Der Franzose würde jetzt in vollendeter Grazie einen Zug aus seiner Pfeife nehmen. Er antwortete überlegt: »Eine Leiche gibt es nicht. Die kann auf vielerlei Weise verschwunden sein. Die Tat ist von einem braven Wettiner Bürger namens Habermas angezeigt worden. Das Paar hat bis vor Kurzem dort gelebt, doch die Frau war, wie gesagt, von einem auf den anderen Tag verschwunden. Man hat nach ihr geforscht, ergebnislos. Man hat Jean de Morin befragt, aber der schweigt. Daraufhin haben sie ihn in Haft genommen.« Er schnäuzte sich umständlich. »Wir zweifeln nicht, dass etwas Schlimmes geschehen sein muss. Monsieur de Morin hat seine Frau früher niemals alleine gelassen, und nun ist sie seit fünf Wochen weg, wie vom Erdboden verschwunden. Ich habe keine Lust, irgendwelches Geschwätz auszubreiten, die Fakten sprechen für sich.«

Magdalene hatte Mühe, nicht laut zu husten. Monsieur Milié jagte jedem Geschwätz hinterher, er hätte es, wenn es ihm passend erschienen wäre, eilig und mit Vorliebe ausgebreitet. Stattdessen sprach dieser gewandte Mann langsam und gewählt. Er senkte den Tonfall. »Ihr müsst wissen, die beiden haben die hiesige Gemeinde in Schwierigkeiten gebracht. Im Februar letzten Jahres sind sie vom Hof des Kurfürsten zu uns nach Halle gekommen. Wir haben nicht gewusst, dass sie von dort geflohen waren! Sie haben bei unserem guten Pastor Vimielle gewohnt, einem Freund des Delinquenten. Gerade in dem Moment, als Kommissare des Kurfürsten angekommen waren, sind die beiden aus Halle verschwunden. Man hat uns bittere Vorwürfe gemacht! Der Kurfürst war sofort misstrauisch den halleschen Réfugiés gegenüber. Was für eine Schmach! Da erst haben wir erfahren, welch schlechten Charakter die Madame hatte. Sie ist ein eigensinniges Weib gewesen, hat versucht, ihren Willen durchzusetzen und einige Korrespondenzen in die alte Heimat aufrechterhalten. Der französische Rat hat sie gewissenhaft suchen lassen. Die Sache hätte schlimme Folgen haben können! Wer weiß, vielleicht hätte es Sanktionen gegen die Hallenser Réfugiés gegeben. Unserem guten Pastor Vimielle ist die rettende Idee gekommen: Man hat den Kommissaren erklärt, die beiden seien nach Frankreich zurückgegangen, und – welch glückliches Ende! – man hat uns geglaubt. Unsere Gemeinde ist sich einig, dass Jean de Morin mit aller Schärfe bestraft werden muss. Der Gerechtigkeit halber werden wir einen Prozess führen. Das Urteil steht allen schon vor Augen.«

Er räusperte sich und fuhr leise fort: »Seht Ihr, Herr Bertram, unser guter Richter sucht einen Rechtsvertreter für diesen armen Irren. Wir haben keinen Anwalt mehr in unseren eigenen Reihen, seit Monsieur Lugandi verschieden ist. Ich möchte Euch darauf vorbereiten, dass das Anliegen an Euch herangetragen werden könnte.«

Ein kurzes Schweigen legte sich in den Raum, dann fuhr der Franzose fort. »Ich persönlich habe Euch als den Besten empfohlen. Ich denke, der Kurfürst wird den Ausgang der Sache registrieren, und so könnte sich manche Reputation für den Anwalt ergeben, der den Morin auf die richtige Weise vertritt!« Herr Milié schaute Herrn Bertram fordernd ins Gesicht.

Eine Pause entstand, bis Magdalene den verständnisvollen Tonfall ihres Onkels hörte. »Sicher werdet Ihr einige Hinweise für mich haben, wie ich mich in dieser delikaten Sache positionieren sollte?«, fragte er sanft.

Nie zuvor war Magdalene aufgefallen, wie gut er sich verstellen konnte. In Wahrheit dachte ihr Onkel nicht daran, sich etwas vorschreiben zu lassen. Sie kannte ihn. Sie musste nur daran denken, wie sie selbst sich fühlen würde. Sie waren eben verwandt.

»Nun ja«, flötete der Franzose, »es steht mir fern, in Euer Können einzugreifen, aber da sind ein paar Dinge zu beachten. Sicher könnte ich Euch dabei von großem Nutzen sein.«

Er fuhr in kräftigerem Tonfall fort: »Das Wichtigste ist, die Sache so schnell wie möglich, so endgültig wie nötig und vor allem ohne Aufsehen zu bereinigen. Wo kommen wir denn hin, wenn sich herausstellt, dass wir die kurfürstlichen Kommissare belogen haben? Der Mörder gehört an den Galgen. Wenn man ihn laufen ließe, wäre er eine Schande für unseren Glauben und eine Gefahr für die Menschen. Leider hat Richter Duclos zu viel Mitleid mit dem Delinquenten. Ein kluger Rechtsvertreter kann dem einen Riegel vorschieben.«

Sieh an, Herr Milié wollte also für ein schnelles Todesurteil sorgen.

Magdalene verließ, als der Weg zur Tür frei war, das Haus wie gehetzt. Sie eilte über den Markt, nickte den Mädchen am Brunnen kurz zu und nahm den kürzesten Weg nach Hause. Sie brachte Hans in seine Wiege und blieb am Fenster des Schlafzimmers stehen. Ihr Herz klopfte heftig, weil sie schnell gelaufen war. Draußen zerfloss der letzte Junitag in blasser Hitze. Dünne Schleierwolken lasteten auf der Stadt, still stand die Luft zwischen den Mauern. Die Häuser wendeten ihre gelbe Seite zur Straße.

Jean de Morin würde also sterben, wie er es für seine Tat verdient hatte. Aber man meinte nicht die Tat, die er an Madeleine de La Roque begangen hatte. Man meinte, Jean hätte sie, Magdalene, erschlagen. Und das war nicht die Wahrheit. Er hatte ihr nichts getan. Klarer als zuvor konnte Magdalene sehen, dass er sie an jenem letzten Tag aus Verzweiflung geschlagen hatte, aus einer tiefen Verzweiflung an sich und seinem Leben, an seiner Schuld gegenüber Madeleine. Jean de Morin mochte ein Mörder sein, trotzdem verdiente er nicht zu sterben. Was er auch getan hatte, sie kannte ihn besser als all die Menschen, die über ihn richten wollten. Sie wusste, wie sehr Jean de Morin litt. Er war kein böser Mensch, er war verzweifelt. Sie musste hingehen und es ihnen sagen.

An diesem Abend verzichtete sie auf das Essen. Sie legte sich lange vor der Zeit ins Bett und ließ ihrem Mann über die junge Magd ausrichten, ihr sei nicht gut und er möge heute allein essen. Georg Rehnikel kam zu ihr ins Schlafzimmer, setzte sich auf die Bettkante und legte die Hand auf ihre Stirn. »Fieber habt Ihr nicht, Magdalene. Ihr seht blass aus. Ich mache Euch einen Saft zur Stärkung.«

»Nein, bitte nicht«, flüsterte sie. »Lasst mich nur ein wenig in Ruhe.«

Georg Rehnikel sah seine junge Frau aufmerksam an. Dann stand er auf und ging aus dem Zimmer.

In dieser Nacht schlief Magdalene nicht. Vielleicht kam es ihr auch nur so vor, denn am Morgen tastete sie verwirrt nach Hänschen, als sie seine hungrige Stimme hörte. Sie tastete nach dem Kasten, den sie schon zwei Wochen nicht mehr brauchte, weil Hans in ihrem neuen Zuhause eine Wiege besaß. Sie hatte tiefe Ringe unter den Augen, als sie aufstand, um das Kind zu stillen.

Es war gut gewesen, dass sie niemandem etwas erzählt hatte. Es nützte Jean de Morin überhaupt nichts, wenn sie sich offenbarte, und richtete noch Schaden an, für sie selbst, für Hans. Wenn Jean am Ende doch wegen Mordes aufgehängt wurde und vom Erdboden verschwand, musste niemand wissen, dass Magdalene in die Sache verwickelt war. Das Ergebnis war sowieso das gleiche. Sie musste sich um Hans kümmern. Wer sollte das tun, wenn sie Magdalene verhafteten wegen ihrer Lügen und der Irreführung der Ämter und der Leute? Wenn herauskam, dass Georg Rehnikel nicht der Vater ihres Kindes war, wie ständen sie alle da?

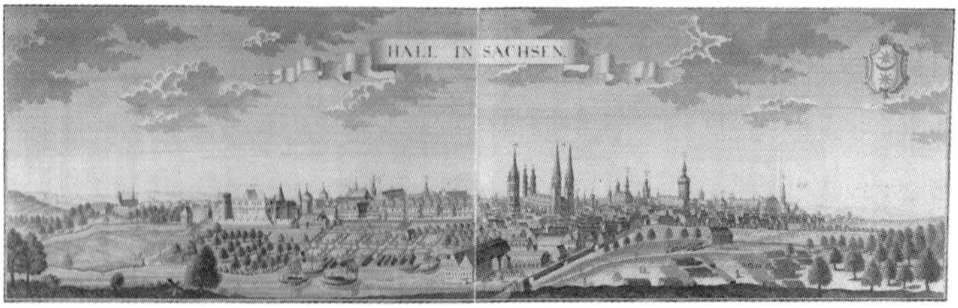

7. Kapitel

Drei Tage lief Magdalene schweigend durch das Haus. Der Sonntag verging tatenlos, bis auf die neue Pflicht, an Georg Rehnikels Seite zur Kirche zu gehen. Die übte sie schon zum dritten Mal aus, und man hörte allmählich auf, mit dem Finger auf sie zu zeigen. Magdalene und Georg Rehnikel und ihr kleiner Sohn, ferner die beiden Mägde und der Geselle, das war jetzt die neue Familie des Spezereienhändlers. Die Leute gewöhnten sich an den Anblick.

Allerdings ging es Magdalene schlechter. Sie aß nichts mehr; das führte dazu, dass Hans nicht mehr genug Milch bekam. Er schrie mitten in der Nacht, obwohl er vorher schon durchgeschlafen hatte. Georg Rehnikel stand am Morgen des vierten Tages an ihrem Bett und beugte sich über sie. »Magdalene, Ihr werdet jetzt eines von meinen Medikamenten nehmen, sonst werde ich ernsthaft böse.«

Sie richtete sich auf. »Wieso macht Ihr Medikamente? Ihr seid kein Apotheker.«

Er setzte sich neben sie. »Ich kann für meinen eigenen Gebrauch so viel davon machen, wie ich will.« Er lächelte. »Und das hier dient zur Stärkung der Seele. Magdalene, Euer Körper ist heil. Eure Seele braucht Stärkung.«

Er reichte ihr einen Becher. Gehorsam setzte sie ihn an die Lippen und trank. Es war ein bitteres Gesöff, alles andere als lecker. Sie kniff angewidert die Augen zu, trank aber den Becher leer.

»Wollt Ihr es mir nicht sagen, Magdalene? Ich sehe, dass Euch etwas bedrückt.«

Sie schlug die Augen zu ihm auf. Wenn sie ihm jetzt sagte, dass sie schuld war an der Verhaftung des Jean de Morin, wenn man herausbekam, dass sie mit dem Fall zu tun hatte und sie ins Gefängnis steckte, würde Georg Rehnikel sie – wie jeder in der Stadt – verachten. Das wollte sie nicht. Sie konnte es ihm nicht sagen. Sie musste für ihr Kind da sein. Alles andere musste dahinter zurückstehen.

»Ihr schweigt, Ihr werdet Eure Gründe haben, Magdalene. Tut wenigstens Eurem Kind Gutes und esst, damit Ihr es ausreichend stillen könnt.«

Magdalene nickte schuldbewusst. Es war ein guter Rat. Denn beim Essen fiel ihr ein, dass sie sehr wohl die Macht hatte, etwas zu tun, ohne sich in der Öffentlichkeit zu verraten. Sie war schließlich die Nichte eines wichtigen Juristen.

Der Sommer wälzte sich auf die Stadt. Es war Dienstag, der 4. Juli. Ein Geruch nach Fäulnis und Staub lag in den Straßen, die auf einen erlösenden Regenguss warteten. Die heiße Luft flirrte, die Blätter der empfindlichen Blumen in den Gärten rollten sich ein. Mitten durch das Marktgetümmel bahnte sich Magdalene einen Weg. Es war noch früh genug, die Kühle des Vormittags noch nicht völlig von der Hitze aufgefressen. Ihr Platz wäre eigentlich in ihrer Küche gewesen, wo sie sich um ihren eigenen Haushalt kümmern müsste. Zwar zog Magdalene jederzeit das bunte Treiben auf dem Markt der Küchenarbeit vor, doch heute ging sie nur über den Platz, weil es der kürzeste Weg war. Sie war aufgeregt, weil sie ungebeten zu ihrem Onkel gehen würde.

Seit Magdalene ein Kind war, hatte der Markt sie ablenken und fröhlich machen können. Es waren die Farben, die sich dort wie in einem riesigen Kessel vermischten, alles bewegte sich und tönte, von allen Seiten gingen neue Ströme zum Markt hin und von ihm weg. Man brauchte nur die Augen ein wenig zusammenzukneifen, schon verschmolzen die Köpfe und Schultern und Arme zu einem bunten Brei, aus dem Stimmen aufstiegen wie Gerüche aus einem Kochtopf. Sie wehten einem ins Gesicht, ob man wollte oder nicht. »Betrüger, willst mir altes Leinzeug aufschwatzen für zwei gute Groschen, das höchstens drei Pfennige wert ist!« – »Gute Ware, gute Ware, frisches Obst, fest und fein!« – »Lauft nicht so eilig vorbei, schaut auf das schöne Geschirr, zart gebranntes

Steinzeug!« – »Elender Hurensohn, gib mir meinen Beutel wieder, du hast mich bestohlen!« – »Eine fette Henne für acht Pfennige, so ein fettes Hennchen habt Ihr Euer Lebtag noch nicht gegessen!« – »Wollt Ihr mich übers Ohr hauen? Über welchen Leisten habt Ihr dieses Leder gezogen, der Schuh sitzt hinten und vorne nicht …«

Wenn man die Augen wieder öffnete, löste sich das Gewirr auf in viel Volk, das zwischen den Händlern hin und her strömte, stehen blieb, ein paar Sätze lang verweilte und weitertrieb. Knochige Bäuerinnen und hutzlige Alte priesen an ihren Ständen Früchte und Mehl, Kleie und Brot an. Die meisten hatten ihre Waren auf dem Boden oder auf Fässern und Kisten rings um sich ausgebreitet und thronten, die Fäuste in die Seiten gestemmt, wie die Glucken über ihrem Kram. Gegenseitig überschrien sie sich, eine lauter als die andere, in immer höherem Tonfall, bis sich ihre Stimmen überschlugen und sie für einen Moment still blieben. Sie stritten um die besten Plätze, und unter dem Gejohle Betrunkener keiften sie sich boshaft an. Einen Augenblick später konnten sie schon wieder in den interessantesten Klatsch vertieft sein, den sie sich lauthals quer über die Köpfe der Leute zuriefen. Wenn es regnete, taten sie, als gäbe es den Regen nicht, hielten die Tücher fest und riefen weiter Käufer herbei. Es roch nach Fisch und fauligen Früchten, nach dem Dunst schwitzender Menschen und brüllender Tiere. Der Messerschleifer stand da, Marktschreier hofften auf Bewunderung der Zwerge und Missgeburten in ihrem Tross, die sich in barer Münze auszahlte. Schmutzige Bettler gab es in Mengen, die saßen auf den Stufen der Kirche oder an den Hauseingängen und hielten die Hand auf, bis sie verscheucht wurden. Wenn man Glück hatte, waren Gaukler da, die mit Bällen jonglierten oder Musik machten. Menschentrauben bildeten sich um die Theaterbuden, ganz gleich, was dort gezeigt wurde. Manchmal kamen Geschichtenerzähler, die alte Sagen schilderten, die erstaunliche oder traurige, derbe oder spaßige Begebenheiten zum Besten gaben. Als Kind hatte Magdalene stundenlang zugehört; meist vergaß sie alle Aufträge zu erledigen und erntete daheim Schimpf und Strafe. Die bunten Gestalten hatten wunderliche braune, kletternde Tiere am Halsband bei sich, die sie Affen nannten. Ihre Sprache klang fremd, ihre Augen blitzten und ihre Worte waren blumig. Magdalene war nicht die Einzige, die ihre Pfennige zu geben bereit war, damit die Geschichten kein vorzeitiges Ende fanden. Über allem lag wie eine Glocke dieses babylonische Gewirr aus Geräuschen, das die Stadt erst zur Stadt machte und alle Menschen mit magischen Kräften auf den Marktplatz zog.

Heute jedoch war alles anders. Magdalenes Neugier schlief. Sie streifte die fremden und bekannten Menschen mit einem Seitenblick. Sie hörte nicht zu, was sie riefen, sie schaute nicht hin, als unweit von ihr eine Keilerei zwischen zwei Betrunkenen ausbrach. Sie mochte nicht einmal eine Zuckerstange kaufen. Der Bäcker, bei dem sie manchmal ein, zwei Pfennige ausgab, sah ihr fragend nach, als sie mit gesenktem Kopf an ihm vorüberging. Hin und wieder nickte Magdalene Nachbarn und Bekannten zu, blieb aber nicht stehen, um ein paar Worte zu reden.

Conrad Bertram befand sich in seinem Arbeitszimmer, als sie zu Besuch kam; Anna ließ sie verwundert zu ihm gehen statt nach oben zur Tante. Magdalene klopfte und trat ein, ohne auf eine Antwort zu warten. Der Onkel wollte auffahren, als er sie erkannte, aber sie schnitt ihm schnell das Wort ab. »Ich bin aus geschäftlichen Gründen hier.«

»Du? Allein?«

Sie nickte. »Die Sache betrifft mich und muss unter uns bleiben. Wenn Ihr mir das nicht garantieren könnt, wird sie bald noch mehr Menschen betreffen, nicht zuletzt Euch und Eure Familie, lieber Onkel.« Sie hatte sich die Worte den ganzen Morgen lang zurechtgelegt, doch sie klangen nicht so machtvoll, wie sie es sich ausgemalt hatte.

Er versteifte sich.

Sie meinte eine Unsicherheit zu erkennen. Das machte ihr Mut. »Ihr sprecht im Gericht für den Franzosen Jean de Morin.«

»Woher weißt du das?«, fuhr er auf.

Sie lächelte und fuhr fort, ohne auf diese Frage zu antworten. »Ihr solltet alle Informationen über die Sache haben, damit Ihr Eure Aufgabe erfüllen könnt. Ich will sie Euch geben. Seid Ihr damit einverstanden?« Sie ging hinüber zu seinem Schreibtisch, wo er saß, und setzte sich auf den Stuhl, auf dem sonst Besucher platziert wurden.

Ihr Onkel lehnte sich zurück und spielte mit seiner Schreibfeder. »Nur zu«, meinte er.

Magdalene lächelte, als ob es einfach wäre. In Wirklichkeit fiel ihr schwer, den Mund zu öffnen. Sie tat es, als sein fragender Blick ihre Beklemmung zu entlarven drohte. »Zuerst müsst Ihr wissen, dass Madeleine de La Roque nicht Mitte Mai diesen Jahres, sondern schon am 17. Mai des vergangenen Jahres gestorben ist.« Der Onkel sah sie ungläubig an und wartete, dass sie weitersprach. »Zum anderen sollte Euch bewusst werden, dass die Leute in Wettin von einer anderen Frau sprechen, wenn sie von ihrem Verschwinden erzählen.«

»So? Tun sie das? Und wer sollte das sein, wenn nicht Madeleine de La Roque?«

Magdalene verschränkte die Arme, um mehr Kraft zu gewinnen. »Magdalene Bertram.«

Dem Onkel wurden die Augen groß. Er war tatsächlich einen Augenblick sprachlos. Er flüsterte: »Der war es? Der hat dir das Kind gemacht? Und der hat dich so zugerichtet? Noch ein Grund mehr, ihn an den Galgen zu bringen! Eine Frau hat er ermordet, die andere entführt und ins Unglück gestürzt!«

Magdalene schüttelte den Kopf. »Nein! Nein, Onkel, so war es nicht! Jean ist kein böser Mensch, gewiss nicht. Er hat sehr an Madeleine gehangen und niemand weiß, wie sie zu Tode gekommen ist. Mir jedenfalls hat er nichts angetan, er hat mich weder dort draußen festgehalten noch mir Gewalt angetan!«

»Was willst du? Hängen muss er sowieso! Willst du, dass alle Welt erfährt, wie sehr du und ich und Herr Rehnikel gelogen haben?«

Magdalene schüttelte den Kopf. Sie schniefte. »Es muss die Wahrheit gesprochen werden. Er darf nicht für einen Mord an mir hängen, den er nicht begangen hat.«

»Den Mord an Madeleine de La Roque, den hat er begangen, nicht wahr? Warum willst du ihn schützen?«

»Ihr, lieber Onkel, Ihr müsst ihn schützen! Denn Ihr seid als sein Fürsprecher ausgewählt worden. Warum, was glaubt Ihr? Weil sie glauben, einem Lutheraner liegt nichts an einem Franzosen. Sie glauben, dass Ihr nicht an seiner Verurteilung rütteln werdet. Deshalb haben sie Euch ausgewählt, nur deshalb!«

Conrad Bertram schüttelte den Kopf. Er schnaufte durch die Nase und schaute nachdenklich zum Fenster hinaus. Er schnaufte noch einmal und schaute seine Nichte von der Seite an. »Und dennoch, ihn zu schützen, ist unrecht. Wenn der Mann ein Mörder ist, kann ich ihn nicht gegen besseres Wissen aus dem Gefängnis holen.«

Magdalene runzelte die Stirn und fragte: »Und woher wollt Ihr wissen, dass er ein Mörder ist?«

»Weißt du, dass er es nicht ist?«

Sie schwieg lange. »Das nicht«, antwortete sie langsam. »Ich habe lange geglaubt, dass er ein Mörder ist, aber ich bin mir jetzt nicht mehr sicher, denn es gibt keinen Beweis dafür. Eines weiß ich genau: dass er nur wegen mir in diesem Gefängnis hockt.«

»Willst du, dass ich sündige?«, fragte der Onkel.

»Nein«, antwortete Magdalene. »Ist Euch denn nicht aufgefallen, dass die französische Gemeinde unbedingt Jeans Tod will? Das stinkt zum Himmel! Da liegt die Sünde, nirgends sonst!«

Der Onkel schaute das Mädchen nachdenklich an. Sie sah, dass er darüber schon nachgedacht haben musste, denn er war nicht überrascht. »Das eine ist so falsch wie das andere. Wie kannst du verlangen, dass ich die Augen vor der Wahrheit verschließe? Und wie können diese Franzosen das verlangen? Ich verstehe das nicht.«

Sie senkte den Kopf. Ihre Stimme wurde leiser. »Ich bitte darum, dass Ihr barmherzig mit Sündern seid. Ich bin eine Sünderin für all das, was ich Euch angetan habe. Ich habe den Rehnikel geheiratet, ich will Euch keinen Kummer mehr machen, ich will eine gute Nichte sein. Lasst Jean leben, ja?« Ein Bild stieg vor ihr auf, Jean am Galgen, und Panik erfasste sie. Jeans schöne schwarze Haare, sie fliegen über den Strick, der sich um seinen Hals zusammengezogen hat. Sein steifer Körper weht im Wind, Krähen hacken nach seinen Augen. Was er auch getan hatte, niemals, niemals durfte das geschehen! »Bitte, Onkel Conrad, ich flehe Euch an, tut alles, was Ihr könnt, damit Jean leben darf!« Sie wurde immer weicher, während sie sprach. Am Ende rutschte sie von ihrem Stuhl vor ihm auf die Knie.

Conrad Bertram schüttelte den Kopf. Er fasste ihren Arm. »Steh auf, Lene, steh doch auf. Ich werde darüber nachdenken. Du hast recht, ich sehe einige Fragezeichen. Ich sollte ganz und gar nicht tun, was sie erwarten. Schon allein deshalb, weil offensichtlich einige von den Franzosen an seinem Tod interessiert sind. Und weil sie glauben, wenn ich der Fürsprecher bin, haben sie nichts zu befürchten.«

Sie hob den Kopf und wischte sich mit der Hand übers Gesicht. Conrad Bertram nickte und fügte hinzu: »Ich verspreche dir, dass ich meine Aufgabe als Fürsprecher ernst nehmen werde.« Seine Stimme wurde fest. »Ich muss erfahren, ob er wirklich ein Mörder ist. Das bist du mir schuldig. Es ist deine Aufgabe, ich kann das nicht herausbekommen. Wie auch? Ich bin nur für das Papier zuständig, für die Gesetze. Du wirst es schaffen, das weiß ich. Wenn überhaupt jemand die Wahrheit herausfinden kann, dann du. Und du wirst danach bei Herrn Rehnikel bleiben und nicht mit dem Franzosen verschwinden, oder?«

Magdalene kam hoch, sie stand vor ihrem Onkel, die Augen noch vom Salzwasser verschmiert. »Ja, Onkel Conrad. Ich will meine Schuld abtragen.« Da tat der Onkel etwas, was er in all den Jahren noch nicht ein einziges Mal getan hatte: Er umarmte seine Nichte.

Magdalene hielt sich nicht zu Hause auf, nur so lange, wie sie brauchte, um den Hans zu stillen und neu zu wickeln. Sie verließ das Haus trotz der aufgestiegenen Hitze gegen Mittag, das Kind im Arm, und wandte sich zur Magdalenenkapelle, wo sie Pastor Vimielle zu finden hoffte. An der Kapelle waren zwei Maurergesellen damit beschäftigt, die losen Steine im Mauerwerk des Sockels mit Mörtel zu befestigen. Sie rührten in ihrem Bottich mit einer Eisenstange, ein dritter schleppte gebrannte Tonziegel von einem Eselskarren heran. Es waren schmale Gestalten in schmutzigen grauen Kitteln. Staub bedeckte ihre Haare. Die Luft roch nach Schmutz und Schweiß.

Magdalene trat zu dem Mann am Karren und fragte ihn auf Deutsch nach dem Pastor. Er ließ die Hände sinken und hob den Blick zu ihr. Seine Augen waren grau wie der Staub von den Steinen, sein Unterkiefer schob sich mürrisch vor.

Er antwortete undeutlich auf Französisch: »Der Pastor war gerade hier. Ihr habt ihn knapp verpasst.« Er drehte sich weg, dem Karren zu.

»Und wo könnte er hingegangen sein?«, fragte sie in Französisch. Der Mann legte den Ziegelstein ab, den er eben aufheben wollte, und wandte sich ihr zu. Mit der Hand wischte er über das Gesicht, seine Stimme klang eine Spur freundlicher. »In seine Wohnung«, antwortete er. »Dort drüben oberhalb der Burg. Man nennt es das Jägerhaus, es ist ein Haus mit einer grünen Eingangstür.«

Das einzige Haus mit einer grünen Eingangstür war das weithin sichtbare Fachwerkhaus oberhalb der Moritzburg, außerhalb der Mauer auf dem Berg, den sie Jägerberg nannten. Es war vom Burgbezirk aus leicht zu erreichen. Magdalene trat bis dicht vor die Tür und holte tief Luft. Sie klopfte. Ein schmächtiger Knabe im schlichten blauen Dienergewand öffnete die Tür. Es war ein Junge von nicht mehr als zehn Jahren, doch seine schmale Hand lag fest auf dem Türknauf. Er sah sie aus dunkel bewimperten Augen ruhig an, ohne ein Wort zu sagen. Er trug sauber gebürstete, fadenscheinige Kleider, einen dunklen Rock und braune Culottes, Kniehosen. Seine nackten Füße steckten in Schuhen aus Tuch.

»Monsieur Vimielle, est ici? Ich würde ihn gern in wichtiger Sache sprechen«, bat Magdalene.

Mit ruhiger Selbstverständlichkeit nahm er die Hand weg und gab ihr den Weg in den Flur des Hauses frei. Dort deutete er auf den Boden, und sie verstand, dass sie hier warten sollte. Der Knabe ging den Flur entlang bis an dessen Ende, öffnete vorsichtig eine Holztür und verschwand dahinter. Kaum einen Augenblick später kam er wieder heraus und nickte ihr zu, und jetzt ging auch Magdalene den Flur entlang bis in die Kammer hinter der Tür. Mitten in einem kleinen kahlen Raum stand der Mann, den sie schon einmal von ferne gesehen hatte, ein älterer Herr im schwarzen Rock des Predigers. Er war ebenso groß wie Magdalene und schlank gebaut. Das schüttere Haar trug er nach hinten gekämmt. Seine Augen blinzelten in hellem Grau, sie schwammen in dem blassen Gesicht wie Wellen auf einem See. Er sah sie über ein großes, ramponiert wirkendes Augenglas hinweg fragend an, nahm das dicke Gestell von der Nase und rieb sich die Lider.

»Bonjour«, grüßte sie, »je m'appelle Magdalene Rehnikel.«

Der Mann kam auf sie zu, seine Miene blieb kühl. »Guten Tag«, sagte er, »Wollt Ihr so freundlich sein und mir Euer Anliegen mitteilen?«

Ihre Antwort beschränkte sich auf ein Nicken. Der Pastor bot ihr einen Platz auf einem hölzernen Schemel an. In der Mitte auf den steinernen Bodenfliesen stand ein schlichter Tisch mit einem ungepolsterten Lehnstuhl und zwei runden Schemeln. An der Wand hing ein kleiner Bibliotheksschrank mit einem Dutzend Büchern, einigen Schubladen und Fächern voller Papier. Das Zimmer war nicht viel größer als Magdalenes Dachkammer. Es wurde von einem einzigen Fenster erhellt, dessen zwei Flügel das Licht durch je acht einzelne kleine Scheiben schimmern ließen. Auf dem Tisch lag ein großes, schweres Buch, das der Prediger zuschlug und in die Bibliothek zurückstellte. Er selber blieb vorm Fenster stehen. Er betrachtete das Mädchen, die Hand auf dem Magen gepresst, und fragte: »Warum wollt Ihr mich sprechen?«

Sie bemühte sich um einen geraden Rücken und ein freundliches Lächeln. »Ich komme zu Euch, weil ich hörte, Ihr wärt ein Freund des gefangenen Jean de Morin. Ich habe einige Informationen, den Fall betreffend.«

In rascher Geschwindigkeit lief über sein Gesicht ein Erstaunen, gefolgt von Ärger. »Es ist ein Fall, der ausschließlich die französische Kolonie betrifft. Ihr könnt nichts dazu beitragen.« Er löste sich von der Fensterbank und knurrte: »Ihr spioniert, Ihr wollt mich aushorchen!«

»Nein! Ich will helfen!«

Er gab ein scharfes Lachen von sich. »Ich kenne die Schwatzweiber. Habt Ihr keinen Mann, der Euch an den Kochtopf verweist? Im Brief an die Epheser steht geschrieben: ›Ihr Frauen, ordnet euch euren Männern unter wie dem Herrn. Denn der Mann ist das Haupt der Frau.‹ Mischt Euch nicht in Männersachen ein. Dabei entsteht nur Unheil!«

Magdalene erhob sich von ihrem Schemel. In ihrem Hals brodelte Galle. Der kleine Hans auf ihrem Arm gab ein ängstliches Mauzen von sich. »So? Ihr weist meine Hilfe zurück? Euch ist Jean de Morins Schicksal gleich?«

Auf seinen bleichen Wangen entstanden rote Flecken, seine alterstrockene Haut glänzte matt. »Was soll das? Jean de Morin dauert mich aus tiefster Seele. Ich weiß nur nicht, was Euch das angehen sollte.«

Monsieur Vimielle, das Fenster im Rücken, stand vor Magdalene als große schwarze Gestalt, ein Flammschwert der

Gerechtigkeit, das sich von oben herab gegen sie neigte. Hinter ihm, durch das Fenster konnte Magdalene die Moritzburg sehen, wo die schwarze Brandruine des Festsaales bedrohlich in die Luft stach. Der Pastor starrte seine Besucherin an, die Brauen zusammengezogen, und schwieg. Sie fragte mit aller Freundlichkeit, zu der sie sich aufraffen konnte: »Monsieur Vimielle, könnt Ihr Euch vorstellen, dass Madeleine de La Roque nicht dieses Jahr, sondern schon letztes Frühjahr gestorben ist? Am 17. Mai!«

»Ganz sicher nicht!« Herr Vimielle lief binnen eines einzigen Augenblickes rot an. »Hinaus!«, schrie er, und seine ausgestreckte Hand wies zur Tür. »Hinaus! Es ist genug der Einmischung! Das steht Euch nicht zu! Wir wollen unsere Ruhe, unseren Frieden, eine neue Heimat! Ihr seid hier indésirable! Tricarde! Unerwünscht!«

Magdalene verlor kein Wort. Es schien sowieso nichts anderes möglich zu sein. Hans auf ihrem Arm hatte beim Aufbrausen der Stimme zu schreien begonnen, so laut, dass sie sich nicht einmal verabschieden konnte. Sie verließ das Jägerhaus und lief hinab in die Stadt, auf dem Rückweg dieses Mal an der Mauer der Moritzburg entlang. Sie grübelte, womit sie Herrn Vimielle erzürnt hatte, obwohl er Jeans Freund war.

Der kleine Hans beruhigte sich allmählich. Sein Schreien verkam zu einem Schluchzen. Ein paar Mal schluckte er noch tief und unglücklich, dann war Ruhe.

Neben der Mauer um den Graben der Moritzburg stand eine andere junge Frau mit einem Säugling im Arm. Sie wiegte das Kind und summte ein französisches Lied dabei. Das Gesicht reckte sie in die Sonne und blinzelte dabei. Es war offensichtlich eine von denen, eine Reformierte. Magdalene lächelte sie an, als Hans noch einmal laut aufschluchzte. »Gleich wird er schlafen«, meinte sie auf Französisch und kam näher.

Die Französin lächelte zurück und schaukelte das Kind in ihrem Arm. Sie trug dunkle, gedrehte Locken zu beiden Seiten der Wangen und ein lädiertes rotes Seidenkleid. Erst sprach sie nicht. Nachdem Magdalene gefragt hatte: »Ist es ein Junge oder ein Mädchen?«, erwiderte sie leise: »Ein Mädchen. Es heißt Marthe.«

»Ich habe einen Sohn«, lächelte ihr Magdalene entgegen. »Hans. Er ist jetzt schon sieben Wochen alt.«

Da fand sich erneut ein Widerschein des Lächelns im Gesicht der Französin. »Marthe auch. Marthe ist am 8. Mai geboren.«

»Hans auch, am gleichen Tag!«

Beide strahlten sich an. Magdalene fragte: »Ihr wohnt noch nicht lange hier, nicht wahr? Wo kommt Ihr her?«

Die junge Frau musterte Magdalene und antwortete zögernd: »La Roque d'Antheron heißt die Stadt. Das könnt Ihr nicht kennen.«

Magdalene erwiderte: »Nein, das kenne ich nicht. Ein Freund von mir kommt aus der Gegend um Carcassonne, aus Cazilhac. Das ist weit entfernt von La Roque d'Antheron, oder?«

Sie nickte, ein neugieriges Blitzen erschien in ihren Augen. »Das ist im Languedoc. Wer ist Euer Freund, kenne ich ihn?«

Magdalene hob die Schultern. »Ich weiß nicht. Ich glaube, ihm geht es gerade nicht gut. Er ist im Gefängnis. Jean de Morin heißt er.«

Die junge Frau schlug sich mit der freien Hand auf den Mund. »Um Himmels Willen, Ihr habt nicht etwa mit diesem verdorbenen Menschen zu tun?« Sie wiegte ihr Kind, das begonnen hatte, sich zu regen, mit der anderen Hand.

»Glaubt Ihr«, fragte Magdalene leise, »dass er das Schlimme getan hat, was sie ihm vorwerfen?«

Die junge Frau warf einen prüfenden Blick aus ihren dunklen Augen zu Magdalene herüber. Sie entgegnete: »Ich kenne den Mann nicht. Unsere Prediger haben schon drei Wochen nacheinander im Gottesdienst gesagt, dass jeder von Gott den Lohn erhält, den er für seine Taten verdient. Man kann seinem Schicksal nicht entgehen, sagen sie, und das würde man an diesem Mann sehen, den sie jetzt zum Tode verurteilen. Er soll seine Frau erschlagen haben. Sie war von Adel, sie war die Tochter eines Comte.«

»Glaubt Ihr, dass er sie erschlagen hat?«

»Warum wollt Ihr das wissen?« Sie löste sich von der Mauer, gegen die sie sich gelehnt hatte, und schaute Magdalene jetzt gerade in die Augen.

Magdalene schlug den Blick nieder. »Weil ich es bezweifle.«

Die Französin schüttelte den Kopf. »Von uns glaubt es jeder. Habt Ihr ihn gesehen? Er darf freitags in die Predigt, ein paar meiner Nachbarn waren letzten Freitag hauptsächlich wegen ihm da. Man sieht es ihm einfach an! Flackernder Blick, verwahrlostes Aussehen, schreckliche Geschwüre im Gesicht. Ein solcher Mensch kann nicht von Gott auserwählt sein.«

Das war ihr Glaube, so verfuhren die Reformierten. Gott wählt sich seine Schafe aus. Was für eine Dummheit, dachte

Magdalene. Jeder Mensch, den man ins Gefängnis wirft, sieht nach einer Weile verwahrlost aus. Deshalb ist er noch lange nicht schuldig. »Warum denkt Ihr so? Habt Ihr Mitleid mit der toten Frau?«

Die Französin schüttelte den Kopf. »Wir kannten sie nicht. Wir wissen aus der Predigt, dass sie einen schlechten Charakter hatte. Dass sie sterben musste, war Gottes Strafe.«

Magdalene drückte ihr Kind an sich. Sie mochte nicht daran denken, dass sie mit dem Gedanken gespielt hatte, diesen grausamen Glauben anzunehmen. Vermochten sie denn nicht barmherzig zu sein, diese Franzosen? »Sagt«, wechselte Magdalene das Thema, »wisst Ihr, warum Prediger Vimielle nicht mit mir reden will? Ich habe es vorhin versucht, aber er hat mich rausgeworfen.«

Die junge Frau lachte. »Mit dem alten Griesgram braucht Ihr nicht zu reden. Er hält grundsätzlich nichts von Frauen. Vielleicht ist er ja von einer enttäuscht worden?« Sie zwinkerte und fuhr fort: »Ich glaube, er ist so geworden, weil die Pfarrer in Frankreich schon lange ein schweres Leben haben. Die Verfolgung geht in erster Linie gegen sie, weil man meint, damit könne man unseren Glauben am besten ausrotten. Schon vor über zwanzig Jahren hat man das Tragen der Amtstracht außerhalb der Gotteshäuser verboten und den Titel aberkannt. Als Nächstes ist das Verbot gekommen, in unseren Kirchen Psalmen zu singen, wenn draußen eine katholische Prozession vorbeizieht, später durften in gewissen Städten keine von unseren Priestern überhaupt Wohnung nehmen. Vor zehn Jahren hat der französische König ein Gesetz erlassen, dass an Orten mit weniger als zehn protestantischen Familien kein Gottesdienst mehr abgehalten werden darf. Zur selben Zeit ist die Anweisung erlassen worden, Pfarrer dürften ihre Funktion nur drei Jahre ausüben. Was sollten sie tun? Ins Exil gehen? All jene mit Familie hatten ein Problem, weil Kinder über sieben Jahren das Land nicht verlassen dürfen. Und trotzdem ist es die einzige Lösung. Man muss heimlich gehen und hoffen, dass man nicht ertappt wird. Wen sie finden, der landet auf der Galeere. Einzelne haben abgeschworen und sind zum Katholizismus übergetreten, die Kreaturen, in der Hoffnung, im Geheimen weiter Reformierte bleiben zu können. Aber das ist auch nicht einfach. Die Behörden in Frankreich sind misstrauisch und gehen jeder Anzeige nach, und schon hat man sein Leben verwirkt. Prediger Vimielle hat, wie ich hörte, in Frankreich einen Teil seiner Familie verloren, er selbst war eine Zeit im Gefängnis. Man muss verstehen, wenn er kein fröhlicher Mensch ist.«

Magdalene senkte den Kopf. »Das tut mir leid. Ich habe das nicht gewusst, das mit den Pfarrern.«

Die Französin streckte ihr die freie Hand entgegen. »Isabeau Baret heiße ich.«

»Magdalene Rehnikel.«

Sie schüttelten sich die Hände.

»Ich hoffe, wir sehen uns wieder. Ich muss nach Hause. Also in die Wohnung, die sie uns hier gegeben haben.« Die Französin lächelte schwach.

»Ich würde mich freuen«, antwortete Magdalene, und es war ehrlich gemeint.

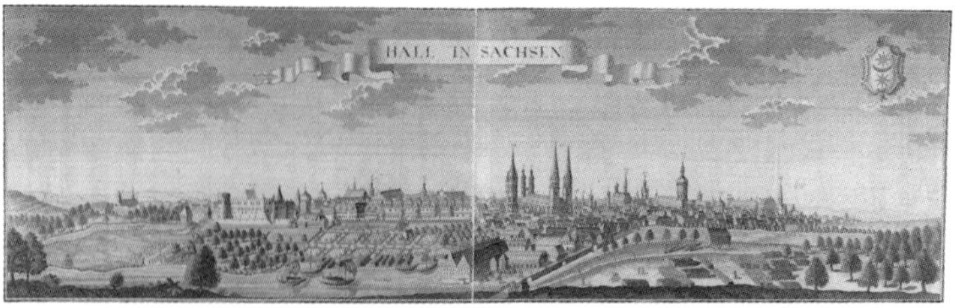

8. Kapitel

Drei Tage später, am Freitag, stellte sich Magdalene an den Rand der Straße vor der Moritzburg. Sie wollte nicht noch einmal in die Kapelle der Franzosen gehen. Wenn Pastor Vimielle oder jemand anders sie erkannte, würde man sie hinauswerfen. Sie musste dennoch Jean de Morin wiedersehen. Der Rest des Morgennebels lag in der Stadt, ein Dunst setzte den Kronen der Bäume Schleier auf. Magdalene fröstelte trotz der aufkommenden Wärme.

Sie blieb da stehen, wo die Brücke über den Burggraben führte. Wieder hatte sie ein Tuch über den Kopf gezogen und schaute zu Boden. Eine Menge Menschen passierte die Stelle, Franzosen und Hiesige. Magdalene konnte an den Schuhen unterscheiden, wer kam. Die ganz Armen und die Bettler gingen ohne Schuhe. Es gab einige Leute mit ledernen Schuhen und silbernen Schnallen darauf, die meisten trugen einfache Bastschuhe oder solche aus Tuch, dazu Holzsohlen. Die Franzosen, wenn sie Schuhe trugen, hatten anders gemachte Leisten, schmalere Schuhe mit verdeckten Nähten.

Magdalene erkannte die nackten Füße, auf die sie gewartet hatte. Sie schaute auf.

Jean de Morin ging es schlechter als in der Woche zuvor. Das sah sie an seiner wachsbleichen Haut und dem stumpfen Blick. Er kniff die Augen zusammen, weil ihn das sommerliche Licht blendete. Magdalene hielt den Atem an. Konnte ihm denn niemand helfen? Sahen sie denn alle nicht, wie dieser Mann litt? Wollten sie ihn einfach verrecken lassen, damit er im Gefängnis starb und sie sich den Prozess sparen konnten? Jean ging vorbei, ohne Magdalene zu wahrzunehmen, die ein paar Wochen zuvor noch in seinen Armen geschlafen hatte. Jean, dachte sie, Jean, bist du ein Mörder?

Sie stand noch lange da, als Jean mit dem Wächter im Burgtor verschwunden war, und rang um Fassung. Vorsichtig und langsam machte sie sich auf den Weg zu ihrem Onkel in die Große Märkerstraße.

Sie hatte Glück, dass er gleich zu sprechen war. Das kam selten vor. Entweder besuchten ihn Gäste oder er war mit wichtigen Arbeiten beschäftigt, dass alle im Haus Order bekamen, auf Zehenspitzen umherzugehen. Sie klopfte an die Tür des Arbeitszimmers. Sie hörte sein Herein und blieb an der Schwelle stehen.

Conrad Bertram stand am Fenster, die Hände auf dem Rücken zusammengelegt. Er trug einen schlichten dunklen Rock ohne Zierrat und seine Füße steckten in einfachen Stiefeln. Ohne Perücke war er Magdalene lieber, da lagen seine Augen nicht im Schatten der wallenden Locken. Er drehte sich zu seiner Nichte um. »Was gibt es?«, fragte er ungnädig.

»Ich hätte gern gewusst«, begann Magdalene zaghaft, »ob Ihr schon etwas in der Sache Jean de Morin gehört habt.«

Er zog die Brauen hoch. »Da ist nichts zu hören. Ich habe die Papiere bekommen und den Termin. Die Verhandlung findet in einer Woche statt, am 12. Juli. Dieser Tag ist ihnen günstig erschienen. Mehr wird in der Sache nicht passieren.«

Magdalene senkte den Kopf. Der 12. Juli. Das waren nur noch sieben Tage.

»Und du, Magdalene? Hast du etwas in der Hand?«

Sie schüttelte den Kopf. »Noch nicht.« Entschlossen hob sie das Kinn. »Aber ich werde alles herausfinden.«

»Das ist auch dringend nötig«, antwortete ihr Onkel ruhig. »Ich habe recherchiert. In der französischen Gemeinde gibt es insgesamt einen einzigen Fürsprecher für den Angeklagten. Ein einziger ist der Meinung, dass das Todesurteil nicht richtig ist. Alle anderen, wirklich alle, wollen seinen Tod.« Es bestätigte das, was Magdalene von der dunkeläugigen Französin erfahren hatte.

»Ist Monsieur Vimielle dieser Fürsprecher?«

»Nein. Der sagt, der Mensch darf sich nicht darüber hinwegheben, was Gottes Wille ist.«

»Warum hat niemand Mitleid mit Jean?«, fragte sie.

Ihr Onkel zuckte die Schultern.

Magdalene blinzelte. Sie kannten ihn nicht. Fünfhundert Franzosen, sie konnten nicht alle persönlich etwas gegen Jean haben und wussten nichts über die Frau.

Sie versuchte selbst eine Erklärung. »Jean und seine Frau sind von Berlin gekommen. Sie waren bei Hof, sie haben sich danach nicht lange hier aufgehalten. Sie haben nie richtig zur Gemeinde von Halle gehört.«

Conrad Bertram nahm die Hände vom Rücken. »Die Predigten. Es müssen die Predigten sein. Jeden Sonntag wird die Verdammnis über Monsieur de Morin verkündet, all seine Sünden werden aufgezählt. Was glaubst du, wie schnell man eine Gemeinde überzeugen kann? Ich glaube, man braucht bloß eine einzige Predigt dafür.«

»Warum tun sie das?«

»Manchmal geschieht so etwas. Einer gehört nicht mehr dazu, einer steht draußen. Warum gerade er, das weiß ich nicht.«

Magdalene stand im Türrahmen, von dem sie sich nicht wegbewegt hatte. Sie hielt sich daran fest. »Ich glaube, ich weiß es. Sie sind Reformierte, sie müssen die Wahrheit sagen, weil es sonst Sünde ist. Als die Kommissare aus Berlin gekommen sind, hatte die Gemeinde nur die Wahl zwischen einer Lüge und einer Bedrohung ihrer Existenz. Also haben sie wegen Jean de Morin den Kurfürsten angelogen. Sie haben, als Jean de Morin mit seiner Frau von hier geflohen ist, behauptet, die beiden wären nach Frankreich zurückgegangen.

Das war eine schwere Sünde. Die können sie sich selbst nicht verzeihen und dem Jean erst recht nicht.«

»Ja, das ist eine Erklärung. Sie haben wegen ihm gelogen, aus dem wichtigsten aller Gründe, nämlich um ihren eigenen Arsch zu retten. Sie geben ihm die Schuld dafür.«

»Und wer«, flüsterte sie mehr als sie fragte, »ist der einzige Fürsprecher?«

»Richter Duclos. Er sagt, es gäbe nicht genügend Beweise. Und da muss ich ihm zustimmen.«

Magdalene zerbrach sich den Kopf, wie sie die Wahrheit über Jean de Morin und den Tod seiner richtigen Frau herausfinden sollte. Noch sieben Tage. Sie lief von ihrem Onkel aus einen großen Umweg nach Hause. Er führte am Haus des französischen Richters vorbei. Hier unten, im Keller, saß Jean, dem sie vor Gott Treue geschworen hatte. Das Haus lag draußen in der Nähe des alten Steintores, vor den Mauern, wo sie schon lange aus Platzmangel draußen bauten. Die Franzosen hatten es gemietet, weil es groß genug war, um Verhandlungen zu führen, und eben wegen des Kellers, der als Gefängnis dienen konnte. Magdalene schlich auf Zehenspitzen näher, um kein Geräusch zu überhören. Es war ein solides Gebäude mit einem Sockel aus Bruchsteinen. Eine Kellerluke suchte sie vergebens. Gab es welche zur Hofseite? Oben öffnete sich ein Fensterflügel, deshalb beugte sie sich über ihren Korb. Einige Leute bewegten sich auf der Straße, sie gingen geschäftig in den hellen Sommertag hinein, dabei war niemand, den Magdalene kannte. Sie sah sich die Haustür an, eine schwere, mit einer eisernen Klinke und einem großen Schloss versehene Barriere. Nichts bewegte sich im Untergeschoss. Fast schien es, als wäre die Nachricht vom Gefängnis hier drinnen ein Märchen, doch es gab keinen Zweifel. Jean war hier, wenige Ellen von ihr entfernt, und wäre diese klobige steinerne Mauer durchsichtig wie Glas gewesen, hätte sie ihn sehen können, wie ihn ihr die Vorstellungskraft vorgaukelte: in dem feuchten, stockfinsteren Loch auf dem Stroh, stöhnend und in die Hände weinend. Da unten musste der Gestank unerträglich in jeden Riechnerv beißen. Schimmel an den Wänden, fauliges Stroh und den Eimer für die Notdurft würde man nicht sehen, nur riechen. Sie verharrte eine Weile still vor der kalten Mauer, aber sie hörte keinen Laut.

Erst als Magdalene am Abend ein wenig Ruhe beim Stillen hatte, fiel ihr etwas ein. Sie saß in dem gepolsterten Stuhl im Erkerzimmer, draußen verging der Juliabend. Jean hatte ihr tatsächlich von jenem Pastor Vimielle erzählt. Wie hatte sie das vergessen können? Er nannte keinen Namen, jeder Name wäre Magdalene Schall und Rauch gewesen, da sie nicht geglaubt hatte, je einen von denen kennenzulernen. Jean sprach von einem Freund aus früheren Tagen, mit dem er stets angenehm philosophiert hätte. Es gab zu diesem Thema nicht viel zu sagen, es ging eigentlich, als sie mit Jean vor der Hütte in der Abendsonne saß, um die Philosophie im Allgemeinen. Magdalene versuchte, sich genau zu erinnern, was Jean damals gesagt hatte.

Leise gurrte vor dem Fenster eine Taube. Ein kalter Hauch streifte über ihr Gesicht. Das vergehende Licht des Abends tauchte die Umgebung in eine blaue Farbe. Es war eine Stimmung ähnlich der an jenem Abend vor der Hütte am Saaleufer, wahrscheinlich konnte sie deshalb Jeans Stimme beinahe lebendig hören. »Oh, ich habe immer gerne philosophische Gespräche geführt. Ich hatte einen guten Freund, der mich lange Zeit in allerlei schweren Situationen begleitet hat. Der war durch sein Studium an vielen alten Büchern vorbeigekommen. Ihm ist es ähnlich gegangen wie mir. Er hat sich gefragt, was jene Philosophen bewegt haben konnte, was sie angetrieben hat. Es ist nicht überraschend zu hören, dass wir überall das Gleiche finden. Es treibt uns die Frage, welches die allgemeine Gerechtigkeit ist, wie Gott sie bestimmt hat. Jeder Philosoph versucht sie zu erkennen.«

»Was ist aus deinem Freund geworden?«, fragte Magdalene damals.

»Es geht ihm gut. Er hat ein gutes neues Leben hier gefunden. Es ist schade, dass wir keine Freunde mehr bleiben konnten. Ich habe ihn durch einen gewissen philosophischen Disput als Freund verloren«, er senkte den Kopf und schwieg. Magdalene fragte an jenem Abend weiter. »Was für ein Disput war das?« Er blieb still, nur Enten quakten ab und zu. Sie sahen dem Fluss beim Fließen zu. Als sie schon glaubte, er würde ihr nicht mehr antworten, murmelte er: »Wer hätte denn ahnen können, dass es ihn so trifft? Wir haben über ein Bibelkapitel gesprochen, das 11. Kapitel der Offenbarung. Ich meinte gar nicht ihn …«

Je besser Magdalene sich an diesen Abend erinnerte, umso mehr kam sie zu der Überzeugung, dass dieser Freund nur Monsieur Vimielle gewesen sein konnte. Man kannte Jean de Morin in Halle, und von anderen Freunden als Pastor Vimielle sprach niemand. Ihr gemeinsamer Weg aus der alten Heimat hierher war bezeugt. Wenn es ein philosophischer Disput zwischen den beiden gewesen war, würde eine Freundschaft daran nicht zerbrechen. Derart tief konnte kein Gespräch Keile treiben, dass ein Pastor seinen ehemals besten Freund nicht vor dem Galgen retten wollte. Hatte er nicht gesagt, dass er Jean aus tiefster Seele bedauerte? Pastor Vimielle stand doch auf Jeans Seite? Oder gehörte er zu denen, die wie Herr Milié La Fleur das Todesurteil wollten?

Während sie drinnen mit dem Kind in ihrem Sessel saß, arbeiteten Georg Rehnikel und sein Geselle Jakob Lichtenberg wie jeden Abend noch lange im Labor. Das Muskatenöl stellten sie abends her, wenn sie nicht durch Leute im Laden gestört werden konnten. Die Altmagd Else murmelte in der Küche zwischen den Zähnen hindurch: »Gertrud, ich fresse einen Besen, wenn dieses junge Weib jemals dem Meister Rehnikel beigelegen hat. Die fühlt nicht das Geringste für ihn. Die sieht ihn nicht einmal an, wenn sie vorübergeht. Sie lacht ihm niemals zu. Die kann ihr Kind von jedem anderen bekommen haben, aber nicht von unserem Meister.«

»Warum sollten sie es sonst behaupten?«, fragte Gertrud erschreckt und verwundert.

»Geld. Es geht immer um Geld. Der Vormund wird ihr eine Menge davon mitgegeben haben, damit hat er unserem Meister das Gerede bezahlt. Damit das junge Huhn den eigenen Ruf retten konnte. Aber der ist sowieso hinüber.«

Gertrud zwinkerte erschrocken. Sie antwortete nicht.

Magdalene brachte den kleinen Hans in seine Wiege. Er schlief friedlich. Er gedieh gut, seit sie hier wohnte. Er war schon gewachsen und konnte mit den Händen die Seiten seiner Wiege greifen. Sie verließ das Schlafzimmer auf Zehenspitzen. Gertrud war dabei, das Abendessen im Erkerzimmer aufzutragen. Sie war nervös, Magdalene konnte sehen, wie ihr die Hände zitterten.

»Was hast du, Gertrud?«, fragte sie. »Du hast doch irgendetwas.«

»Nichts«, schüttelte das Mädchen den Kopf. Das Brett mit dem Brot fiel ihr herunter. Sie ging auf die Knie und sammelte alles auf. Als sie hochkam, legte ihr Magdalene die Hand auf den Arm. »Nun sag schon.«

Gertrud senkte den Kopf. »Else sagt, Ihr würdet nie unseren Meister anlachen. Und Ihr würdet überhaupt nichts für ihn fühlen. Deshalb könnte das Kind nicht von ihm sein.« Sie raffte den Rock und rannte die Treppe hinunter.

Magdalene sank auf den Stuhl. Sie dachte an Georg Rehnikel. Sie war jetzt schon mehr als drei Wochen mit ihm verheiratet. Tatsächlich hatte sie ihn noch nie angelacht. Es war kein Wunder, dass Else so dachte.

Von unten, von der Küche her, schlurften Holzpantinen, klapperte Geschirr. Leises Murmeln drang zu ihr herauf. Es ging ihr gut hier. Es war ihr noch nie so gut gegangen wie jetzt. Sie hatte genug zu essen. Sie musste sich nicht um neue Kleider sorgen. Sie konnte kommen und gehen, wann sie wollte. Vor allen Dingen kümmerte sie sich kaum um den Haushalt, bis auf die Abrechnung, die sie jeden Tag mit Else machte.

Das musste anders werden. In einer Woche, wenn alles entschieden war.

Auf der Treppe klangen die Schritte von Georg Rehnikel. Er öffnete die Tür und trat ins Erkerzimmer, nickte ihr zu und setzte sich auf den Platz rechts neben ihr. Das geschah jeden Abend. Wie jeden Abend fragte er: »Wie geht es dem Hänschen?«

Und sie antwortete wie jeden Abend: »Schläft.«

Er redete ein bisschen von seinen Spezereien. Magdalene hörte es gern. Es ging diesmal um das Muskatenöl. Sie hörte zu, und zum ersten Mal musste sie lächeln. Tatsächlich, das hatte sie bisher noch nie getan. Sie lächelte, weil Georg Rehnikel liebevoll von Muskatenöl sprach wie andere von Gold und Edelsteinen. Wahrscheinlich waren ihm die Spezereien wirklich genauso viel wert.

»Sagt«, fragte sie dazwischen, »riecht Ihr das eigentlich noch? All diese Düfte? Das Haus ist voll davon. Wenn man es jeden Tag riecht, verliert man dann den Geruch eines Tages?«

Herr Rehnikel stockte. Wenn sie es Duft nannte, mochte sie es. Er musterte sie und sah das feine Lächeln in ihren Mundwinkeln. »Ich weiß nicht, wie viel Ihr riecht, Magdalene, aber ich rieche jeden Tag andere Spezereien. Ich glaube, ich habe den Geruch noch nicht verloren.«

Sie aßen beide ihr Brot. Das Fenster stand offen, die Wärme des Tages kühlte allmählich ab, die Dämmerung stieg auf. Magdalene schaute verloren in die Ferne. Sie ließ ihr Brot sinken und drehte den Kopf zu ihrem Mann. Er erwiderte ihren Blick, in seinen blanken dunklen Augen lag Ehrlichkeit.

Ehrlichkeit konnte ein Anker, ein Rettungsseil für Magdalene sein. »Wenn Ihr mögt, erzähle ich Euch heute die ganze Geschichte, wo ich gewesen bin. Vielleicht könnt Ihr mir helfen, denn ich weiß nicht mehr weiter. Mein Onkel und Ihr und ich, wir wissen die Wahrheit über Hans. Aber Ihr müsst noch den Rest erfahren, um zu verstehen, was mich quält.«

Georg Rehnikel schob sein Brot weg. »Lasst uns keinen Augenblick vergeuden, Magdalene. Setzen wir uns bequem hin, dann könnt Ihr reden.« Er holte die beiden Becher, goss neuen Wein hinein, nahm Magdalenes Hand und zog sie mit sich zu den Armlehnstühlen im Erker.

Herr Rehnikel beobachtete seine Frau, die im Sessel saß wie hingegossen und die Augen schloss, dass man schon denken konnte, sie wäre eingeschlafen. Doch sie war hellwach. Ab und zu nippte sie von ihrem Becher.

»Also«, begann sie und machte gleich wieder eine Pause.

Er wartete geduldig. In der wachsenden Dunkelheit hörte sie nichts als seinen ruhigen Atem, sie sah schemenhaft seine Umrisse gegen das Licht vom Fenster her. Magdalene raffte sich auf. »Was ich Euch zuerst sagen muss, ist, dass ich noch eine dringende Aufgabe zu erledigen habe. Es ist ein Akt der Barmherzigkeit. Da ist ein armer Gefangener, der an den Galgen kommen soll und der genau das nicht verdient hat. Ich möchte, dass ihm Gerechtigkeit widerfährt.«

»Ein Gefangener?«, staunte Herr Rehnikel. »Hier in Halle, bei uns? Das Talgericht hat keinen Prozess anstehen, der Salzgraf hat derzeit keine Not, an Arbeit zu ersticken.«

»Es ist keiner von den Hiesigen. Ein Franzose, in deren eigenem Gericht.«

»Diese tugendhaften Menschen haben solche Sünder in ihren Reihen?«, fragte Georg Rehnikel.

»Es geht um einen Mord.«

»Was habt Ihr damit zu schaffen? Reine Barmherzigkeit? Das ist wenig wahrscheinlich.«

Ihr trat der Schweiß auf die Stirne. Sie hatte es angefangen, sie musste es zu Ende bringen. »Ich bin schuld, dass man ihn gefangen genommen hat.«

»Ihr?« Die Überraschung färbte seine Stimme hell. »Was habt Ihr mit einem Franzmann zu schaffen?«

Ihre Stimme war kaum zu hören. »Ich habe bei ihm gelebt, als seine Frau. Nun, wo ich fort bin, klagt man ihn des Mordes an seiner Frau an.«

Er stieß ein wenig Luft durch die Zähne, dass es klang wie das Pfeifen einer Maus. »Deshalb seid Ihr ohne Mann? Weil er gefangen ist und sich nicht zu Euch bekennen kann?« Seine Augen wurden rund und groß. Seine Stimme verlor ein wenig von ihrer Festigkeit. »Wollt Ihr ihn freibekommen, um mit dem Vater Eures Kindes auf und davon zu gehen?«

Magdalene schüttelte den Kopf, ein Luftzug kühlte ihre roten Wangen. »Es geht darum, dass ich es nicht für gerecht halte, wenn sie ihn hängen.«

Herr Rehnikel hob die Braue. Er klang wieder gelassen. »Das wäre einfach zu beheben. Geht hin und zeigt Euch, und sie werden ihn entlassen.«

»So einfach ist es nicht«, erklärte sie zögernd. »Bevor ich kam, hat er wirklich mit seiner Frau zusammengelebt. Es ist diejenige, die die Franzosen meinen. Sie ist tatsächlich gestorben.«

»Ja dann«, meinte Herr Rehnikel, »werdet Ihr mir jetzt die ganze Geschichte erzählen müssen, sonst verstehe ich überhaupt nichts.«

Er schwieg, wartete auf eine Erklärung. Er ließ sich Zeit. Magdalene war in der schlechten Lage, dass sie keinen Rückzieher mehr machen konnte. Er saß und saß, den Rücken angelehnt. Er hatte es sich richtig bequem gemacht.

»Ihr werdet schon wissen, warum Ihr nicht reden wollt«, sprach er mitten in die Stille hinein.

»Wieso?«, fragte sie und stolperte geradewegs in seine Falle.

»Weil Ihr ein Interesse daran habt, dass die Wahrheit nicht ans Licht kommt.«

»Das ist nicht wahr«, rief sie empört.

Herr Rehnikel sprach leise. »Wenn Ihr Euch an die Stelle einer Frau gesetzt habt, die vor Euch da war, was mag da näher liegen, als dass Ihr sie selber beseitigt habt?«

Sie fuhr auf. Er hatte damit gerechnet und fing ihre Handgelenke ab, als sie ihm gerade die Augen auskratzen wollte. »Oh, Magdalene, plagt Euch das schlechte Gewissen, weil ein anderer an Eurer Stelle im Gefängnis sitzt? Seid Ihr am Ende selbst die Mörderin?«

Sie keuchte, sie war außer sich. Und dieser Mensch lachte. Er lachte in einem kehligen, rollenden Ton und kostete seinen Spaß richtig aus. Magdalene war alles andere als lustig zumute, sie starrte ihn wütend durch die Dämmerung an, bis er endlich aufhörte und ruhig sitzen blieb. Er nahm ein Schlückchen Wein und sah sie ernst an. Es war vollkommen still im Hause, nur das Zirpen der Fledermäuse draußen vor der Hausmauer brach gelegentlich die Ruhe.

Magdalene räusperte sich. »Es war kein Ungehorsam, dass ich damals verschwunden bin. Es war ein Unfall, sozusagen. Ich war an jenem Tag am Saaleufer spazieren, bis weit nach Giebichenstein hinauf.«

»Spazieren, soso.« Sie meinte, Herrn Rehnikel grinsen zu sehen.

»Den Kahn wollte ich nicht stehlen. Er war gut zwischen den Sträuchern am Wasser versteckt. Die verbotenen Dinge haben eine viel größere Anziehungskraft als die erlaubten.«

Herr Rehnikel runzelte die Stirn. »Von einem Kahn hat hier niemand etwas geahnt, sonst wäre man auf den Gedanken gekommen, Ihr könntet weiter flussabwärts sein.«

Herr Rehnikel goss neuen Wein in die Becher. Magdalene holte tief Luft. Endlich kam die Geschichte ans Licht.

9. Kapitel

Magdalene hätte ihre Erzählung mit einer Schuldzuweisung beginnen können. Sie hätte sagen können, dass alles nicht passiert wäre, wenn sie nicht auf die Unverschämtheit der dicken Felicitas hereingefallen wäre. Aber Felicitas hatte nur Erfolg haben können, weil Magdalene dumm gewesen war, dumm und leichtsinnig.

Bis zum 17. Juli des letzten Jahres gehörte Magdalene zu den schwatzenden und kichernden Mädchen am Melusinebrunnen. Sie war es, die am lautesten lachte und am längsten schwärmte: von dem wunderbaren Brautkleid, das sie eines Tages tragen würde, von dem reichen jungen Mann, den sie bekommen würde. Dort auf dem Marktplatz von Halle, beim baufälligen Brunnen der alten Wasserkunst, befand sich der Treffpunkt der Mädchen aus den umliegenden Straßen, deren Alter die Leute gern als unbeschwerte Jugend bezeichneten. Sie flanierten am späten Nachmittag zu dem Brunnen mit der Figur der Melusine, Arm in Arm in der Sonne, den Deckmantel des Wasserholens oder einer Besorgung nutzend. Sie schwatzten über die neuesten Ereignisse, beredeten die bevorstehenden Hochzeiten und Kindstaufen und alle Schritte, die einer von ihnen im Leben bevorstand.

»Ich werde«, meinte Magdalene, während sie auf dem Brunnenrand saß und mit den Beinen baumelte, »bestimmt einen Juristen bekommen. Mein Onkel ist selber einer. Er wird sich unter den Assessoren umsehen. Ihr werdet sehen, da gibt es den einen oder anderen, den ich bezaubern kann!«

»Warum nicht gleich einen Prinzen?«, spottete ein Mädchen. Magdalene zuckte die Schultern.

»Vielleicht keinen Prinzen, aber einen Adligen könnte ich bestimmt bekommen. Bei uns gegenüber in der Ritterakademie gehen sie ein und aus.«

»Für dich besorgt dein Onkel irgendeinen kleinen Schreiber aus der Vorstadt. Mehr kriegst du nicht. Oder einen Gemüsehändler!«, stichelte Felicitas, die mollige Brünette mit dem feinen Schleier überm Haar. Sie war die Tochter des Magisters Jänichen und um eine Frechheit nie verlegen.

Alle Mädchen ringsum lachten. Magdalene schoss das Blut in die Wangen.

»Du bist bloß eine Waise. Dein Onkel wird dich so schnell wie möglich loswerden wollen«, schob Felicitas nach.

»Von meinem Erbteil ist noch genug übrig«, antwortete Magdalene verschnupft. »Bloß weil meine Eltern nicht mehr leben, heißt das nicht, dass ich nicht eine vernünftige Aussteuer kriege.«

Felicitas zuckte die Schultern. »Die reichen Männer wollen nicht wegen ihres Geldes geheiratet werden. Glaubst du, die warten auf eine wie dich? Die müssten immer denken, dass sie selbst dir egal sind, weil du bloß am Reichtum interessiert bist. Deshalb nehmen sie lieber eine, die reich ist, da können sie wenigstens sicher sein, dass sie selbst gemeint sind und nicht ihre Schatulle.«

Magdalene verdrehte die Augen. »Warum sollte es nicht trotzdem gehen? Ich könnte auch einen reichen Mann lieben.«

»Wenn ein reicher Mann ein armes Mädchen überhaupt nähme«, schürzte Felicitas die Lippen, »dann würde er es zuerst prüfen, weißt du? Er würde sich verstellen, sich selbst als armen Mann ausgeben. Auf diese Weise kann er die Wahrheit sehen.«

»Ich bin nicht arm!«, empörte sich Magdalene.

Die anderen Mädchen kicherten. »Wie sollte denn das vor sich gehen, so eine Prüfung?«, fragte eine.

Felicitas zuckte die Schultern. »Was weiß ich. Wenn es einem wichtig ist, findet er schon die Mittel.«

Magdalene lächelte. Warum sollte sie nicht eine Prüfung bestehen? »Ich könnte auch einen reichen Mann lieben«, wiederholte sie. Dabei wusste sie, dass ihr in Wirklichkeit nicht die kleinste Prüfung bevorstand. Ihr Onkel würde für alles sorgen. Er war ihr Vormund, belehrend und anstrengend in seiner lutherischen Moral, geradlinig in seiner Pflicht. Er würde sie gut verheiraten. Bestimmt hatte er schon seine Pläne. Ihr Leben war vorhersehbar, und dazu gehörte eine anständige Versorgung. Das war ihr Onkel sich und seiner Aufgabe als Vormund schuldig. Felicitas stichelte, weil sie neidisch war. Großartig würde Magdalenes Hochzeit werden, sie selbst würde wunderschön aussehen und danach ginge es in ein neues Leben, in dem sie endlich etwas zu sagen hatte, nicht mehr gehorchen und klein beigeben musste. Sie würde eine reiche Bürgersfrau oder noch besser eine Adlige sein, die von anderen Leuten gegrüßt wurde und vor der man den Kopf neigte.

Doch dann kam der 17. Juli 1689, und von diesem Tag an ging alles schief. Und das hatte, bei Lichte betrachtet, nichts mit Felicitas zu tun.

Der 17. Juli 1689 war ein Sonntag. Das Wetter hielt sich ausgezeichnet, es war warm und trocken, der Himmel blieb den ganzen Tag blau, mit wenigen weißen Wölkchen bestreut. Magdalene Bertram war sechzehn und ein dreiviertel Jahr alt. Sie trug an diesem Tag ein hellblaues Taftkleid mit weißen Volants und ein blaues Mantelet mit einer weiß gesäumten Kapuze, dazu ihre nagelneuen Lederschuhe. Das Mantelet aus dünnem Tuch war ein kurzer Umhang über die Schultern. Der war nicht zum Wärmen, sondern für das schöne Aussehen da, was für ein Mädchen in diesem Alter besonders bedeutsam ist. Die schweren kastanienbraunen Haare hatte sie sorgfältig geflochten und rundum aufgesteckt, wie sie sie zu jener Zeit am liebsten trug. Der Kirchgang, die sonntägliche Pflicht mit Onkel Conrad, Tante Dorothea und ihren Kindern, war nach zwei und einer halben Stunde Langeweile endlich absolviert. Anna hatte ihr auf dem Weg in die Küche milde zugelächelt und gemeint, dass Magdalene sich ruhig noch ein bisschen draußen umschauen könnte. Bis zum Abendessen blieb genug Zeit. Anna schniefte, ein untrügliches Zeichen, dass sie heftig mitfühlte. Sie kannte ihr Lenchen schon solange das Mädchen auf der Welt war, denn sie war ihre Amme gewesen. Sie wusste, wie sehr Magdalene auf die freien Stunden wartete, auf das Herumlaufen durch Halle, über den Markt, zu den anderen Mädchen, an die Saale und zur Wasserkunst.

An diesem Sonntag traf Magdalene keines der Mädchen am Melusinebrunnen auf dem Markt, wo sonst stets mindestens zwei von ihnen standen und sich kichernd Bemerkungen über Passanten zuflüsterten. Sie wartete eine Weile umsonst auf dem Brunnenrand und schaute den Mägden zu, die ihre Kannen füllten. Als ihr langweilig wurde, sprang sie herunter und lief durch den Trödel zur Moritzkirche, wo sie ein bisschen flanierte und Leute beobachtete. Sie streifte an der Hallmauer entlang, vorsichtig um den Matsch herum, um ihre neuen Schuhe nicht zu beschmutzen. Am Klaustor standen ein paar Treidler, knorrige Männer mit großen, schwieligen Händen, da mochte sie nicht stehen bleiben, weil die düsteren Kerle ihr ein bisschen Angst machten. Sie spazierte auf dem Uferweg in Richtung Norden, an der Schleuse Gimritz vorbei, bis sie die Burg Giebichenstein hoch über der Saale ausmachen konnte. Sie lief noch ein Stück weiter an der Saale entlang, beobachtete die gemächlichen Bewegungen der Schleusentore in Trotha und stieg durch das Ufergras hinunter zur Saale. Dort suchte sie ein paar flache Steine und versuchte, sie über das Wasser springen zu lassen. Nach höchstens zwei Sprüngen versanken die Steine im Fluss.

Den verlassenen Kahn bemerkte sie nicht sofort. Erst nach einer Weile fiel ihr auf, dass er da unter den Weiden, hinter einem dichten Gebüsch, halb aufs Land gezogen lag. Sie ging näher und schob die Zweige zur Seite. Das sah aus wie ein gutes Versteck. Sie beugte sich herunter und stieg über die niedrige Bordwand. Die Wärme der Sonne zauberte an diesem Julitag eine wunderbare Höhle aus dem Boot mit seinem Blätterdach. Magdalene streckte sich aus. Sie hatte ihr Mantelet beim Einsteigen am Ufer liegen lassen. Als sie es merkte, war sie schon so schläfrig, dass sie beschloss, einen Augenblick auszuruhen und es später zu holen. Sie musste sowieso gleich zurück, denn Anna wartete in der Küche und Magdalene sollte ihr mit dem Abendessen helfen.

Dummerweise schlief Magdalene ein. Und dummerweise hatte sie durch das Klettern und Rutschen in dem Kahn dessen Boden ein Stück weiter in Richtung Wasser geschoben, dass er Welle um Welle ein wenig mehr von seinem Halt verlor. Da schlummerte Magdalene schon und merkte nichts davon. Sie fühlte sich sanft geschaukelt. Sie rekelte sich in einem jener herrlichen Träume, in denen ihre verstorbene Mutter auftauchte, an die sie sich eigentlich nicht mehr erinnern konnte, die sie im Traum auf ihren Armen wiegte und sanft dazu plätscherte.

Das Plätschern störte allerdings den Traum. Solche Geräusche machen Mütter nicht. Mütter singen höchstens Lieder, allerhöchstens.

Alarmiert richtete sich Magdalene auf. Da trieb das Boot schon mitten auf dem Wasser, es schaukelte von ihrer heftigen Bewegung. Die Burg Giebichenstein war nicht mehr zu sehen, selbst das Dorf Trotha nur noch in der Ferne zu erkennen, hinter ihr, in der falschen Richtung. So weit war sie schon getrieben! Magdalene wurde binnen eines Augenblicks so kalt, dass sie zitterte. Sie konnte nicht schwimmen! Hektisch sah sie sich um. Ruder waren keine in dem Boot. Sie lehnte sich über den Rand und versuchte mit den Händen zu paddeln, aber das brachte nichts weiter als dass Wasser hineinschwappte. Sie ließ sich erschrocken zurückfallen. Sie kam sich vor, als ob der Fluss sie auslachte. Die Saale war wie ein altes Weib, das kicherte. Sie zerschellte ungerührt ihr Wasser in Wirbel und Wellen. Endlich fiel Magdalene ein zu schreien. »Hilfe!«

Sie paddelte weiter mit den Händen, ohne dass Fluss und Kahn davon Notiz nahmen. »Hiiiilfe! Hiiiilfe! Hört mich denn keiner!« Das Boot lag mitten in der Strömung. Es fuhr in voller Fahrt mit dem, was noch auf dem Wasser schwamm, mit Zweigen und Blättern und Entenfedern und einem Holzscheit. Magdalene konnte am Ufer keine Menschenseele entdecken. Sie schrie trotzdem weiter. Gleichzeitig suchte sie in ihren Gedanken nach einem Gebet, in dem festen Willen, Gott alles Erdenkliche zu geloben, wenn er sie lebend von diesem Fluss herunterholte. Gott schien ihre Gebete nicht zu hören. Vor ihr tauchte der Stamm einer alten, zerborstenen Erle auf, der der Strömung entgegen quer im Wasser lag. Das Boot trieb geschwind darauf zu.

In dem Moment, als es krachte und die Planken des Bootes neben und unter ihr zerbrachen, holte Magdalene tief Luft. Sie versuchte sich an die Erle zu klammern und erhielt stattdessen einen Schlag gegen die Brust. Ihre Finger kratzten an der aufgeweichten Rinde entlang, sie tauchte unter dem Stamm ins Wasser. Zum Schreien hatte sie keine Zeit mehr. Ein Wasserstrudel tauchte sie noch tiefer. Sie hielt die Augen offen, da erblickte sie Blasen und grünen Schleim und einen Nix mit silbrigem Leib, der auf sie zu schwamm. Ein Schuh trieb an ihrem Gesicht vorüber. Der Nix griff nach ihrem Arm. Eine Wolke von ihrem langen kastanienbraunen Haar floss vor ihr Gesicht, dann wurde es dunkel.

Magdalene erwachte erst Stunden später aus dem Traum. In ihrem Kopf schienen Hexen Ringelreihe zu spielen, ihre Wangen glühten. Sie begriff, dass sie nicht ertrunken war, denn unter den Fingern spürte sie Stoff und ein hartes Lager. Im Wahn ihrer Träume hatte sie mit den Fischen getanzt und den jungen Nix gesehen, der sie vom Grund des Flusses holte und auf seinen Armen durch die Lüfte schaukelte. Er hatte sie in seine wunderlich blinkende Hütte gebracht. Erst später verstand Magdalene, dass die blauen und weißen Flusskiesel im Lehmwerk sie genarrt hatten, die im Schein seines Öllichts glänzten. Sie blinzelte und sah in ihrem sich allmählich verschärfenden Blickfeld ihre nassen Kleider über einem Herdfeuer hängen, wo sie dampften und schaukelten. Sie sah den Nix leibhaftig, wie er an den vor Glut strotzenden Herd ging. Ein Kessel klapperte. Allmählich, sich vergewissernd, dass er mit dem Rücken zu ihr stand, öffnete sie die Augen weit. Aus dem Kessel füllte er Wasser in ein Gefäß. Dampf stieg auf.

Als er sich umdrehte, schaute er direkt in ihre Augen, als hätte er die Beobachtung gespürt. Einen Moment lang sahen sie einander an, ohne sich zu rühren. Es war kein Nix. Es war ein gewöhnlicher Mann in einfacher Kleidung, die dunklen Haare wirr und das Hemd offen. Er nahm den Becher, den er eben gefüllt hatte, und setzte sich zu ihr ans Bett. Der Mann war von mittlerem Alter, groß und schlank wie ein Knabe. Unter seinen Gelenken spannten Sehnen, große, schmale Hände schlossen sich ruhig um den Becher. In seinem Gesicht standen tiefe Linien von den Nasenflügeln herab über die Mundwinkel, sein Haar war noch jugendlich schwarz, ohne einen grauen Faden. Die Haut auf den Händen und im Gesicht war braun, als hätte er viel in der Sonne gearbeitet. Bänder schlossen seine wadenlange Hose unterhalb der Knie, eine Hose aus dunklem, gröbstem Leintuch mit Knoten in den Fäden, dünnen Stellen und Löchern. Das offene Hemd und die Hose schienen noch klamm zu sein. Also hatte er die Kleider nicht gewechselt, nachdem er Magdalene aus dem Wasser gezogen hatte. Er kostete, bevor er ihr das Getränk reichte, und blies darüber. Magdalene fühlte sich müde und schlaff, nicht einmal die Hand konnte sie heben. Er schob seine Linke unter ihren Nacken und stützte sie, hielt ihr den Becher an die Lippen. Sie schlürfte.

Es war ein bitterer Kräutersud. Sie roch die Kräuter an seinen Händen; dieser Dunst und die Wärme flossen in ihre Brust und machten sie wohlig matt. Ein Weilchen dämmerte sie, bis allmählich Geräusche sie weckten. Der Mann stand am Herd und rückte den Kessel zurecht. Mit der Linken angelte er einen Fisch aus einem Holzeimer, zerlegte ihn mit wenigen Handgriffen und warf die Stücke in den Kessel, in dem Wasser dampfte. Nach und nach stieg ein köstlicher Duft auf. Magdalenes Magen erinnerte lautstark an ihren Hunger. Der Mann drehte sich zu ihr um und lächelte. Er schöpfte Fischsuppe in eine Schüssel, nahm einen hölzernen Löffel und setzte sich zu ihr. Einen Schluck kostete er selbst, blies über die heiße Suppe und flößte ihr Löffel für Löffel ein.

Die würzige Brühe lief ihr aus dem Mundwinkel. Er wischte ihr den Mund mit einem Tuch, einem Lumpenfetzen zwar, aber es war eine seltsame Geste in dieser armseligen Hütte. Einfache Leute wischen sich den Mund mit der Hand ab und beschmutzen kein Leintuch deswegen. Es war die erste Begebenheit, bei der Magdalene merkte, dass hier etwas nicht so war, wie es auf den ersten Blick schien.

Nachdem sie satt war, füllte er die Schüssel erneut und aß selbst von der Fischbrühe. Sie sah zu, wie er langsamer löffelte, den Kopf neben der Schüssel in die Arme legte und einschlief. Sie schlummerte. Diesmal träumte sie etwas anderes. Sie sah die Mädchen am Melusinebrunnen. Felicitas lachte in ihrem Traum, sie lachte und erzählte den anderen Mädchen von Magdalene und ihrem dummen Missgeschick mit dem Kahn. Und die anderen lachten mit.

Als Magdalene die Augen das nächste Mal aufschlug, war der Mann fort. Es war Tag, ein endloser, sich dehnender Tag in einer Hütte, in der das Herdfeuer verglomm, in der es dunkel war, weil es kein Fenster gab. Unter der Türritze drang ein Strahl vom Tageslicht hinein, der wanderte in langen Stunden von der einen Seite der Hütte zur anderen und verlief in Dämmerung, bis endlich Schritte zu hören waren. Der Mann trat wieder ein. Er warf einen kurzen Blick zu Magdalene auf dem Bett, steckte Holz und Reisig in den Ofen und entzündete das Feuer. Er bereitete eine neue Fischsuppe zu. Dieses Mal lächelte er, als er sich zu ihr umdrehte.

Die Wärme seiner dunklen Augen ermutigte sie. Magdalene öffnete den Mund und fragte: »Wo bin ich?«

Ihre Stimme klang fremd und rau wie knarrendes Holz. Der Mann nickte und kam einen Schritt näher. In einem weichen Tonfall, einem Singsang, der alle Worte miteinander verband, antwortete er: »In meinem Haus am Ufer der Saale, eine halbe Stunde von Wettin entfernt. Mein Name ist …«, er hielt einen Moment inne, »Jean de Morin. Man nennt mich hier Hans Mohr.«

Er setzte sich zu ihr und gab ihr von der Suppe. Magdalenes Verstand arbeitete, während sie aß. Jean de Morin, dies war ein französischer Name. Es war sogar ein adliger Name. Sie aß und schlürfte die Brühe. Wieder wischte er ihr mit dem Tuch den Mund ab. Wie ein Adliger, dachte sie. Was macht ein Adliger in einer Hütte am Saaleufer? Adlige konnten nicht in solchen Kleidern herumlaufen und in einer solchen Hütte wohnen, das war nicht möglich. Irgendetwas stimmte hier nicht. Lag es an dem Traum von den Mädchen am Melusinebrunnen oder lag es an der Geste, mit der er die Schüssel hob – er hielt den kleinen Finger abgespreizt –, dass Magdalene mit einem Schlag den Zusammenhang begriff? Was hatte Felicitas gesagt?

»Wenn ein reicher Mann ein armes Mädchen überhaupt nähme«, hatte sie gesagt, »dann würde er es zuerst prüfen, weißt du? Er würde sich verstellen, sich selbst als armen Mann ausgeben. Auf diese Weise kann er die Wahrheit sehen.«

Magdalene betrachtete den Mann mit Neugier. Wenn er schöne Kleidung und eine von den modernen Perücken getragen hätte, könnte er gut einer von den feinen Menschen sein. Ein weißes Hemd mit Spitzen würde seine olivfarbene Haut angenehm zur Geltung bringen.

Der Mann stand auf und ging in der Hütte umher. Er hielt sich aufrecht. Das war nicht die gebückte Haltung eines Fischers vom Saaleufer, das war das Selbstbewusstsein eines Adligen! Seine armselige Kleidung passte so wenig zu ihm wie Schuppen zu einem Vogel oder Federn zu einem Fisch. Das hier war ein als armer Mann verkleideter Adliger, das konnte sie genau sehen wie die Finger ihrer Hand, die sie wieder zu heben vermochte. War das die Prüfung, die ihr galt? War es dieser Mann, der ihr bestimmt war? Ein reicher französischer Adliger, der sich als armer Mann verkleidet hatte, um herauszubekommen, ob sie sich nur für sein Geld interessierte? Magdalene holte tief Luft.

Wenn das ihre Prüfung war, dann war sie gut gewählt. Beinahe hätte sie sie als solche nicht erkannt. Mit armen Leuten,

Bauern, Handwerkern oder Fischern hatte sie selten in ihrem Leben zu tun gehabt; sie wäre eigentlich schleunigst in den Wohlstand des Bertramschen Hauses in der halleschen Märkerstraße geflohen, so sehr ihr dort Strafen für ihren Leichtsinn drohten. Sie war nicht dumm! Diese Prüfung würde sie bestehen. Die Mädchen am Brunnen würden vor Staunen das Maul aufreißen, wenn sie zurückkam und ihnen sagte, dass sie einen französischen Adligen heiraten würde. Das hatte ihr Onkel schlau eingefädelt. Von jetzt an würde sie alles richtig machen.

Hatte ihr Onkel denn wissen können, dass sie in das Boot klettern und die Saale hinabfahren würde? Angestrengt überlegte sie. Er kannte seine Nichte, ihre Neugier auf Verbotenes. Er wusste, dass sie am liebsten ans Saaleufer ging. War es möglich, dass er ihre Tat vorhergesehen hatte? Ihr Onkel war, so sehr sie manchmal darüber fluchte, ein kluger Mann. Selbst die Erle im Wasser konnte von langer Hand vorbereitet sein. Conrad Bertram verstand sich auf kluge Taktik. Sie traute ihm diese Intrige durchaus zu.

Alles Vornehme, Edle und Schöne auf der Welt war französisch. Auch die französische Sprache war edel, die Hofgesellschaft redete so und natürlich der Adel. Magdalene versuchte sich an den Unterricht zu erinnern, den sie eine Zeit lang genossen hatte. Wenige Worte tauchten in ihrem Gedächtnis auf. Zuerst erinnerte sie sich daran, dass ihr Vorname ins Französische übersetzt werden konnte: Magdalene ist Madeleine. »Je m'appelle Madeleine.«

Der Mann drehte ihr sein Gesicht zu, seine Augen waren

groß. Einen Augenblick lang starrte er sie an, dann öffnete er die Lippen. »Madeleine?« Er beugte sich näher. »Vous parlez française?«

Er hob die Brauen, seine Fäuste öffneten sich. Er sagte etwas, was Magdalene nicht verstand, hielt inne und redete wieder deutsch. »Verzeihung! Es tat gut, meine eigene Sprache zu hören. Ich hatte lange keine Gelegenheit mehr, Französisch zu sprechen.«

Magdalene scheiterte an dem Versuch, einen vernünftigen Satz zu formulieren. Sie schwieg. Es war später Abend. Das Herdfeuer beleuchtete die Hütte, Wärme ging von diesem Ofen aus. Das Feuer erhellte die Lehmwände, die knorpelig waren wie die Haut eines pockennarbigen Alten.

»Ich werde Euch morgen nach Hause bringen«, erklärte er und sah ihr erwartungsvoll ins Gesicht. Magdalene presste die Lippen fest aufeinander. Das war er, der nächste Schritt ihrer Prüfung. Wenn sie sich nach Hause bringen ließ, hieß es, lieber als seine Gesellschaft war ihr der eigene Wohlstand. Dann hätte sie die Prüfung nicht bestanden. Sie sah sich um. Immerhin war das Dach dicht, sie würde für eine Weile hier aushalten.

Sie lächelte. »Ich würde lieber hierbleiben.«

Er zog erneut die Brauen hoch. Mit vorwurfsvollem Blick fixierte er das Mädchen. »Diese schmutzige Hütte ist nicht der rechte Ort für eine Kranke.«

Magdalene schwieg. Mit seiner Antwort bewies er erst recht, dass er nur für kurze Zeit hier war. Wenn einer nichts anderes kennengelernt hat als seine Hütte, dann ist sie der rechte Ort für alles. Ihre Stimme gewann allmählich die alte Farbe, ihr Mut erholte sich. »Ihr könntet ein wenig Gesellschaft gut gebrauchen.«

»Ihr seid sehr forsch für eine junge Dame aus gutem Hause«, konterte er. Er wusste also genau, wer sie war. Das war ein weiterer Beweis, dass sie auf der richtigen Spur war.

Trotzdem fragte sie: »Woher wollt Ihr wissen, dass ich aus gutem Hause bin?«

Der Mann wies auf die Leine, auf der ihre Kleider hingen. Das hellblaue Taftkleid war seitlich eingerissen, die weißen Rüschen schmutzig, vom zerknitterten Unterkleid war ein Stück der feinen weißen Spitzenkante verschwunden. Es waren trotzdem die Kleider eines reichen Mädchens. Die Parade war sie schuldig. »Ein Kleid kann sich jeder anziehen und wird kein andrer Mensch. Ihr seid auch nicht Euer Leben lang Fischer gewesen.«

Er maß sie mit den Augen von oben bis unten. »Mir ist noch nie so ein Fisch ins Netz gegangen: eben dem Tod von der Schippe springen und gleich fliegen wollen.«

»Wenn ich Euch verspreche«, versuchte sie, »mich dünn zu machen, damit Ihr nicht mehr am Tisch schlafen müsst? Ich schwöre, ich werde Euch kein Leid antun.«

Da ließ er zum ersten Mal sein tiefes Lachen hören. Magdalene stimmte ein, leise, weil ihr noch die Glieder schmerzten. Sie hoffte, den ersten Schritt ihrer Prüfung gegangen zu sein.

Jean de Morin stand von der Bank auf. Behutsam fasste er sie unter Nacken und Rücken und hob sie auf dem Lager ein

Stück zur Seite. Vorsichtig streckte er sich neben ihr aus. Es fiel kein weiteres Wort. Er schlief sofort ein, sein tiefer Atem ging regelmäßig. Sie spürte den warmen Körper neben sich. Er war wirklich ein anständiger Mann. Jeder grobe Klotz, jeder echte Fischer oder Bauer hätte sie derb zur Seite gestoßen. Dieser Mann war sanft. Das also war ihr künftiger Ehemann. Sie war mit jeder Faser ihres Herzens bereit, die Prüfung zu bestehen.

Schon am folgenden Tag saß sie draußen auf der Bank, als er heimkam. Es war Dienstag, der 19. Juli 1689. Überraschung hatte sie erfasst, als sie die Tür der Hütte zum ersten Mal öffnete und sich umsah. Die Hütte lag auf halber Höhe des steilen Hanges aus roten Felsen auf einem kleinen Plateau. Von hier hatte sie einen weiten Blick. Ein warmer Sonnenball brachte das Wasser der Saale, die sich unter ihr in sachtem Schwung von einer Seite ihres Blickfelds bis zur anderen bewegte bewegte, zum Glitzern. Sattgrüne Wiesen säumten den Fluss. Auf der anderen Uferseite, wo es keine Felsen gab, standen schwarz-weiße Kühe mit sanftem Mahlen ihrer Mäuler in weitläufigen Weiden. An der Kante ihres Blickfelds erhob sich die gezackte Kruste des Harzgebirges. Ein paar Grillen zirpten, Wärme legte sich auf ihre Haut. Aus den roten Felsen in ihrem Rücken atmete die Wärme des Sommertages.

Die Saale unter ihr flüsterte. Tatsächlich, sie flüsterte leise. Es war ein kleines Plätschern und Singen, ein winziges Raunen wie von gehauchten Worten. Vielleicht, dachte Magdalene, kann ich es verstehen, wenn ich genau zuhöre. Vielleicht kann ich das Saalegeflüster entziffern und erfahre, was es mir sagen will. Es wird mir zureden: Bleib bei ihm, bleib standhaft, dann wirst du deine Prüfung bestehen!

Jean de Morin machte sein Boot unten fest. Sie sah ihn die Ruder zur Seite legen, sie betrachtete seinen athletischen Körper, der wunderbar in ein seidenes Justaucorps passen würde, diese modernen Jacken der Kavaliere. Wo mochte er gewesen sein? Ging er tatsächlich fischen?

Er hob das kleine Netz an, in dem es silbrig glänzte. Es mochte sein, dass er das Fischen liebte und für seine Verkleidung eine Rolle ausgesucht hatte, in der er die Zeit nach seinem Spaß verbringen konnte. Jean de Morin stieg den Pfad vom Ufer zur Hütte hoch, ohne den Kopf zu heben. Kiesel kollerten unter seinen Bundschuhen herab. Sein schwarzes Haar flog in der Brise, die über das sonnenwarme Saaletal strich. Er trat auf das Plateau. Sein erster Blick erfasste sie auf der Bank, den Rücken an die knorpelige Lehmmauer der Hütte gelehnt. »Madeleine!«, rief er überrascht. »Hast du kein Fieber mehr?«

Sie schüttelte den Kopf. Wunderbar, er nannte sie Madeleine, hochmodern auf Französisch. Wenn das die dicke Felicitas hören könnte! Er hatte sie sogar geduzt. Das war ein gutes Zeichen. Das Duzen war eine heikle Sache. Die meisten Leute redeten sich in der Höflichkeitsform an, Eheleute untereinander oder Kinder ihre Eltern. Früher war das Duzen nur gegenüber einfachen Leuten und Kindern üblich gewesen. Allmählich kam ein neuer Umgang damit auf. Studenten begannen sich zu duzen, gute Freunde, und hier und da gab es einander herzlich zugetane Eheleute, die sich auf diese Weise

Zuwendung bezeugten. Manche der älteren Leute mochten das nicht.

Magdalene war stolz darauf. Der französische Adlige hatte sie geduzt. »Wie war dein Tag, Jean?«, fragte sie sanft. Der Franzose setzte sich neben sie. Sie schien in dieser Prüfung zumindest nicht schlecht dazustehen! Er stellte das Netz mit den Fischen ab und seufzte. »Fischen war ich. Ich gehe jeden Tag fischen, sechs Tage die Woche. An dreien dieser Tage muss ich den Fang in Wettin abliefern, dafür habe ich die Hütte bekommen. Den Rest darf ich behalten, wie heute, siehst du? Am siebenten Tag halte ich Ruhe und versuche, meinem Glauben näher zu kommen.« Seine Stimme klang ruhig und tief. Sie mochte diese Stimme und lauschte ihr gern. Das war ein Tonfall, den wollte sie gern für den Rest ihres Lebens hören! »Du bist ein Reformierter, nicht wahr?«

»Benutzt ihr nicht andere Bezeichnungen für uns?«, fragte er bitter.

»Ketzer«, flüsterte sie beschämt. »Bei uns zu Hause sagen sie Ketzer zu euren Leuten.«

Jean schwieg. Seine Mundwinkel hingen herab. Er starrte über den Fluss ins Nichts. Ja, warum eigentlich? Magdalene wusste es nicht. Sie hatte noch nie darüber nachgedacht. So schrecklich konnten diese Leute doch nicht sein? Sie grübelte, was er von ihr hielt, wenn sie zu denen gehörte, die ihn Ketzer genannt hatten. »Wenn du magst, Jean, erzähl mir von deinem Glauben. Ich würde gern mehr darüber wissen. Kann sein, ich wäre gern eine von euch, lieber als eine Lutheranerin.«

Jean de Morin lachte kurz auf. »Willst du mich verspotten?«

Heftig erwiderte sie: »Nein! Bestimmt nicht!« Wenn er wirklich auf der Suche nach einer Frau war, wenn er sie, Magdalene, deswegen der Prüfung unterzog, dann war es erforderlich, dass sie zu seinem Glauben konvertierte. Ihr Onkel mochte das kalkuliert haben. Erst letztens hatte er gesagt, die Franzosen hätten immerhin den gleichen Glauben wie der Kurfürst, man solle das für die Zukunft bedenken. Conrad Bertram hatte das also zuerst für Magdalenes Zukunft bedacht. Er war ein kluger Mann. Sie atmete tief ein und drehte dem Franzosen den Kopf zu. Das war eine Falle. Darauf fiel sie nicht herein. Sie fragte: »Benutzt ihr nicht dieselbe Bibel wie wir? Betet ihr nicht den gleichen Gott an? Überzeuge mich. Sage mir, warum ihr den besseren Glauben habt.«

Überrascht drehte er sich zu ihr. Beider Blicke trafen sich und blieben einen Augenblick lang ineinander verhakt. Jeans Schultern sanken nach vorn. Er starrte auf den Boden, auf die Kiesel, auf eine im Wind nickende Grasnelke. »Es gibt bei uns vier Grundsätze: Die Schrift allein ist die Grundlage allen Glaubens; nur Christus hat Macht, nicht die Kirche; nur Gottes Gnade rettet uns; nur durch den Glauben wird der Mensch gerettet.«

»Nicht durch gute Werke? Das ist den Pietisten wichtig«, erklärte Magdalene.

»Die kannst du tun, aber Gott lässt sie nur gelten, wenn nicht blinder Eifer, sondern Glauben die Triebkraft ist.«

»Fehlt dir nicht der Gottesdienst?«

»Nur die Schrift zählt. Ich kann die Stellen der Bibel, die mein Leben bestimmen, auswendig.«

Magdalene lächelte. Wenn nicht die Kirche Macht besaß, sondern der Glauben, dann bedeutete das, einer wie ihr Onkel durfte das Maul nicht so voll nehmen. Das gefiel ihr. »Das ist ein Glauben, dem ich mich guten Gewissens anschließen kann, Jean.«

Er schüttelte zweifelnd den Kopf. »Gott entscheidet, ob er dich auserwählt. Du kannst es dir nicht aussuchen.«

Sie blickte zu Boden. Er wollte ihr damit sagen, dass es nicht ihre eigene Entscheidung war. Natürlich nicht. Erst musste sie die Prüfung bestehen. Jean stieß einen Seufzer aus. »Wir sagen, Gott belohnt den Glauben und die Anstrengung. Wir sind treu und ehrlich. Warum hat er uns gestraft? Warum? Was haben wir verbrochen, dass wir dermaßen leiden müssen?«

Seine Stimme brach. Sie hätte schwören mögen, dass in seinem Augenwinkel eine Träne glitzerte. Am liebsten hätte sie ihn umarmt und getröstet, doch das mochte ihm peinlich sein. Sie legte ihm die Hand auf den Arm. Eine Weile herrschte Schweigen. Ein Reiher stakte am Ufer durch das Schilf und stieß seinen Schnabel immer wieder ins Wasser. Die Sonne erreichte die Spitzen des Harzgebirges. Sie sahen schweigend zu, wie sie hinter die Kuppen sank und vom Dunkel gefressen wurde. Als nur noch ein Rest des Orangerots zu sehen war, stand Jean auf. »Lass uns hineingehen. Ich habe Hunger. Du wirst nicht glauben, was für ein überraschendes Menü wir heute haben. Es gibt Fischsuppe!«

Magdalene lachte. Jean blieb ernst.

Am folgenden Morgen verließ er die Hütte, während Magdalene noch schlief. Sie hörte im Erwachen die Tür schlagen und war allein. Sie richtete sich auf. Was war ihre Aufgabe für diesen Tag? Was konnte sie tun, um ihre Prüfung so schnell wie möglich zu absolvieren? Sie sah sich in der Hütte um. Es war kein Ort, an dem sie länger als nötig leben wollte. Die Hütte bestand aus einem einzigen Raum. Sie war niedrig und ein wenig schief vom ewig in die gleiche Richtung blasenden Wind. Ihre Wände bestanden aus Lehm und das Dach aus Stroh, das war mit den Jahren dunkelbraun und schwarz geworden. Nur eine Tür unterbrach das Lehmwerk. Der Herd war aus Lehmziegeln gemauert, die Feuerstelle darunter offen und rußig. Die Wand hinter dem Herd war schwarz von den Feuern und dem Rauch. Ein Tisch, roh gezimmert, stand in der Mitte des Raums, vor ihm eine Bank und ein einzelner Stuhl aus derb mit der Axt behauenen Brettern. Das Bett, auf dem sie aufgerichtet saß, bestand aus ebensolchen Brettern, auf denen ein mit Stroh gefüllter Sack die Matratze darstellen sollte. Als Deckbett diente nichts weiter als eine Wolldecke, ein Kopfkissen gab es nicht. Eine einzige kleine Truhe stand in der Ecke hinterm Bett, kaum mehr als armlang, die hatte schon bessere Zeiten gesehen.

Nein, das war nichts für ein Mädchen, dessen Vormund das Vorsteheramt einer der halleschen Kirchen anstrebte. Kein weißes Bettzeug, kein Federbett, keine glatt lackierte saubere Tischfläche. Es gab weder einen Schrank noch eine Kleidertruhe. Das war, dachte Magdalene, ein weiterer Beweis dafür, dass der französische Adlige nur für kurze Zeit hier zu leben gedachte. Irgendwann musste jeder Mensch seine Kleider wechseln. Spätestens dann würde er seine Entscheidung treffen, ob sie die Prüfung bestanden hatte.

Im Moment trug sie über ihrem heil gebliebenen Unterkleid einen Bauernkittel, den hatte ihr Jean de Morin wortlos neben das Bett gelegt, dazu einfache Schuhe mit einer Sohle aus Holz und Bastriemen. Fürs Erste mochte es damit angehen. Schon bald würde sie ein wunderschönes Brautkleid tragen, schöner als alles, was sie bisher kannte. Sie würde in Jeans Schloss leben und so viele Kleider besitzen, dass sie sich jeden Tag ein neues auswählen konnte.

Magdalene saß auf der Bettkante im Halbdunkel des Raums und lächelte selig. Was für eine schöne Zukunft ihr bevorstand! Sie stand auf und öffnete die Tür. Das grelle Licht des Julimorgens beleuchtete ihr Gesicht. Die Sonne rückte gerade über die rote Felsenwand in ihrem Rücken und erfasste das Dach der Hütte, auf dem noch der Tau lag. Magdalene setzte ihren Fuß auf den dunkelroten Fels, wo in den Ritzen, gefangen genommen von Windböen, rosa Grasnelken wuchsen. Sie atmete tief. Eine unangemessene Heiterkeit stieg ihr in die Kehle, sie fühlte sich frei und leicht wie ein Vogel. Der Tag, an dem Jean de Morin die Wahrheit über seine Absichten bekannte, konnte nicht mehr fern sein.

Von hier vermochte man weit zu sehen, sogar die Türme der halleschen Kirchen meinte Magdalene zu erkennen und ihre Glocken läuten zu hören. Doch das musste ein Hirngespinst sein, denn in Wahrheit blieb es still, nichts tönte als das Schnaken und Flügelschlagen der Wasservögel und das Säuseln des Windes in den Sträuchern. Wieder flüsterte die Saale. Es klang wie ein Murmeln, kurze Laute wie von Mädchen, die Geheimnisse austauschen. Wenn sie lange genug hierblieb, dachte sie, würde sie die Worte verstehen.

Den halben Vormittag verbrachte sie auf der Bank vorm Haus. Sie sah Wildenten und Gänsen zu und einem Storch, der über die Wiese watete. Er warf den Hals zurück und klapperte, sein langer roter Schnabel leuchtete hell. Er erhob sich und flog mit raumgreifendem Flügelschlag davon. Magdalene stand auf. Der Pfad verlief an der Hütte vorbei weiter nach oben. Sie folgte ihm und musste sich mit beiden Händen am gratigen Fels und dem dünnen Bewuchs festhalten, um nicht zu rutschen. Hinter der Kante begannen Äcker und Felder, eines am nächsten, von Sträuchern gesäumt. Darauf standen fast reifes Korn, Erbsen und Bohnen, so weit das Auge reichte. Was für eine Fülle! Die Sonne strahlte mit aller Macht. Es gab hier oben einen Rübenacker. Die Rüben waren reif. Dort würde sie etwas ernten, das war ihre Aufgabe für den Tag. Sie würde für das Essen sorgen, und Jean de Morin konnte mit ihr zufrieden sein!

Magdalene seufzte vor Erleichterung. Sie hatte herausgefunden, was ihr heute für eine Aufgabe gestellt war, und eine Lösung dafür. Nicht umsonst sollte Jean de Morin am Abend zuvor über die ewige Fischsuppe geschimpft haben! Sie hatte verstanden. Es ging um ihre Qualitäten als Hausfrau. Sie hob ihren Kittel, dass sich eine Mulde bildete, und legte von den jungen und dünnen Rübchen hinein, so viel sie tragen konnte. Froh gelaunt stieg sie hinab und begann, eine Schüssel davon zuzubereiten.

Jean de Morin kam spät. Die Sonne hatte schon die Zackenkante am Horizont erreicht. Er stieg mit müdem Blick zur Hütte hinauf, mit leeren Händen. »Keine Fische heute?«, lächelte sie ihm entgegen. Er schüttelte den Kopf. »Heute musste ich die Fische nach Wettin bringen. Das habe ich dir doch gesagt. Es müsste noch ein bisschen Fischsuppe von gestern übrig sein.« Er ließ sich mit einem Ächzen auf die Bank fallen.

»Ich hole unser Abendessen.« Magdalene sprang auf und kam strahlend mit der Rübchenschüssel zurück. Sie reichte ihm Schüssel und Löffel. »Ich dachte, es sollte mal etwas anderes geben als Fisch.«

Überrascht nahm Jean de Morin beides entgegen. Er fragte nicht, sondern begann zu löffeln, schnell und ohne Luft zu holen. Weil sie nur einen Löffel besaßen, musste Magdalene warten; Jean aß weit mehr als die Hälfte auf. Sie beschwerte sich nicht. Sie nahm die Schüssel aus seinen Händen und aß den Rest, leckte noch das letzte Bisschen von ihren Lippen. Auf Jeans Gesicht lag ein Lächeln. Das war ihr Lohn, sie lächelte zurück.

Plötzlich wurde er ernst. »Woher hast du die Rüben?«

Sie deutete nach oben in Richtung der Felder. »Da wachsen genug. Ich habe ein paar aus der Erde gezogen.«

Er sprang auf, mit einem Schlag rot im Gesicht. »Nein, das darfst du nicht! Das sind nicht unsere Felder, das gehört uns nicht! Du kannst nicht einfach ernten! Oh, wenn sie es merken! Wie soll ich den Schaden zahlen!«

Magdalene bewunderte seine Schauspielkunst. Ein paar Münzen für die Rüben konnte er bestimmt erübrigen. Sicherlich gehörte es zur Prüfung, dass sie ohne Geld auskamen. »Wem gehört das Feld? Ich werde hingehen und mich entschuldigen, ich habe es nicht gewusst.«

Er schüttelte den Kopf. »Besser, wir zeigen uns nicht.« Er setzte sich wieder neben sie.

»Ich wollte etwas zu essen machen«, beharrte Magdalene. »Ich kann doch nicht nur darauf warten, dass du Fisch mitbringst.«

»Besser wäre, du gingest dahin, wo du hergekommen bist.« Seine Stimme blieb tonlos. Er starrte auf den Boden.

War es das Ende? Hatte sie einen so großen Fehler begangen, dass er sie nicht mehr haben wollte? Magdalene blieb sitzen, Enttäuschung stieg in ihrem Hals auf, erreichte die Mundwinkel, die zu zittern begannen, stieg weiter in die Augen und rann als salziges Wasser wieder hinab. »Es tut mir leid«, schluchzte sie, »ich wusste nicht, dass ich die Rüben nicht nehmen darf. Ich wollte gut zu dir sein. Es tut mir leid!«

Er warf einen kurzen Seitenblick zu ihr und wandte den Kopf zurück zu den Kieseln auf dem Boden. »Was denkst du dir eigentlich? Du bist irgendwo hergekommen, du musst doch eine Familie haben. Du kannst nicht einfach wegbleiben, als hätte dich die Erde verschluckt!« Seine Stimme klang nicht mehr dumpf, er war lauter geworden.

»Niemand vermisst mich«, behauptete sie, und wenigstens in diesem Moment glaubte sie daran. »Meine Eltern sind seit sieben Jahren tot, mein Bruder ist vor vier Jahren gestorben. Was glaubst du, wie sie mich behandeln? Ich bin ihr Mündel. Ich muss kochen, putzen, waschen wie eine Magd. Ich will endlich dort weg, ich bin alt genug, um meinen eigenen Weg zu gehen!« Auf der Zunge hatte ihr gelegen: um zu heiraten, aber das schluckte sie hinunter. Sie war noch nicht einmal siebzehn. Das war ein bisschen jung. Ausgeschlossen war es nicht, das wusste sie.

Er sah sie von der Seite an. Hart erwiderte er: »Geh zurück. Du gehörst nicht hierher. Es kann nicht sein, dass du hungern willst! In Lumpen gehen willst! Geh, verschwinde!« Sie verstand es. Sie hörte, dass seine Stimme nicht wirklich hart war. Er tat nur so. Er versuchte alles, um sie zu prüfen, und deshalb musste sie auch alles geben.

»Weißt du, Jean«, begann sie mit sanfter Stimme zu erklären, »das Alleinsein ist so eine Sache. Du bist allein. Ich bin allein. Man kann auch allein sein, wenn man zwischen anderen lebt, weil sie anders sind, anders denken, weil sie nicht verstehen, was da drin tobt.« Sie legte die Hand auf ihr Herz. Jean musterte sie, überrascht, wie es schien.

Sie fuhr fort. Ihr stand die zeternde Tante vor Augen, die kein Verständnis für Magdalene besaß, der schimpfende Onkel, der nur von Pflichten redete, Anna, die ihr die seidene Schleife aus dem Haar zog, ihr Bruder, der sie einfach verlassen hatte, die anderen Mädchen am Melusinebrunnen, die nicht glaubten, was für einen wunderbaren Mann sie bekäme. Nein, in Halle gab es niemanden, der Magdalene verstehen konnte. Nicht einen einzigen Menschen.

»Du bist einsam hier, Jean. Du kannst mit niemandem sprechen. Niemand hört dir zu. Niemand hilft dir, wenn du Schmerzen hast, wenn du es nicht ertragen kannst. Du kannst dich mit keinem beraten. Das, was dir auf der Seele liegt, das musst du doch bereden, nicht wahr? Ist denn nicht eine Gefährtin genau richtig dafür? Eine Gefährtin, die dein Leben mit dir teilt, und sei es noch so armselig!«

Sie sah, wie heftig er atmete. Seine Hände zitterten. Dass ihm die Entscheidung derart schwer fiel! Brauchte er noch mehr Beweise? Die Sprache! Das Verstehen war eine Sache der Worte. »Ich werde Französisch lernen, Jean, besser als bisher. Gib mir eine Woche, und du wirst sehen, dass ich auf dem richtigen Weg bin, ja?«

Er stand auf und sah von oben auf sie herab. »Gut, eine Woche. Wenn ich Nein sage, gehst du zurück dorthin, woher du gekommen bist. Das ist mein letztes Wort.«

Von nun an versuchte sie alles, um tiefer in seine Sprache einzudringen. Sie suchte in ihrem Gedächtnis nach jedem einzelnen französischen Wort, das sie jemals gelernt hatte. Außer ein paar albernen Sätzen wie »Würdet Ihr mich bitte entschuldigen« und »Ich schenke Euch diesen Tanz, Monsieur« konnte sie sich leider an nichts erinnern. Sie bereute zutiefst, dass sie ihren französischen Privatlehrer nicht zu schätzen gewusst hatte. Ihr Vater, als er noch lebte, hatte ihrem Bruder einen gediegenen Unterricht zukommen lassen, von dem sie als kleine Schwester profitierte. Wäre sie ein bisschen fleißiger, ein wenig aufmerksamer gewesen, hätte sie jetzt mit ihrem Retter in seiner Sprache reden können.

Mit Feuereifer versuchte sie es nachzuholen. Sie wiederholte jeden Satz, den Jean sprach, fragte nach jeder Bezeichnung. Wenn er vom Fischen nach Hause kam, sah sie schon von ferne, wie er das Boot flussaufwärts ruderte, wie er es festband und den Beutel mit Fischen schulterte und wie er den steilen Pfad hinaufstieg. Jedes Mal überlegte sie, ob sie ihn schon mit ein paar Worten in seiner Sprache begrüßen konnte.

Bald gelang es ihr und wurde täglich besser. Er lächelte, wenn sie redete, und antwortete, wie sie ihn gebeten hatte, nur in Französisch. Er sprach von seinem Tag, auch wenn der auf eintönige Weise daraus bestand, Reusen zu prüfen und die Angel auszulegen.

Der erste neue Satz, den sie lernte, war: »Un poisson est accroché à la canne.« Ein Fisch hängt an der Angel. Magdalene lachte, als sie es nachsprach, da lachte Jean de Morin auch. Es war schon das zweite Mal, dass sie ihn lachen hörte. Er besaß ein schönes, tiefes Lachen.

10. Kapitel

Am Sonntag, als sie seit genau einer Woche hier lebte, ging er nicht zum Fischen. Dieser 24. Juli war ein besonders warmer Tag, die Hitze stieg schon früh auf. Von ferne waren die Glocken einer Kirche zu hören, kleine, schrille Betglocken. Jean de Morin ging nach draußen und kniete nieder. Magdalene folgte ihm und kniete sich wie er auf den Boden, in das dürre Gras, was das Pieken der Kiesel unter den Knien ein wenig milderte. Sie hörte ihn murmeln.

»Bitte, Jean, sprich laut. Ich möchte mit dir gemeinsam beten«, flüsterte sie.

Er hielt die Augen geschlossen und sprach klar: »Mais laisse à l'écart le parvis qui est hors du Temple, et ne le mesure point; car il est donné aux Gentils; et ils fouleront aux pieds la sainte

Cité durant quarante-deux mois.« Er holte tief Luft, seine Stimme begann zu zittern: »Mais je la donnerai à mes deux Témoins qui prophétiseront durant mille deux cent soixante jours, et ils seront vêtus de sacs …«

Er kommentierte es mit keiner Silbe.

Magdalene strengte sich an, herauszufinden, um welche Bibelstelle es sich handelte. Deux Témoins qui prophétiseront – zwei Zeugen, die weissagen, verstand sie. Ihr Katechismusunterricht war streng gewesen, sie erinnerte sich an die Offenbarung, das 11. Kapitel. Das war es. Sie hätte gern in einer Bibel nachgeschlagen, denn sie wusste nicht mehr genau, worum es da ging. Aber hier befanden sich weit und breit weder eine Bibel noch ein anderes Buch.

Magdalene ließ die Worte klingen. Sie rückte ein wenig näher zu Jean und spürte sein Herz klopfen. Diese Worte schienen ihm nahe zu gehen. Sie gingen ihm so nahe, dass er die gefalteten Hände auseinandernahm und vor die Augen hielt. Er weinte. Sie sah erschüttert und entsetzt, dass er weinte. Diesen Mann wollte sie haben, den und keinen anderen. Warum rührte sie das Weinen? Sie hatte keine Ahnung, was die Tränen bei ihm ausgelöst hatte. Er war anders als ihr Onkel Conrad und ihre Lehrer und andere Männer. Jean de Morin zeigte ihr seine Gefühle.

Magdalene rutschte näher zu ihm. Sie legte ihre Arme um ihn herum und hielt ihn fest, und das war, als ob es die Schleusen noch weiter öffnete. Jean de Morin begann laut zu schluchzen. Der Stoff des groben Kittels, den sie trug, war an ihrer Schulter schon bald nass. Sie strich mit der Hand über seinen Kopf, über seine Schulter. Seine Wange lag an ihrer. Was hatte er Schreckliches erlebt? Sie hörte eine Lerche. Weit oben im blauen Himmel flog sie. Magdalene sah nicht hin, weil sie so dicht an Jean gepresst bleiben wollte wie irgend möglich. Sie knieten nebeneinander auf dem Boden, mitten am Sonntag, und in Magdalene blitzte kurz die Erinnerung an den vorigen Sonntag auf, an dem sie um diese Zeit neben ihrer Tante in der Ulrichskirche gekniet und dem Gottesdienst gelauscht hatte. Sie wusste, dass sie jetzt erwachsen war. Innerhalb dieser einen Woche war sie erwachsen geworden. Sie drehte ihr Gesicht ein wenig zu Jean.

Da flüsterte er: »Oh, Madeleine, Madeleine!«, und presste seine Lippen auf ihre. Es war ein Kuss. Es war der erste Kuss, den Magdalene jemals bekam. Es war herrlich. Jean legte seine Arme um sie und eine Hand hinter ihren Kopf, er begann seine Küsse auf ihre Wangen, ihre Lider, ihre Stirn auszudehnen und kehrte zurück zu ihren Lippen. Magdalene schluchzte vor Glück. Ja, sie hatte ihre Prüfung bestanden! Sie hielt sich fest an ihm, strich mit den Fingern durch sein schönes schwarzes Haar und drückte sich dicht an ihn.

Sie fühlte sein Begehren. Alles, was sie über diese Sache wusste, war das Geschwätz der kichernden Mädchenrunden. Die Tante und Anna hatten nie mit ihr darüber geredet, was zwischen Männern und Frauen passierte. Ehre und Schamhaftigkeit waren oft genutzte Begriffe in der Bertramschen Erziehung, sie waberten unklar durch Magdalenes Wissen. Was bedeuteten sie? Die Mädchen hatten gesagt, dass man den Männern das Begehren ansehen konnte. Sie hatten gesagt, dass da etwas zwischen den Beinen dick werden würde, und das würde passieren, wenn sie eine Frau begehrten. Jean begehrte sie. Sie sah es nicht, weil sie eng umschlungen knieten, aber sie spürte es und drängte sich enger an ihn, um ihm zu zeigen, dass sie stolz darauf war. War es das? Würde er jetzt um ihre Hand anhalten?

Sie fühlte sich aufgehoben und lag in Jeans Armen, der mit dem Ellenbogen die Tür öffnete und sie mit einem Fußtritt hinter ihnen schloss. Er legte Magdalene auf das Bett und ließ ihr keine Zeit, Luft zu holen, so schnell war er über ihr. Magdalene bekam Angst, ein klein wenig nur, aber es wäre ihr lieber gewesen, wenn er sie losgelassen hätte. Sie versuchte die Hände gegen seine Schultern zu stemmen, doch er war schwer wie ein Stein und lag auf ihr. Er atmete tief und hastig. Seine Augen starrten von Nahem in ihre und sein Atem wurde zum Keuchen. Magdalene konnte nicht sprechen, denn sein Mund hatte ihren verschlossen, sie musste durch die Nase schniefen. Jeans Gesicht war wie in Schmerzen verzerrt, er stieß ein tiefes Stöhnen aus. Er war ihrem Körper so nah, dass nichts mehr zwischen sie passte. Er schob ihren Kittel nach oben und sein Knie zwischen ihre Schenkel, er brach sie auf wie ein Stück Wild, er stieß sein Schwert in ihren Unterleib. Ein scharfer Schmerz durchfuhr sie. Sie gab keinen Ton von sich. Es war endlos und es war Sünde. Aber es war, als hätte ihr Jean damit ein anderes Gesicht gezeigt, eines, das er nur seiner Gefährtin zeigte, und deshalb wusste sie, dass sie dies für ihn immer wieder ertragen würde.

Jean wurde wieder er selbst, das schauerliche Stöhnen fuhr ein letztes Mal aus seinem Körper, und er sank neben sie mit einem Gesicht wie ein zufriedenes Kind. Er lag ruhig und lächelte. Es dauerte eine Weile, bis er zu sich kam. Seine Wange lag an ihrer, er streichelte ihre nackte Schulter. Der Kittel war zerrissen, das Band, mit dem er geschlossen gewesen war, musste abgerissen sein. Jean fuhr mit der Hand über ihr Haar und flüsterte ihren Namen. »Madeleine«, sagte er. Magdalene konnte nicht verhindern, dass sie anfing zu schluchzen.

Jean strich über ihren Kopf. »Verzeih! Oh bitte, verzeih mir! Es war übermächtig, ich konnte nicht mehr an mich halten!«

Sie schüttelte den Kopf und blieb stumm. Sie war froh, dass er seine Arme nicht von ihr nahm. Sie rollte sich darin ein und drückte sich an ihn.

»Habe ich dich … du bist noch so jung, du hast noch nie …« Er suchte nach Worten.

»Natürlich nicht. Ich war Jungfrau. Das spürt ein Mann doch, nicht wahr? Man sagt, ein Mann spürt das.«

Er antwortete leise. »Ja. Ich habe es gespürt. Ich schäme mich. Ich hätte das nicht tun dürfen.«

Sie lächelte. »Wir müssen es meinem Onkel ja nicht sagen.«

»Deinem Onkel?«

»Er ist mein Vormund. Er wird unserer Hochzeit zustimmen müssen, und er wird bestimmt großen Wert darauf legen, dass ich noch Jungfrau bin.«

»Unserer … Hochzeit?« Jean sank auf das Bett zurück. »Wir können nicht heiraten. Sieh doch, wie arm ich bin. Ich kann mich selbst kaum ernähren, wie soll ich da noch eine Frau durchbringen?«

War denn die Prüfung noch nicht zu Ende? Magdalene schloss die Augen. Wie lange wollte er dieses Spiel noch spielen? Das, was gerade zwischen ihnen geschehen war, brachte Verpflichtungen mit sich. Nein, sie hätte es nicht zugelassen, unter normalen Umständen. Für solche Dinge war die Hochzeitsnacht da. Aber nun war es geschehen. Sie gehörte ab jetzt zu ihm, er würde das genauso gut wissen wie sie. Sie gehörte mit ihm auf sein Schloss, das irgendwo in Frankreich lag. Also ging es darum, dass sie ihm noch ein bisschen länger beweisen musste, wie sehr sie ihn unter allen Umständen liebte – als armen Mann.

»Ja«, antwortete sie, »ja, wir werden arm sein. Wir müssen nicht für immer hier bleiben, oder? Wir sind arm, aber wir können zusammen sein. Ich will mein Leben mit dir teilen, Jean. Ich will deine Frau sein. Ich werde zu dir stehen in allem, was du tust. Vielleicht willst du eines Tages dahin zurückgehen, wo du herkommst. Dann gehe ich mit dir.«

Jean riss überrascht die Augen auf. »Das würdest du tun? Du würdest mit mir nach Frankreich gehen?«

»Natürlich.« Sie lächelte. Sie sah ihn vor sich, in seinen feinen Kleidern mit einer silbernen Perücke auf dem Balkon seines Schlosses, wie er mit einem raumgreifenden Armschwung über sein Land zeigte.

»Warum?«, fragte Jean. »Warum willst du dir das antun? Ich habe dir wirklich nichts zu bieten. Kann es wirklich ein Glück für dich sein, meine Gefährtin zu werden?«

Sie lächelte. »Ich bin dir zugetan, ich will nicht mehr ohne dich sein.« Mich führst du nicht hinters Licht, Jean de Morin, dachte sie.

Er seufzte. »Manche Dinge sollten gut bedacht sein, Madeleine. Du kennst mich nicht, du kennst mich überhaupt nicht. Wenn du in vier Wochen immer noch so redest, soll es sein, dann werde ich dich als meine Gefährtin annehmen. So viel Zeit musst du dir lassen, dass du mich wenigstens ein bisschen kennenlernst – und ich dich.«

Vier Wochen. Das war eine harte Verlängerung der Prüfung. Damit hatte sie nicht gerechnet. In vier Wochen war der August zu Ende. Sie würden sich in Halle inzwischen schreckliche Sorgen machen und glauben, sie sei tot, falls nicht hinter allem doch ihr Onkel steckte. Magdalene atmete tief ein und nickte. Umso glücklicher konnten sie sich schätzen, wenn Magdalene mit einem Adligen verlobt heimkam. So sollte es sein.

Magdalene tat, was sie konnte, um ihre Fähigkeiten zu beweisen. Sie fand Möglichkeiten, Essen zu bereiten, ohne dass sie von den Feldern stehlen musste. Es gab Kräuter und Wurzeln am Wegesrand, Sauerampfer, Pastinak, Brennnessel und Weißen Gänsefuß, daraus konnte sie Salat und Suppe machen und aus dem Gänsefuß sogar Mehl. Manchmal brachte Jean einen Kohlkopf mit, ein wenig Speck oder ein Ei. Jeden zweiten Tag aßen sie die Fischsuppe.

Wenig später lernte sie seine Passion kennen. Am Abend des 1. August erklärte er beiläufig, er würde noch einmal fortgehen, es gäbe etwas zu bauen.

»Zu bauen?«, fragte sie. »Was baust du denn?«

»Ich baue nicht selbst«, lächelte er. »Ich sage ihnen, wie sie bauen sollen.«

Sie runzelte die Stirn. »Kannst du das?«

Er legte ihr die Hand auf die Schulter. »Besser als fischen«, antwortete er. Seine Stirn lag in ernsten Falten.

»Und was baust du?«

»Erst einmal ein paar Dächer und Schornsteine. Später wird es mehr werden! Ich könnte ein ganzes Haus konstruieren, ein wunderbares Haus, schöner als alle in diesen Nestern ringsum.«

Magdalene sperrte den Mund auf. »Woher weißt du solche Sachen über das Bauen?«

Jean lächelte. »Ich habe es von da, wo ich herkomme. Hier baut man anders. Die Konstruktionen aus Südfrankreich bringen hier jeden zum Staunen. Was meinst du, wie aufgeregt die Leute waren, als ich dem Fährmann einen neuen Rauchabzug konstruiert habe? Der Qualm zieht viel besser ab, das Feuer brennt gut. Sie haben es vorher nicht geglaubt. Aber jetzt sehen sie es mit eigenen Augen. Deshalb kommen immer mehr Leute zu mir.«

Magdalene sah ihm nach. Jean setzte sich draußen auf die Bank und begann, die Fische auszunehmen, die sie zum Trocknen aufhängen wollten. War er ein berühmter Baumeister und hielt sich hier für eine Zeit auf, um seine Fähigkeiten inkognito zu probieren? Ihre Wangen blühten rot. War das der Grund, warum er als französischer Adliger hier lebte? Hatte er auf diese Weise ihren Onkel kennengelernt?

Sie war sich jetzt sicher, er war in Wirklichkeit ein Prinz oder ein Burgherr. Es war das Bauen, das wollte er hier ausprobieren. Das war es. Ihre gelegentlichen Zweifel verschwanden. Er hatte seine Gründe gehabt, hierher zu gehen. Natürlich war der Handel mit ihrem Onkel nur eine Nebensache gewesen. Er war wegen des Bauens hier, um unerkannt seine Fähigkeiten probieren zu können. Es blieb ihre Prüfung. Sie würde ihm beweisen, dass sie ihn liebte, ihn selbst, nicht seinen Reichtum.

Seine schlanken Hände tanzten über die Fischleiber. Magdalene stellte sich Ringe daran vor, solche mit großen Steinen und viel Gold. Es passte tatsächlich gut zu ihm. Sie betrachtete seinen Rücken, die gebogene Linie seiner Schultern, und hätte gern mit der Hand darüber gestrichen. So viel sie konnte, redete sie auf Französisch mit ihm. Das war gut, es half ihr, ihm näherzukommen. Er veränderte sich, wenn er Französisch sprach. Die harten Linien um seine Mundwinkel verschwanden, sein Gesicht wurde weicher. Sie fragte viel. »Wie alt bist du?«, fragte sie ihn, in seiner Sprache natürlich. »Vierunddreißig«, antwortete er.

»Und wie lange bist du schon hier?«

Er hob den Kopf. »Hier in dieser Hütte, meinst du? Seit Ende April. Ich bin vor drei Monaten hier angekommen.«

Sie betrachtete ihn nachdenklich. So lange war er schon aus seinem schönen Leben fort? »Und bevor du hierher kamst«, fragte sie vorsichtig, »ich meine, bis April, da hast du andere Kleider getragen, nicht wahr? Solche aus Spitzen und Seide.«

Er sah sie an und ließ die Hände sinken. »Dupionseide mag ich am liebsten. Sie ist leicht. Ich habe meine Justaucorps eng schneidern lassen, meine Farben waren braun und grün. Glaubst du, dass das unangemessen war? Das hat mein Freund oft gesagt, ein Pastor.«

Sie schüttelte den Kopf. »Du musst heutzutage zeigen, was du hast, um etwas zu gelten. Ich kann mir einen Rock aus grüner Seide gut an dir vorstellen.«

»Ja, so ist es. Sie hören nicht auf dich, wenn du nicht teuer angezogen bist. Das konnte mein Freund nicht verstehen.«

Magdalene nickte verständnisvoll. Dupionseide. Sie wusste nicht genau, was für ein Gewebe das war. Es musste so teuer sein, dass kein Schneider in Halle Ballen davon herumliegen hatte. Das alles ergab sehr wohl einen Sinn. Magdalene seufzte sehnsüchtig.

Sie hatte erwartet, dass Jean seine Tat von jenem ersten Sonntagmittag wiederholte, dass er über sie und in sie kam. Er hielt sich jedoch fern von ihr. Er küsste sie nicht und drehte ihr in den Nächten den Rücken zu. An den ersten Abenden machte es ihr noch nichts aus, aber sie begann sich zu fragen, was der Grund war. Hatte ihm etwas an ihr nicht gefallen? Ihre Beine vielleicht? Oder ihre viel zu kleine Brust? Sie versuchte, ihm näherzukommen. Sie begrüßte ihn, wenn er vom Fischen heimkam, mit einer Umarmung und einem Kuss auf den Mund. Sie lachte und schwenkte die Hüften, wenn er in der Hütte neben ihr stand. Nachts schmiegte sie sich eng an seinen Rücken, küsste seinen Nacken und hielt seine Hand.

Zehn Tage blieb er standhaft, dann siegte sie. In der Nacht zum 2. August, als sie schon glaubte, er schliefe, drehte er sich plötzlich zu ihr, griff ihre Arme mit seinen Händen und drückte sie über dem Kopf auf die Strohmatratze. Er drang unvermittelt in sie ein, dass sie vor Schmerz aufschrie. »Du willst es doch«, keuchte er.

»Ja, Jean, ich will es!« Sie war nicht sicher, ob es genau das war, aber sie wollte etwas von ihm. Der Schmerz war nicht so schlimm wie beim ersten Mal. Jean bewegte sich über ihr, er wurde ruhiger, bewegte sich weiter und ließ ihre Arme los. Sie sah ihn an und fing seinen Blick ein. Er hielt sich mit seinen Pupillen an ihren fest, während er sich bewegte und bewegte. Sie konnte in seinen Augen eine große Verletzlichkeit erkennen. So hatte noch nie ein Mann sie angesehen. Sie hob ihre Arme und legte sie um seinen Nacken, da beugte er sich zu ihr. Im gleichen Augenblick fühlte sie seine Erlösung. Er hielt sie fest umarmt. Ja, das wollte sie.

Er blieb eng neben ihr liegen und schlief ein. Sie betrachtete die Linie seiner weichen, nackten Schulter an ihrer Seite; die letzte Glut im Herd spendete noch ein wenig Licht. Er sah friedlich aus wie ein Kind. Sie wollte ihn. Sie hätte ihn auch gewollt, wenn er nicht reich gewesen wäre, weil sie ihn in seiner Verletzlichkeit gesehen hatte. Aus dieser Hütte wegzukommen, war ihr schon lieber.

Von da an war er jede Nacht über ihr. Wenn er es nicht von allein tat, fuhr sie so lange mit der Hand über seinen Körper, bis er sich auf sie rollte. Sie hatte herausbekommen, dass es genau diese Stelle in der Mitte seines Leibes war, die ihr die

Macht gab, ihn zu sich zu holen. Es war einfach. Eines Tages würde er sich sein Leben nicht mehr ohne sie vorstellen können. Eines Tages, wenn er seine Bauarbeiten beendet hatte, würde er mit ihr nach Halle zu Onkel Conrad gehen, damit sie heiraten konnten, und danach würden sie in sein Schloss ziehen. Wenn sie sich das vorstellte, sah sie die dicke Felicitas vor sich, die vor Neid blass wurde.

»Und du?«, fragte Jean eines Tages. »Wie alt bist du?«

»Achtzehn«, log sie.

»So jung!«, rief Jean trotzdem aus.

»Ich kann mich nicht richtig frisieren, sonst würdest du sehen, dass ich eine Frau bin und kein Kind«, entgegnete sie trotzig. Ihr Haar war mittlerweile struppig und verfilzt, obwohl sie es mit den Fingern entwirrte und in der Saale wusch. Sie trug den langen Zopf, den sie geflochten hatte, als sie genesen war. Das war wirklich eine Kinderfrisur.

Jean ging an die kleine Truhe in der Ecke hinterm Bett. Er zog einen Schlüssel aus der Tasche seines Kittels, öffnete die Truhe und holte etwas heraus.

Es war ein Kamm aus Elfenbein, ein aufwendig verzierter und wertvoller Kamm. Das war ein teures Stück aus seinem Schloss, das konnte sie sehen. Sie nahm es zögernd entgegen und betrachtete die kleinen Schnitzereien, die sich rings um den Griff wanden. Vorsichtig kämmte sie zuerst das Ende ihres Zopfes, löste ihn und kämmte sorgsam Strähne für Strähne ihrer kastanienbraunen Haare. Mit einem solchen Kamm war das Kämmen ein Kinderspiel. Sie saß lange auf der Bank draußen vorm Haus, kämmte sich und summte dabei. Jean sah ihr zu, schweigend, mit einem schwermütigen Blick.

Die Zeit am Saaleufer verging langsamer als in ihrem alten Zuhause. Den Tag über hatte Magdalene nicht viel zu tun. Sie blieb draußen auf der Bank sitzen, kämmte sich und wartete auf den Abend, auf Jean. Ach, wie sie die Gesellschaft anderer Menschen vermisste! Wie gern wäre sie ein einziges Mal nach Halle gefahren, hätte sich am Melusinebrunnen lächelnd neben die dicke Felicitas gestellt und beiläufig gesagt: Ich werde einen französischen Prinzen heiraten!

Sie wusste, dass sie auf diesen Triumph geduldig warten musste. Umso mehr Hoffnung setzte sie in Jean und seine Entscheidung. Sie fragte ihn viel über seine Heimat. Es war deutlich zu hören, dass es ihm gefiel, von Frankreich zu reden, am liebsten in Französisch. Magdalene träumte bald, dieses weite Land unter seiner warmen Sonne vor sich zu sehen, sie sah Zypressen und rotes Felsgestein, sie sah Wein in flirrender Hitze reifen und hörte Zikaden zirpen. Manchmal allerdings entnahm sie seinen Erzählungen, dass er nicht immer so allein gewesen war wie jetzt. Magdalene war sich bewusst, dass er einer von denen sein musste, die neu hier siedelten. Andere Franzosen kannte sie nicht. Das Wort »Flucht« tauchte in seinen Erzählungen auf.

»Warum musstet ihr fliehen?«, fragte sie.

Er entgegnete: »Du weißt es nicht? Du hast keine Ahnung davon?«

Sie schüttelte den Kopf und schämte sich gleichzeitig. In Halle lebten inzwischen fünfhundert von diesen Menschen, doch sie hatte sich nie gefragt, warum sie ihre Heimat verlassen hatten.

»Die Katholiken haben uns vertrieben, unser eigener König war es. Wir sind nicht freiwillig vom Land unserer Väter weggegangen. Haft und Galeere waren die Alternative. Weißt du, was eine Dragonade ist?« Magdalene schüttelte den Kopf. »Es bedeutet, dass sie Dragoner in dein Haus einquartieren, wenn sie glauben, du unterstützt die falschen Leute. Die Dragoner dürfen alles, sie dürfen ungestraft nehmen, was sie wollen, prügeln und Schaden anrichten, sie dürfen die Frauen vergewaltigen, man muss zusehen und sie noch beköstigen und im eigenen Bett schlafen lassen.«

Entsetzt brachte Magdalene nur ein: »Aber … aber …« heraus.

»Auch in meinem Haus waren sie, falls du fragen wolltest. Auch meine Frau wurde vergewaltigt. Das war der Tag, an dem ich beschlossen habe, mit ihr fortzugehen.«

Es war ein warmer Sommerabend, als er das sagte. Der August war schon weit fortgeschritten, die vier vereinbarten Wochen neigten sich ihrem Ende zu.

»Deine Frau?«, hauchte sie. Sie saß auf der Bank vor dem Haus, alle Kraft schien aus ihren Gliedern entschwunden zu sein. Die Sonne biss sich am Rand des Horizonts fest, sie nagte mit ihren letzten Kräften an der weithin sichtbaren Bogenkante des Gebirges in der Ferne.

Jean de Morin schwieg eine Weile und blinzelte. Schließlich antwortete er: »Ja, meine Frau.«

Magdalene war von dieser Antwort so überrascht, dass ihr

kein einziges französisches Wort einfallen wollte. »Wo ist deine Frau jetzt?«, fragte sie auf Deutsch.

Er senkte den Kopf. »Sie ist gestorben.« Die Sonne sank tiefer, sie verlor ihr Gesicht an den Bergen in der Ferne.

»Das tut mir leid«, antwortete Magdalene, und jetzt hatte sie ihr Französisch wieder. »Wann ist sie denn gestorben?«

»Am 17. Mai.«

Seine Stimme zitterte, und sie hörte ihn schlucken. Er schaute nicht auf.

»In diesem Jahr erst? Hier in dieser Hütte?« Magdalene drehte sich erschüttert zu ihm um. Jean de Morin sah sie nicht an. Sie nahm seine beiden Hände in ihre und hielt sie fest. Seine Frau war gerade drei Monate tot, er musste noch immer in Trauer sein. Sie ließ ihn nicht aus dem Blick, beobachtete ihn. Jetzt sah sie die Ringe unter seinen Augen, die ihr vorher nicht aufgefallen waren, die Falten in den Mundwinkeln und das verlorene Schauen, das er manchmal an sich hatte. Sie zog ihn an sich. Er ließ es geschehen. Er lehnte seinen Kopf an ihre Schulter und weinte in ihre Halsbeuge. Er hatte eine Frau gehabt. Diese Frau war mit ihm hier in der Hütte gewesen. Seltsam, dass Magdalene als Erstes der Elfenbeinkamm einfiel. Es war ihr Kamm gewesen. Jean de Morin weinte, bis die Sonne untergegangen war. In dieser Nacht kam er nicht über sie.

Am nächsten Morgen, als er aus dem Haus ging, sah sie ihm lange nach. Er stieg den Abhang hinab, machte das Boot los und ruderte stromaufwärts. Sie sah seine kräftigen Arme, die die Ruder durch das Wasser zogen, und stellte sich ein

Justaucorps aus grüner Seide daran vor. Mit einem Mal konnte sie die Gestalt einer Frau in diesem Boot sitzen sehen. Zuerst war ihr, als wäre sie es selbst, und doch war es eine andere, die Frau des Jean de Morin. Sie wäre am liebsten dem Boot nachgelaufen und hätte gerufen: Jean, lass mich zu euch ins Boot kommen, zeig mir deine Frau! Sie blieb sitzen. Sie war unfassbar eifersüchtig. Jean hatte schon eine Frau gehabt. Jean trauerte um eine andere!

Eigentlich hätte sie froh darüber sein können, dass seine Frau tot war. Nun wusste sie, dass der Weg für sie selbst tatsächlich frei war. Jeden Tag konnte es geschehen, dass er sie fragte: Willst du meine Frau werden? Jeden einzelnen Tag, auf der Bank vor der Hütte, malte sie sich aus, wie er vor ihr niederknien, ihre Hand nehmen und diese Frage stellen würde. All die Tage des vergehenden August fragte sie sich, wann es endlich so weit war.

Er tat es nicht.

Magdalene fragte nicht noch einmal nach dem Tod dieser Frau. Manchmal sah sie Jean von der Seite an und versuchte Gründe dafür zu finden, dass er niemals an ihr Grab ging, dass er nicht darüber redete. Sie überlegte, ob die Frau an einer schrecklichen Krankheit gestorben war, von der man besser niemandem etwas sagte. Magdalene selbst hatte ihre Mutter und ihren Vater an der Pest sterben sehen. Das war vor sieben Jahren, als Magdalene neun und ein halbes Jahr alt gewesen war. Die Pest war eine Krankheit, die man vor allen anderen Menschen geheim halten musste, weil man sonst völlig gemieden wurde, eine Krankheit, die man versteckte und vertuschte, bis es nicht mehr anders ging. Magdalenes Eltern hatten vor der Pest fliehen wollen und sie stattdessen mit sich genommen, als sie aus Halle fortgingen, auf das kleine Gut im Dorfe Beesen, wo ihre Mutter herstammte. Am Ende dieser schrecklichen Zeit lebte auf diesem kleinen Hof niemand mehr, keine Kuh brüllte, kein Hund bellte, nur Magdalene und ihr Bruder blieben in den Wiesen an der Saale und an den Rändern der Felder, bis es nicht mehr anders ging und sie zu ihrem Onkel nach Halle heimkehrten. Solch eine Krankheit konnte es gewesen sein. Das war das Einzige, was Magdalene als Erklärung einfiel.

In dieser Hütte gab es keinen Kalender, doch Magdalene zählte die Tage mithilfe ihres Messerchens. Sie machte jeden Morgen eine neue Kerbe an einem Balken auf der Rückseite des Hauses und hoffte, dass Jean es nicht entdeckte. Er hätte es als Ungeduld auslegen können. Sie wollte wissen, welcher Tag es war, wenn sie schon keinen Menschen zu Gesicht bekam. Als sie am 4. September, einem Sonntag, die Kerbe machte, musterte sie die lange Reihe der Kerben. Sie war seit genau sieben Wochen hier. Sieben Wochen lebte sie mit Jean de Morin unter einem Dach. Sieben Wochen dauerte ihre Prüfung schon an.

Ein schrecklicher Verdacht lähmte ihre Hände. Das Messerchen fiel zu Boden. Sie hatte in der ganzen Zeit hier, sieben Wochen lang, noch nicht ein einziges Mal ihr schlechtes Blut bekommen. Es kam sonst genau nach vier Wochen wieder. Das gehörte zu den wenigen Dingen, die ihr Anna über den Frauenkörper erklärt hatte, als sie zwei Jahre zuvor zum ersten Mal davon heimgesucht worden war. »Es kommt genau alle vier Wochen, Lenchen«, hatte Anna gesagt, »du brauchst dir keine Sorgen zu machen, das ist nichts Schlimmes. Und wenn du eines Tages merkst, dass es ausbleibt, kannst du zu deinem Mann gehen und ihm sagen, dass es bald ein Kind geben wird. Daran wirst du es erkennen.«

Magdalene sank auf die gratigen Kiesel. Sie spürte den Schmerz nicht. Hier hinter der Hütte, im Schatten, blieb sie auf den Felsen liegen. Schon zwei Mal hätte es inzwischen da sein müssen, das schlechte Blut. Sie hatte schon zwei Mal nicht daran gedacht.

Jean war am Fluss gewesen, um sich zu rasieren. Sie hörte ihn den Weg heraufkommen, sie hörte die Kiesel knirschen, doch sie konnte nicht aufstehen. Ihre Beine waren zu schwach, um sie zu tragen.

»Madeleine?«, rief er. »Madeleine, wo bist du?« Er kam um die Hütte herum gegangen und stürzte sofort zu ihr. »Um Himmels Willen, Madeleine, was hast du?« Er hob sie auf und trug sie in die Hütte, legte sie aufs Bett und streichelte sie. »Madeleine, was ist mit dir? Ist dir nicht gut? Was ist passiert?«

Sie lag kraftlos da, Jean saß auf der Kante des Bettes und beugte sich zu ihr. Sie schlug die Augen auf und sah ihn fest an. »Wir werden ein Kind haben, Jean de Morin«, sagte sie leise.

Er fuhr auf. Seine Lippen begannen zu zittern. Erst gab er keinen Ton von sich. Nach einer Weile brachte er hervor: »Ich bin ein Dummkopf. Ich hätte es wissen müssen.« Er nahm ihre Hand. »Es tut mir leid, Madeleine, dass ich so dumm war, dumm und verantwortungslos. Ich habe geglaubt ... Weißt du, meine Frau hat keine Kinder bekommen. Wir waren acht Jahre verheiratet und haben keine Kinder bekommen. Ich weiß nicht, warum. Die anderen haben mit dem Finger auf uns gezeigt. Es tat weh. Als wir fliehen mussten, war ich froh, dass wir keine kleinen Kinder mitnehmen mussten. Ich dachte, dass es an mir gelegen hat, dass mein Samen vergiftet war wegen all meiner Sünden. Ach, Madeleine, verzeih mir!«

Magdalene richtete sich auf. »Ich war genauso dumm, Jean. Ich hätte mich bezähmen müssen. Dass ich auf die Hochzeitsnacht warten muss, haben sie mir gesagt. Glaubst du, dass es eine große Sünde ist, die wir begangen haben?«

Er nahm ihre Hand. »Vielleicht. Ich weiß es nicht.«

»Wir können es doch noch heilen, oder?«

»Wie meinst du das?«

Magdalene legte ihre zweite Hand auf seine. »Wenn wir schnell heiraten, wird keiner etwas sagen.« Sie lächelte. »Es gibt mehr Siebenmonatskinder, als man annehmen möchte.«

Jean wurde blass. »Das wird nicht gehen, das Heiraten.«

Magdalene erschrak. »Wieso? Mein Onkel wird froh sein, dass ich unter der Haube bin. Ein bisschen Mitgift dürfte da sein. Wir heiraten in Halle und gehen zurück nach Frankreich, dahin, wo du hergekommen bist.«

Verwundert sah Jean sie an. »Warum willst du das? Unser Kind in Gefahr bringen?«

»Soll denn dein Kind nicht da zur Welt kommen, wo du geboren bist?«

Sein Blick wurde weich. »Das wäre schön gewesen. Aber es ist Illusion. Dorthin zurückzugehen, bedeutet Lebensgefahr.«

»Lebensgefahr?« Magdalene verstand nicht, warum er das sagte. »Wirst du dort gesucht? Du kannst zurück in dein Schloss gehen, da wird dich niemand angreifen. Oder sind die Dragoner noch da?«

»Du verstehst das nicht, ma petite poulette. Ich bin ein Reformierter. Als ich dort weggegangen bin, ist all mein Besitz, all mein Hab und Gut dem französischen König zugefallen. Ich hatte von meinem Vater eine Manufaktur für Seidengewebe geerbt und außerdem habe ich das Bauen studiert. Unser Haus war kein Schloss, es war ein großes, schönes Herrenhaus auf dem Hügel von Cazilhac in der Nähe von Carcassonne. Wir konnten von da weit in die Landschaft sehen, es ist warm und trocken da. Unser Haus steht nicht mehr, habe ich gehört. Als wir fort waren, haben die Dragoner es angezündet. Es gibt niemanden mehr dort, der mich aufnehmen könnte. Meine Eltern und meine Schwiegereltern sind tot, alle anderen aus unserer Gemeinde fortgegangen. Wenn ich eines Tages nach Frankreich zurückgehe, ma poulette, dann nicht mit einer Frau und einem kleinen Kind. Warum sollte ich dich in Gefahr bringen? Sie wollen mich dort verhaften. Das wäre mein Tod.« Er schwieg eine Weile und ergänzte: »Nein, ich besitze nicht mehr als das, was du hier siehst. Wir sind arme Leute, Madeleine, sehr arme. Wir werden es schwer haben, dieses Kind zu ernähren, und uns selbst mit.«

Madeleine starrte ihn entsetzt an. Er sagte die Wahrheit. Im Angesicht ihres Zustandes durfte er nicht lügen. Aber dann war alles, was sie geglaubt hatte, falsch gewesen. Es war keine Prüfung für ihre Treue. Niemand hatte erwartet, dass sie Jean etwas bewies. Ihr Onkel hatte keine Ahnung, dass sie hier war. Jean hatte nichts von ihr gefordert. Sie hatte sich an ihn gehängt, ohne dass er es wollte. Er hatte gar keine Frau gesucht.

Magdalene schlug die Hände vors Gesicht. Es war die dicke Felicitas, die sie vor sich sah. Von Magdalenes erträumten Triumph war nichts geblieben. Sie sah Hohn und Spott auf dem Gesicht der anderen. Sie schämte sich entsetzlich für ihre Dummheit. Sie hatte sich etwas vorgemacht, ihre Wünsche für bare Münze genommen. Sie gab keinen Ton von sich, so groß war ihr Entsetzen über das, was sie in ihrer Dummheit angerichtet hatte. Ihr Leben war zerstört. Jeder Traum war ausgeträumt. Einen anderen Mann würde sie jetzt nicht mehr bekommen, einen reichen schon gar nicht. Wie sollte sie das ihrem Onkel erklären?

Jean blieb neben ihr sitzen. »Es tut mir leid«, murmelte er noch einmal.

Als sie immer noch nicht antwortete, stand er auf und ging hinaus. Sie hörte seine Schritte auf dem Kies, sie entfernten sich nach oben, wo die Felder lagen. Lange lag sie da. Es wäre besser gewesen, Jean de Morin hätte sie mit ihrem Boot in der Saale versinken lassen. Sie wäre dort im Wasser gestorben, dort, wo die Dummheit sie hingeführt hatte. Es wäre nicht nötig gewesen, noch eine neue Dummheit hinzuzufügen.

Magdalene stand auf. Sie kämmte sich noch ein letztes Mal und flocht ihr Haar. Sie legte den Kittel ab, faltete ihn sorgfältig und stieg, nur mit ihrem Unterrock bekleidet, hinunter zur Saale. Die alte Erle lag noch im Wasser. Sie musste vor einiger Zeit, vielleicht beim letzten Hochwasser, den Halt verloren haben und umgestürzt sein, denn ihre Wurzeln hingen noch an einigen Stellen fest. Sie ragte bis in die Mitte des Flusses, die Schiffer mussten vorsichtig daran vorbeisteuern. Magdalene zog die Schuhe am Ufer aus, stieg auf den schwankenden Stamm und balancierte darüber.

Die Krone des Baumes war vom fließenden Wasser schon längst zerfetzt. Die Strömung floss direkt hindurch. Magdalenes Gewicht drückte den Stamm ein wenig tiefer, das Wasser begann über ihre Füße zu fließen. Sie hielt sich mit einer Hand an einem zähen Ast fest. Sie hatte nicht geglaubt, dass sie so jung sterben musste, aber nun gab es keinen anderen Weg mehr. Sie hatte mit ihrer Dummheit große Schuld auf sich geladen, die keinen anderen Weg mehr zuließ. Nicht nur die Peinlichkeit gegenüber allen Menschen in Halle drückte sie. Es war die Schuld gegenüber Jean. Er hatte sie nicht gewollt, er hatte nie eine Frau gesucht, und sie hatte sich ihm an den Hals geworfen. Ihr Leben war endgültig verpfuscht. In dem Moment, als sie den Ast loslassen wollte, hörte sie einen Schrei. »Nein! Madeleine, nein! Nicht! Bleib stehen! Ich komme zu dir! Tu es nicht!«

Magdalene hörte die Kiesel kollern, sie hörte ihn den Abhang hinunterstürzen und wusste nicht mehr, was sie tun sollte. Halbherzig ließ sie den Ast los und wankte. Sie fiel ins Wasser. Der Strudel erfasste sie. Dieses Mal schlug sie nicht mit den Armen um sich. Sie ließ sich einfach versinken.

»Madeleine, Madeleine, wach auf!« Sie spürte an ihrer Wange leichte Schläge. Sie lag im Ufergras, nass bis auf die Haut. Jean kniete über ihr. Er war genauso nass, das Hemd klebte an seiner Brust. Sie schlug sie Augen zu ihm auf. »Ich will nicht mehr«, flüsterte sie. »Ich kann nicht mehr.«

Jean trug sie hinauf in die Hütte. Sie spürte, wie er ihr den nassen Unterrock auszog. Er heizte den Ofen ein und kam zurück zu ihr. »Du musst deine nassen Sachen ausziehen«, flüsterte sie. »Du holst dir den Tod, wenn du weiter in den nassen Sachen herumläufst.«

»Ich besitze nur diese Kleider«, antwortete er.

Magdalene schloss die Augen.

Es war noch schlimmer, als sie für möglich gehalten hatte. Sie fiel in einen tiefen Schlaf. Jeans Gebete waren das Murmeln, das sie in ihre Träume hinübergeleitete. Französische Worte flossen um sie herum.

Als sie erwachte, graute der Morgen. Es war Montag. Das war die Zeit, in der Jean sonst die Hütte verließ, um zum Fischen zu gehen. Er machte keine Anstalten fortzugehen. Er war aufgestanden und hatte sich einen Kräutersud gekocht, blieb aber mit dem Becher in der Hand am Tisch sitzen.

Sie richtete sich auf. »Musst du nicht fischen gehen?«, fragte sie leise.

Er zuckte die Schultern. »Wenn ich weggehe, wirst du wieder ins Wasser gehen. Ich kann das Haus nicht verlassen.« Seine Stimme war dunkel.

»Du warst ohne mich besser dran.«

»Ich bin nicht mehr ohne dich.«

Überrascht zögerte sie. »Du hast gesagt, du willst mich nicht heiraten«, brachte sie hervor.

»Ich habe gesagt, ich kann dich nicht heiraten. Das ist etwas anderes.«

»Was willst du? Eine bessere Frau als mich? Eine, die dir wieder zu Reichtum verhilft? Dann darfst du mich nicht heiraten, da hast du recht.«

Er seufzte tief, kam herüber und setzte sich zu ihr aufs Bett. »Madeleine, wenn wir beide heiraten wollten, würden wir eine Menge Papiere brauchen. Du müsstest konvertieren. Wie stellst du dir das vor?«

»Ganz einfach. Wir gehen nach Halle, sagen meinem Onkel die Wahrheit und er wird es regeln. Du gehst zu deinen Leuten und besorgst dir die Genehmigung. Wir heiraten nach deiner Konfession. Davon werden wir nicht reich, aber wir leben wenigstens in Ehre. Mein Onkel wird uns eine kleine Wohnung besorgen. Du wirst eine Arbeit finden.«

Er schüttelte den Kopf. »Ich kann dort nicht hingehen.«

»Warum?«

»Ich kann nicht. Bitte frag nicht. Ich kann nicht zurück zu meinesgleichen. Und nach Halle schon gar nicht.«

Magdalene schwieg. Seine Stimme klang eindringlich und bitter, es musste etwas Ernstes sein. »Madeleine«, er nahm ihre Hand, »es ist Gott, dem wir Rechenschaft schulden. Wir brauchen die Kirche nicht. Wir brauchen kein Kirchenbuch, um zu heiraten.« Er kniete nieder. »Madeleine, willst du meine Frau werden?«

Überrascht und verwundert nickte sie.

Er nahm ihre zweite Hand. »Ich, Jean Philippe Pasquale de Morin, will dein Mann sein. Gott im Himmel, du gütiger Vater, halte deine Hand über uns und sieh unseren Glauben. Gib uns deine Gnade, denn wir wollen von heute an Mann und Frau sein. Ich will treu zu dir stehen, Madeleine, und als dein Mann für dich da sein. Willst du das, Madeleine?«

Magdalene klappte ihren Mund einmal auf und zu. »Jean, so einfach geht das nicht!«

»Doch«, antwortete er ruhig und sicher, »du musst es wollen, auf niemanden sonst kommt es an, nur auf dich. Gott wird uns seine Gnade schenken.«

Sie sahen sich in die Augen.

Magdalene nickte. Sie holte tief Luft und sprach: »Ich, Magdalene Aurora Veronika Bertram, will deine Frau sein. Ich bitte Gott darum, uns beizustehen und unserem Kind seine Hilfe zu geben.«

Sie schwiegen beide. Jean nahm vorsichtig seine Hände aus ihren, strich über ihre Wange und flüsterte: »Jetzt sind wir verheiratet. Gott ist unser Zeuge. Ihn können wir nicht betrügen, er wird uns nicht verlassen.«

Als Jean de Morin schließlich zum Fischen ging, stand die Sonne schon hoch. Magdalene zog ihr Unterkleid an, das getrocknet war, holte den Kittel, streifte ihn über und legte sich noch ein einfaches Tuch über den Kopf. Als verheiratete Frau hätte sie eine Haube tragen müssen. Wo hätte sie die hernehmen sollen?

Sie machte sich auf den Weg. Der Pfad, der oben bis an den Rand der Felder führte, verlief parallel zum Flussbett der Saale. Wenn sie ihn weiter ging, hatte sie verstanden, käme sie an einen Ort namens Wettin. Es war der Ort, wo sich die Herrschaft befand, wo Jean seinen Fisch abliefern musste. Dort würden Leute sein, ein Markt. Dort würde sie finden, was sie suchte.

Sie ging den Pfad und schaute nicht hinunter auf den Fluss, der im Sonnenlicht glitzerte. Schon bald tauchte ein Hof auf, ein weiterer, später einige armselige Katen. Sie besaßen eine Burg da, die konnte man schon von Weitem sehen. Magdalene lief auf diesen Ort zu. Auf dem Marktplatz gab es einige Stände. Ein Messerschleifer hatte seinen Wetzstein ausgepackt, ein Schuster rief Leute herbei, es gab Gemüse. Sie sah sich um. Eine junge Frau mit einem Kind an der Hand stand da und wartete auf ihre Messer. Magdalene trat zu ihr.

»Ach bitte, sagt, es gibt hier sicherlich eine Kräuterfrau, die aus Kindsnöten hilft?«

Die Frau schaute Magdalene erstaunt an. »Wer seid Ihr? Ich kenne Euch nicht. Wohnt Ihr in Wettin?«

»Weiter oben am Saaleufer.«

Der Blick der Frau fuhr von unten nach oben an ihr entlang. »Ihr seid die Frau des Franzmanns? Er ist mit einer Frau gekommen. Bis auf ein paar Leute hat niemand sie bisher gesehen.«

Magdalene nickte. Sie senkte den Kopf.

»Wo habt Ihr unsere Sprache so gut gelernt?«, fragte die Wettinerin.

Verblüfft antwortete Magdalene: »Wo? In Halle natürlich.«
Die Frau lächelte. »Interessant. Herr Habermas hat überall

gefragt, ob wir wüssten, wo Ihr herkommt. Den wird das interessieren. Ach ja, eine Kräuterfrau haben wir hier nicht, nur den Doktor oben auf dem Schloss. Aber den könnt Ihr nicht bezahlen.« Sie maß noch einmal Magdalenes Aufzug. »Wenn Ihr den Weg nicht scheut, geht hinüber auf die andere Saaleseite. Da gibt es die Muhme Lubbe. Sie wohnt in Schochwitz. Sie ist viel unterwegs, vielleicht trefft Ihr sie.«

Magdalene hörte die Frau hinter ihrem Rücken mit einer anderen tuscheln. Es würde bald bekannt sein, dass der Franzmann wieder eine Frau hatte. Sie stieg vom Marktplatz eine steile Straße hinab zum Saaleufer, zur Fähre. »Fährmann, könnt Ihr mich übersetzen? Ich muss nach Schochwitz.«

Sie hatte einen Alten geweckt, der, das Kinn auf der Brust, ein Schläfchen in der Sonne machte. »Einen Pfennig«, brummte er.

»Ich habe keinen Pfennig.« Magdalene erblasste.

»Dann wird es nichts. Wer seid Ihr, zu wem wollt Ihr?«

»Ich bin die Frau des Franzmanns«, antwortete sie.

Der Alte hob erstaunt die Brauen. »Die Frau Mohr, soso!«

»De Morin!«

»Sag ich doch, die Mohrin!«

Magdalene gab auf. »Ich muss zur Kräuterfrau nach Schochwitz.«

Der Alte lachte. »Da habt Ihr mehr als Glück. Den Pfennig braucht es nicht. Die Muhme ist hier, ich habe sie heute Morgen hergeholt. Sie ist nach Mücheln hinuntergegangen. Das ist auf dem Weg nach Süden, an der Saale entlang.«

Magdalene bedankte sich und nahm den gewiesenen Weg.

Jedermann schien zu wissen, dass der Franzmann eine Frau hatte. Er war Ende April mit seiner Frau angekommen, am 17. Mai war sie gestorben. Sie konnte kaum drei Wochen an diesem Ort gelebt haben. Magdalene seufzte. Es war hier nicht anders als anderswo, die Leute redeten über die kleinste Kleinigkeit. Es würde nicht lange dauern, da wüssten sie alle, wie Jeans neue Frau aussah.

Sie passierte die Hütten und sah in der Ferne den kleinen Turm einer Kapelle. Der Weg, über den sie ging, war von früheren Überschwemmungen sandig. Eine regelmäßige Spur kleiner Löcher zog sich über die ganze Strecke, deutlich wie eine Markierung. Magdalene hob den Blick nicht von den Vertiefungen im Sand, bis sie mit der Nase auf eine Gestalt stieß, die am Ende dieser Reihe stehen geblieben war, einer alten Frau mit einem Stock. Sie trug auf dem Rücken eine Kiepe, die grauen Haare unter ein dunkles Tuch geschoben. Ihr Gesicht war von Falten verwittert wie die Rinde einer Eiche. »Wem steh ich denn da im Weg?«, fragte sie freundlich.

»Verzeiht«, murmelte Magdalene. »Ich bin die Frau des Franzmanns. Ich suche die Muhme aus Schochwitz. Man sagte mir, sie sei hier unterwegs.«

»Ihr habt sie gefunden.« Die alte Frau zog den Mund breit. An ihrer Lippe glühte eine Narbe, die ihr ein unheimliches Aussehen verlieh und das Lächeln zu einer Fratze verkommen ließ.

Nun, wo sie ihr Ziel erreicht hatte, verließ Magdalene der Mut. Die Alte wartete. Als Magdalene nichts sagte, wies sie mit der Hand auf ein Stückchen Gras abseits des Weges, wohin die Brombeerranken noch keinen Weg gefunden hatten. »Wollt grad rasten. Setzt Euch zu mir.«

Sie ging voran. Magdalene nahm neben ihr auf dem weichen Untergrund Platz. Bienen summten, zu ihren Füßen standen Kamillen in voller Blüte. Die Alte zog einen Kanten Brot aus ihrem Korb, brach ihn in zwei Stücke und reichte eines davon Magdalene. Die nahm es und konnte kaum erwarten hineinzubeißen, doch der Höflichkeit halber musste sie auf die Muhme warten. Die Alte murmelte: »Möge die Gute Lubbe die Hand über Euch halten.«

»Wie sie es mit allen guten Frauen tut.« Das war die Erwiderung, die zu dem Wunsch gehörte. Magdalene kannte ihn von Anna. Es war ein heidnischer Wunsch. Anna hatte ihr eingeschärft, dass sie das nicht ihren Onkel hören lassen durfte – und dass die Gute Lubbe mächtig war.

Die Alte sah überrascht auf. »Sagtet ihr nicht, Ihr wärt die Frau des Franzmanns? Woher kennt Ihr die Gute Lubbe?«

»Ich kenne sie nicht«, murmelte Magdalene verlegen.

Die Alte winkte ab. »Was habt Ihr auf dem Herzen, Mohrin?« Sie benutzte also auch diesen Namen.

Magdalene flüsterte: »Ihr seid doch erfahren in Kräuterdingen? Als Wehmutter?«

Die Alte nickte.

»Ich werde ein Kind haben. Aber es geht nicht. Wir können es nicht ernähren, haben selber nicht genug zu essen. Macht es weg, das Kind, ich bitte Euch.«

Die Alte schwieg lange. Magdalene fragte hastig: »Ich werde euch bezahlen, ich werde es schon irgendwie hinbekommen.«

»Ihr habt nichts?«, fragte die Alte. »Gar nichts? Dabei ist der Franzmann so stolz.«

Magdalene murmelte: »Ich besitze wirklich nichts weiter, nur ein einziges Schmuckstück, aber das kann ich Euch nicht geben.«

Die Alte streckte die Hand aus.

»Ich kann es Euch nicht geben«, jammerte Magdalene.

»Ich will's bloß ansehen. Ihr bekommt es zurück.«

Das Mädchen nahm eine Kette vom Hals. Das Amulett war ihr einziger und wertvollster Besitz. »Ich habe es von meiner Amme. Deshalb kann ich's niemandem geben.«

Die Alte klappte das Deckelchen auf. Hinter einem winzigen Scharnier öffnete sich eine kleine Vertiefung. Darin lagen kleine weiße Knochenstücke. Verwundert murmelte die alte Frau: »Das ist das Zeichen der Guten Lubbe.«

Magdalene wurde rot. Es war ein großes Geheimnis, niemand durfte es sehen, das hatte Anna ihr eingeschärft. »Meine Amme hat gesagt, es würde mich schützen, mein Leben lang. Deshalb kann ich's nicht weggeben.«

Die Muhme reichte ihr das Amulett zurück. »Das dürft Ihr auch nicht. Behaltet es, es ist ein guter Schutz.«

»Ihr glaubt daran?«

Die Muhme nickte. »Ich wohne am Lupberg, drüben auf der anderen Seite. Dort in der Nähe befindet sich die Lubbe. Deshalb nennen sie mich Muhme Lubbe. Wenn sich eine damit auskennt, dann ich.«

»Oh bitte, Ihr könnt dieses Kind wegmachen. Ich bin verloren, wenn ich es bekommen muss!«

Die Alte schwieg lange. Als Magdalene schon nachfragen wollte, öffnete die Frau den Mund. »Ist der Franzmann nicht gut zu Euch?«

»So gut er kann.«

»Hat er das Kind gegen Euren Willen gemacht?«

Magdalene schüttelte den Kopf. »Er hat geglaubt, er könne keine Kinder machen, weil er mit seiner ersten Frau keine hatte.«

Die Muhme nickte.

Eine Eingebung ließ Magdalene fragen: »Habt Ihr sie gekannt, die andere Frau?«

Die alte Frau wandte ihr den Kopf zu. »Ja, das habe ich. Ich war einige Male bei ihr.«

»Dann wisst Ihr, an welcher Krankheit sie gestorben ist?«

Gespannt wartete Magdalene auf die Antwort. Die alte Frau sagte: »Sie ist an keiner Krankheit gestorben.«

»Was sonst?« Magdalene kroch das Entsetzen den Nacken herauf.

Die Alte atmete mehrmals tief und antwortete: »Fragt Euren Mann. Es ist seine Sache, davon zu reden.«

Dem Mädchen zitterten die Hände. »Dann erst recht: Macht es weg, das Kind, ich will es nicht!«

Die Alte schüttelte den Kopf. Sie stand auf, klopfte sich das Gras aus den Kleidern, nickte Magdalene zu und ging wieder auf ihren Weg.

11. Kapitel

Als Magdalene heimkam, saß Jean auf der Bank vorm Haus. Sein Rücken war gespannt wie eine Feder, er hielt den Hals gestreckt und schaute nach ihr aus. Sie schleppte müde einen Fuß über den anderen und wusste kaum, wie sie den Weg gefunden hatte. Sie sah ihn nicht an, als sie sich neben Jean fallen ließ.

Er griff ihre Hand. »Madeleine, ich bin froh, dass du da bist. Ich hatte solche Angst, dass du es doch getan hast.« Sie schwieg. Sie war nicht in der Lage, ein einziges Wort zu sagen. Nur die Augen schlug sie zu ihm auf. Da sah sie, dass er rote Ränder um seine Lider hatte. Es ging ihm nicht gut. Er hatte Angst um sie gehabt.

Der dunkle Zweifel, der sie befallen hatte, verschwand. Jean de Morin war ein guter Mensch, ein gläubiger Mensch. Er würde nie jemandem etwas antun. Sie konnte ihm bis auf den Grund seiner Seele schauen. Da warf sie die Arme um seinen Hals. »Jean, ich bin jetzt deine Frau, nicht wahr?«

»Ja, ma petite poulette, das bist du. Ich muss auf dich aufpassen! Ich hatte solche Angst, dass ich dich doch noch verliere. Und unser Kind, ich muss auf unser Kind aufpassen!«

Sie klammerte sich an ihn. Was geschehen war, war geschehen, sie konnte nicht mehr ändern, dass sie arm geworden war und hier an der Saale lebte. Was auch kommen mochte, sie wollte Jeans Frau bleiben.

Die Tage gingen dahin. Es wurde kälter und dunkler. Schon bald konnten sie abends nicht mehr vor der Hütte sitzen, weil es zu kalt wurde. Magdalene musste, da sie keine Aussicht auf Besserung ihrer Lage hatten, alles tun, um für den Winter vorzusorgen. Sie hatte Angst vor dem Winter. Die Hütte war nicht dicht, sie war nicht warm. Sie würden viel zum Heizen brauchen. Magdalene ging Moos sammeln, um die Ritzen zu verstopfen, sie holte Reisig, so viel sie tragen konnte, unter den Bäumen am Ufer weg. Sie trocknete alle Fische, die sie erübrigen konnten. An lange Zweige draußen vor der Hütte fädelte sie die ausgenommenen Fischleiber. Gern hätte sie ein paar Früchte eingesalzen, aber für das Salz hatten sie kein Geld.

Manchmal bekam Jean einen Auftrag zum Bauen. Das waren die Abende, an denen er fröhlich pfeifend fortging und lächelnd heimkehrte. Es waren die Abende, an denen er eine Kupfermünze durch die Luft schnippte und ihr zuwarf und sagte: »Kauf dir was Schönes!« In diesen Nächten war er wieder über ihr, er sah ihr in die Augen dabei. Sie konnte ihn erkennen, ganz und gar bis auf den Grund.

Ihr Bauch begann zu wachsen. Anfangs war es kaum zu sehen, doch Magdalene war so mager geworden, dass die kleine Erhebung unter ihren Kleidern bald offensichtlich wurde. Als sie das erste Mal spürte, wie sich da drin etwas regte, war sie erschrocken. War das das Kind? Lebte es schon, so früh? Noch nie war sie einer Schwangeren nahe gewesen. In ihrer eigenen Familie hatte sie es nicht erlebt und auch in ihrer Nachbarschaft war sie keiner Schwangeren nahe gekommen. Nein, sie war wirklich ahnungslos. Wie sollte sie dieses Kind zur Welt bringen? Hier draußen, ganz allein?

Manchmal dachte sie an die Muhme und hoffte, die Frau würde niemals herkommen, weil sie sich für ihr Anliegen jenes Tages schämte. Andererseits hätte sie gern einiges gewusst, denn das Kinderkriegen war eine gefährliche Sache. Es schien ihr eine gute Lösung zu sein, die Frauen auf dem benachbarten Hof zu besuchen. Es war ein Gehöft von beträchtlichen Ausmaßen, das nicht nach Wettin abgabepflichtig war. Das ließ dem Bauern einen gewissen Wohlstand, er konnte sich leisten, unabhängiger zu entscheiden. Jean hatte hier einen neuen Rauchabzug gebaut; der Bauer war davon angetan. Die Bäuerin hieß Magdalene willkommen, als sie darum bat, für ein paar Münzen helfen zu dürfen und am Abend mit den Mägden zu spinnen.

Sie ging regelmäßig an drei oder vier Abenden in der Woche hin. Der Weg kostete nicht mehr als ein Viertelstündchen. Allmählich bezog man sie in den Klatsch und Tratsch der Umgebung ein. Sie hörte, was man über die Franzmänner in der Hütte sagte, und das waren keine lustigen Sachen. Sie sei ja mit ihrem Mann, dem Hans Mohr, im April hierhergekommen. Er habe im Mai allen Leuten erklärt, sie sei fort.

»Das tut man eigentlich nicht«, sagten sie, »die eigene Frau alleine zu Verwandten schicken, oder? Wir dachten schon, Hans Mohr hätte Euch erschlagen und wollte sich mit dieser Geschichte herausreden.« Die Frauen lachten, ihre Spinnräder summten. »So könnt Ihr sehen, wie schnell man in Verruf kommt. Zum Glück hat sich alles aufgeklärt, als Ihr zurückgekommen seid.«

Magdalene war nicht zum Lachen zumute. Jeder hier hielt sie für Jeans Frau, seine erste, die richtige. Was auch immer sie erklärte, sie lachten nur. Dass sie gutes Hallisch sprach, schien man für das Mindeste an Anpassung zu halten, was die Franzosen leisten mussten. Sie hatte aufgegeben, etwas dazu zu sagen. Zu verwirrend war das alles. Erschlagen?

Als sie abends nach Hause kam, sah sie Jean von der Seite an. Er redete belangloses Zeug und ging in der Hütte umher. Er sah ihr nicht in die Augen.

Draußen kroch der November dahin. Magdalenes Bauch war rund geworden. Es begann zu schneien. Noch tauten mildere Winde die weiße Decke wieder auf, aber manchmal blieb der Schnee schon zwei, drei Tage liegen. Mitte November stieg der Wasserspiegel der Saale. Stündlich umschlang der Strom mehr Bäume und Sträucher, er umklammerte sie und ließ ein vielfaches Glucksen und Plätschern zwischen den Stämmen klingen. Das Flüstern der Saale wuchs zum lauten Gespräch, doch noch immer verstand sie es nicht. Es war höchste Zeit, die Holzvorräte zu ergänzen. Jean zersägte Treibholz in kleine Stücke; eine wichtigere Arbeit hatte er in diesen Tagen nicht.

In den Nächten, wenn Jean eingeschlafen war, lag Magdalene oft lange wach. Sie hatte Zeit, dem Rascheln der Mäuse zu lauschen. Sie hörte die Holzbalken des Daches über sich knacken und den Wind am Stroh zurren, dass es knisterte. Es war Alltag zu ihnen gekommen; jeden Tag geschah das Gleiche, die ewig gleiche Frage morgens war für Magdalene: Was werden wir heute essen können?

Eines Abends – es war der 20. November – fasste sich Magdalene ein Herz. »Jean, magst du mir von deiner ersten Frau erzählen?«

Er warf ihr einen überraschten Blick zu und fragte: »Was willst du wissen?«

»War sie ein guter Mensch?«

Er blies Luft durch die Nase. »Oh ja, das war sie. Sie war sehr gläubig. Sie besaß ein Herz aus Gold. Gott wird sie an seine Seite rufen, wenn der Jüngste Tag gekommen ist.«

Magdalene versetzten diese Worte einen Stich. Konnte sie auf eine Tote eifersüchtig sein? »Wie war ihr Name?«

»Madeleine. Sie hieß Madeleine. Madeleine de La Roque.«

Magdalenes Augen wurden groß und rund. »Deshalb sagst du Madeleine zu mir? Wegen ihr?«

Er blickte zu Boden. »Ist es nicht wie eine Fügung? Gott hat mir Madeleine neu geschenkt. Sie hatte sogar das gleiche

Haar wie du, diese ungewöhnliche Farbe. Ein Rotbraun wie von reifen Kastanien.«

Magdalene sprang auf. »Ich bin nicht Madeleine! Ich will diesen Namen nie wieder hören! Ich heiße Magdalene Bertram!«

»Komm, setz dich neben mich. Du bist meine Frau, welchen Namen ich dir auch gebe.«

»Hast du sie auch so genannt?«

»Wie?«

»Ma petite poulette!«

Er schüttelte den Kopf, aber sie glaubte ihm nicht. Es war eine Lüge, um sie zu beruhigen.

Im Winter begriff sie, was die Leute mit Alltag meinten. Jeder Tag war gleich. Jeder Abend war gleich. Alle Sorgen kamen wieder, sooft man sie auch bekämpfte. An den langen Abenden, wenn draußen der Wind pfiff, saß Magdalene neben Jean vorm Herd. Sie redeten. Manche Geschichten wiederholten sich, besonders die von Jeans französischer Heimat und seiner Flucht, die vom Meer und von seinem wunderschönen Haus in Cazilhac. Zu disputieren, wie sie es früher im Unterricht nach Regeln gelernt und in den guten Zeiten mit ihrem Bruder geübt hatte, gab sie schnell auf. Es war mit Jean nicht möglich, er missverstand Rede und Gegenrede und echauffierte sich viel zu sehr.

So viel sie redeten, es war stets, als stünde etwas zwischen ihnen. In all seinen Erzählungen tauchte Madeleine, die andere Madeleine, niemals wörtlich auf, doch es war, als lauere sie hinter den Silben, als läge sie in Jeans geschwungener Aussprache, bereit, beim richtigen Anlass hervorzuspringen und sich auszubreiten. Manchmal, wenn Magdalene am Tisch saß und Kraut in feine Streifen schnitt, meinte sie hinter sich das Atmen einer anderen Frau zu hören. Wenn sie sich umdrehte, war da nichts.

Magdalene wurde ernst. Sie lachte nicht mehr. Jean schenkte ihr zu Weihnachten ein wollenes blaues Umschlagtuch mit einer lustigen Troddel. Sie konnte sich an diesem einsamen, armseligen Festtag nicht einmal darüber freuen.

Sie fror ständig, stets gab es eine Ritze, die sie noch nicht abgedichtet hatte. Das Stroh, das sie in ihre Schuhe stopfte, nutzte kaum. Sie zog ihr Mädchenkleid über den Bauernkittel und fror weiter. In der Hütte war es so kalt wie es im Haus ihres Onkels niemals werden konnte. Das Eis schien durch die Haut zu dringen, die Finger fühlten nichts mehr, die Füße waren gefühllos wie Holzstücke.

Sie dankte Gott, als es zum ersten Mal nach nasser Erde roch. Der Geruch des Frühlings kam mitten im Schnee herangezogen, ein Duft von Humus und nassen Zweigen, obwohl noch Frost in den Ritzen der roten Felsen saß. Der finstere Winter löste sich im März auf, ein frischer Wind wehte. Am Ufer begannen Frösche zu quaken, Reiher stolzierten auf dünnen Beinen durch das feuchte Gras. Ein Apfelbäumchen, nicht weit von der Hütte am Rande des Weges, entfaltete seine rosafarbenen Blütenknospen und duftete, dass die Bienen in den Zweigen summten. Überall leuchteten die fetten gelben Blüten des Löwenzahns, weiter oben am Hang die weißen Taubnesseln und violetten Kuhschellen. Magdalene setzte sich mit ihrer Arbeit draußen vor die Hütte und heizte den Ofen nur noch zum Kochen an. Sie war rund geworden. Das Bewegen fiel ihr schwerer als früher. Sie hatte immer Hunger, so viel sie auch aß. Ihr Mädchenkleid passte nicht mehr. Es war gut, dass sie den unförmigen Bauernkittel besaß.

Jean konnte, als es wärmer wurde, wieder fischen gehen, und es war gut, dass er hinaus kam. Den Winter über hatte es keinen einzigen Bauauftrag gegeben. Jeans Miene wurde grimmiger. Sie sah, wie er in seinen dünnen Kleidern fror. Alle Münzen, die er ihr jemals geschenkt hatte, besaß sie noch. Sie wollte ihm einen warmen Mantel kaufen, doch das Geld reichte noch längst nicht. Um Bier für die Morgensuppe zu holen, ging Magdalene jeden zweiten Tag zum Nachbarhof. Sie gaben der jungen Frau dort von dem nahrhaften Gebräu, und dafür und für ein paar andere Kleinigkeiten, ein Säckchen Mehl oder ein paar getrocknete Früchte, arbeitete sie einen ganzen Tag in der Woche mit ihren Mägden. Magdalene hörte, wie Jean im Topf herumkratzte, als könnte er ihm nach dem bisschen Essen noch ein paar Bröckchen entlocken. Manchmal, wenn der Tag lang wurde, legte sie die Hände in den Schoß und träumte in den Himmel. Wie wäre es, wenn sie in Halle geblieben wäre? Hätte sie von ihrem Onkel inzwischen einen anderen Mann bekommen? Im Herbst war ihr siebzehnter Geburtstag vorübergezogen. Sie hatte kein Wort davon erwähnt. Was hätte sie sagen sollen? Jean, in Wirklichkeit bin ich nicht achtzehn, in Wirklichkeit werde ich heute gerade erst siebzehn? Nein, das konnte sie nicht sagen.

Jean nannte sie noch immer Madeleine. Er sagte aber nicht mehr »ma petite poulette«, und das fehlte ihr mehr als sie geglaubt hatte. Nachts, wenn sie neben ihm im Bett lag, wurde ihr endlich warm. Es war der einzige Ort, an dem sie nicht fror, und das auch nur, wenn Jean bei ihr war. Er legte sich hinter sie und küsste ihren Nacken, und seine Hand lag auf ihrem Bauch. Er spürte das Kind, das sich bewegte. Magdalene schloss die Augen und stellte sich vor, wie es wäre, wenn sie ein schönes großes Haus besäßen, richtig verheiratet wären, und am Morgen gäbe es ein Frühstück mit hellem Brot. Ein paar verrückte Augenblicke lang konnte sie es sogar riechen. Doch dann spürte sie wieder all die Kälte ringsum, selbst im Frühling noch, und das Bild verflog.

Sie ging manchmal nach Wettin auf den Markt. Bestimmt, dachte sie, passiert eines Tages etwas Besonderes. Sie konnte jemanden treffen, der ihr Geld schenkte. Sie konnte die Muhme treffen.

Alles, was geschah, war, dass sie ihren eigenen Mann beobachtete. Es war im April, ihr Bauch sah schon rund aus wie ein Ball. Jean war angeblich fischen. Er musste in Wirklichkeit nach Wettin gefahren sein, ohne es ihr zu sagen. Sie betrat den Marktplatz, ihr blaues Tuch eng um die Schultern gezogen, und erkannte einen Tumult. Mitten im Menschenauflauf standen zwei Männer, die sich an den Kragen gingen.

Einer von ihnen war Jean. Der andere, erfuhr sie auf ihre aufgeregte Frage hin, war einer aus Wettin, ein angesehener Mensch, ein gewisser Habermas.

»Hier baut nur einer, und das bin ich!«, brüllte der gerade.

»Schämt Euch, dass Ihr mir die paar Pfennige neidet!«, brüllte Jean zurück. »Ich brauche sie, damit meine Frau nicht verhungert, Ihr braucht sie für einen neuen Pelz!«

»Dreckiges Ketzerpack!«, brüllte der Mann zurück. Magdalene sah mit Entsetzen, dass die Menge auf der Seite des Wettiners war. Einer fing den Pelz auf, der dem feinen Kerl von der Schulter rutschte, andere machten ihm Platz, als die Kämpfenden zur Seite traten. Magdalene ging gerade auf die beiden zu. Sie zerrte den feisten Mann an seinen Kleidern.

»Wollt Ihr wohl Anstand wahren!«, schrie sie. »Was seid ihr für ein Christ, wo kommen wir denn hin, wenn jeder Reiche einen Armen prügeln darf, wie es ihm beliebt!« Gemurmel setzte ein, sie spürte, wie die Sympathien für den Wettiner wankten. Sie fuhr fort: »Wer so gut genährt ist wie Ihr, der kann natürlich einen Armen treten, ohne dass es ihn viel Mühe kostet.« Sie hatte das Raunen auf ihrer Seite.

»Was für eine spitze Zunge hat das welsche Weib!«, schnaufte der Wettiner laut. »Ist das bei den Franzmännern so, dass das Weib die Hosen anhat?« Sie sah, wie Jean wankte, und nahm ihn einfach an der Hand. Sie zog ihn von dem Feisten weg. Sie entfernten sich, so schnell sie konnten, aus dem Getümmel. Über das Geschehen sprachen sie kein Wort miteinander.

Jean ging nicht mehr jeden Tag fischen, selbst wenn das Wetter gut war. Er wartete auf Bauaufträge, doch es kamen keine Leute mehr zu ihm. Er saß tagelang umsonst beim Wirt im Dorf, kehrte abends enttäuscht und betrunken heim. Magdalene machte ihm Vorwürfe, weil er Geld vertrank, statt welches zu schaffen; er rechtfertigte sich, er könne ja nicht beim Wirt sitzen ohne etwas zu trinken. Dass er Magdalene mit aller Arbeit allein ließ, tat er mit einem Schulterzucken ab. Sie hörte bei den Frauen auf dem Nachbarhof, wie man über sie redete. Es klang nicht gut. Man erzählte überall, der Franzmann hätte daheim nichts zu sagen. Es war nicht die Wahrheit und musste Jean dennoch tief treffen. Er würde es längst zu hören bekommen haben. Franzmänner nannte man sie, Magdalene fand es in Ordnung. In Halle hatte sie wesentlich schlimmere Bezeichnungen für die Franzosen gehört, aber da war sie noch keine von ihnen gewesen.

Magdalene ging Holz und Kräuter sammeln. Sie hätte ein neues Hemd gebraucht; ihr war ein Ärmel zerrissen, den konnte sie nicht mehr flicken. Sie schämte sich, so durchs Dorf zu gehen, und zankte mit Jean. Er brachte nicht über sich, um Arbeit betteln zu gehen. Sie hatte es schließlich auch getan. Wollte er lieber hungern?

Die Magd vom Nachbarhof hinterbrachte ihr, der Habermas drohe allen Bauern, die sich von Jean etwas bauen ließen, die Wildschweine in die Felder zu jagen. Magdalene erschrak. Es stellte sich heraus, dass Jean es längst wusste. Er zuckte die Schultern, als sie es ihm berichtete. Sie schlug vor, nach Wettin zu gehen und um eine offizielle Konzession nachzusuchen, obwohl sie wusste, dass sie sich dafür verschulden müssten. Da nannte er Magdalene charakterlos und schimpfte, er brauche keine Genehmigung für das bisschen Hilfe, das er den Bauern gäbe, und vor einem wie Habermas bräuchte er nicht den Kopf einzuziehen.

Inzwischen war Magdalene so rund geworden, dass sie im Stehen ihre Füße nicht mehr sehen konnte. Es war Mai geworden, die Sonne schien warm. Die Leute beteten um Regen. Es gab Leute, die sagten, es käme wegen der Ketzer, die hier jetzt unter ihnen seien, dass Gott ihre Gebete nicht mehr hörte. Magdalene machte, als sie es Jean berichtete, den Fehler, zu sagen: wegen euch. Daraus entstand ein Streit, der nicht anders endete als sonst. Jean verschwand nach draußen, nachdem er bittere Worte über Magdalene ausgegossen hatte, dass sie zu überheblich sei, um einen Reformierten verstehen zu können, und dazugehören würde sie sowieso nie.

Es war nicht mehr schön zwischen Magdalene und Jean zu jener Zeit. Nichts war einfach. Jeder Wortwechsel musste gut überlegt sein, um keinen Streit zu bekommen. Die Abende, an denen er fröhlich heimkam, waren verschwunden, und Magdalene hatte Mühe, sich daran zu erinnern. Sie musste dauernd daran denken, dass es gar keine Prüfung gewesen war. Es gab keinen Preis zu erringen. Es würde immer so weitergehen, von jetzt an ihr ganzes Leben. Sie wünschte sich fort, weit fort. Doch alle Wege waren verschlossen.

Magdalene fragte nicht mehr nach dem Bauen. Wenn es nicht zu kalt war, kauerte Jean Stunden in seinem Boot und starrte den Himmel an. Ab und zu, wenn sie vor der Hütte saßen, lagen Magdalene scharfe Worte auf der Zunge. Jean sah blass und mager aus, er schaute ihr nicht mehr in die Augen und fasste sie nicht an. Er kam schon lange nachts nicht mehr über sie. Sie fürchtete sich vor seiner Stimmung. Tag um Tag verstrich.

Magdalene war in einer jämmerlichen Verfassung. Sie ging in Lumpen gekleidet, ihre Haare waren trotz des schönen Kamms verfilzt. Stundenlang lief sie ruhelos in der Hütte umher. Nachts schlief sie kaum noch, die Ringe unter ihren Augen wurden dunkler. Am 8. Mai regnete es endlich. Magdalene saß auf der Bank und schaute durch die offene Tür in das gleichmäßige Plätschern, die Hände auf den Leib gelegt. Jean trat ins Haus und nahm die nasse Mütze ab. Sie schwieg. Er kam mit leeren Händen. Sie zwang sich, keinen Ton darüber zu verlieren, obwohl keine Krume zu essen mehr im Hause war. Er brach das Schweigen, indem er eine nichtige Bemerkung machte, die wahrscheinlich freundlich gemeint war. »Siehst du, bald bist du wieder schlank, mein rundes Mädchen.«

Magdalene vermochte keinen freundlichen Ton herauszuhören und war aufgebracht. Ihre Brust war mit einem Schrei gefüllt, den sie am liebsten ausgestoßen hätte. Stattdessen entfuhr ihr Gezänk. »Du findest mich hässlich mit dem dicken Bauch, sag es ruhig.« Sie sprach in einem Ton, der ihm diese Meinung schon unterstellte.

Er wehrte ab, noch immer ruhig.

»Aber nein, Madeleine. Du bist genauso schön wie früher. Der Bauch gehört unserem Kind.«

Magdalene verbiss sich in ihre feindliche Stimmung. »Unserem Kind sollte ein Bett gehören! Es sollte in der Welt das vorfinden, was es braucht! Aber nein, das wird es nicht. Nackten Boden und Stroh, das wird es finden. Das ärmste Kind von ganz Wettin wird es werden, dein Kind, Jean de Morin.«

Sie sprach seinen Namen ironisch aus und betonte das edle ›de‹.

Er blieb äußerlich ungerührt, doch das Weiß in seinen Augen bekam kleine rote Äderchen. »Wir haben Leintuch da. Zum Schlafen nehmen wir das Kind in unser Bett. Gott wird für uns sorgen, denn wir haben gottgefällig gelebt.«

»Gott sorgt nur für den, der für sich selber sorgen kann. Glaubst du wirklich, es gefällt Gott, wenn du nichts weiter tust als in deinem Boot liegen und in den Himmel starren?«

Sie war unerträglich, weil ihr das Leben unerträglich erschien, und erreichte damit nur, dass Jeans Zorn weiter anstieg.

»Ich tue, was ich kann«, erklärte er.

»Alles, was du kannst, ist, dich zu betrinken!«

Jean knirschte mit den Zähnen. Er antwortete nicht, denn gerade am Abend zuvor war er betrunken heimgekommen. Was sollte er sagen?

Laut brach es aus ihr: »Du willst gar nicht, dass es dem Kind gut geht, weil du überhaupt kein Kind willst! Du wartest nur darauf, dass es stirbt! Und ich gleich mit!«

Jean stand vor ihr mit drohend funkelnden Augen. Als sie sich später daran erinnerte, erschien es ihr wie ein Wunder, dass er noch ruhig blieb. Sie giftete weiter: »Die Frauen drüben auf dem Hof glauben, ich wäre Madeleine, ich wäre wieder da. Als deine Frau gestorben war, hast du ihnen gesagt, Madeleine wäre bei Verwandten.«

Jean warf ihr einen Blick zu, der Vorsicht! hieß und Nimm dich in Acht! Sie hatte die Absicht, ihn zu übersehen. Sie hakte nach: »Warum hast du ihnen nicht gesagt, das Madeleine tot ist?«

Jean brummte dunkel: »Es geht niemanden etwas an.«

Magdalene piekte direkt: »Wo ist sie begraben? Ein Mensch muss ein Grab bekommen. Wo ist Madeleine begraben?«

»Sie ist jetzt im Himmel, bei Gott«, presste Jean zwischen den Zähnen hervor.

»Du verschweigst mir etwas. Was ist mit Madeleine passiert?« Mit bohrendem Blick starrte sie in seine Augen.

Jean atmete schnell. Sein Gesicht war rot, und auf die Stirne traten kleine Schweißtropfen. »Es geht dich nichts an!«, stieß er hervor.

Magdalene schrie zurück: »Es geht mich sehr wohl etwas an! Wie ist Madeleine gestorben?«

Er brüllte: »Das kann dir egal sein!«

»Es ist mir nicht egal! Bist du schuld an ihrem Tod, Jean? Ist das der Grund, warum du schweigst? Hast du deine Frau auf dem Gewissen?«

Jean sprang auf. So hatte sie ihn noch nie erlebt. Puterrot war er, seine Lippen blutleer. Er packte sie am Kragen, holte mit der Rechten aus und schlug sie ins Gesicht, immer wieder, erst mit der flachen Hand, zuletzt mit der Faust. Magdalene schrie vor Angst. Jean brüllte etwas, das sie nicht verstand. Einen Schlag erhielt sie gegen das Jochbein. Sie hielt sich am Tisch fest, aber als sie Luft holte, traf die Faust sie am Auge. Sie war einen Augenblick blind, vor Schmerz hörte sie auf zu schreien. Sein Keuchen füllte ihre Ohren. Sie bekam Angst, er könnte sie in seiner Wut totschlagen, und sie sah den

Grund für seine Wut. Sie hatte seine Schuld an Madeleines Tod erkannt, das stand in seinen Augen, im gespannten Bogen seines Körpers, in dem zum Schrei aufgerissenen Mund. Einen kurzen Augenblick ließ der Griff seiner Linken nach. In diesem Moment riss sie sich los und stürzte aus der Hütte in den Regen, lief um ihr Leben, fiel hin, lief weiter, lief, und als sie sich umdrehte, sah sie ihn nicht.

Das Herz pochte ihr bis in die Schläfen hinein. Sie blutete aus der Nase, eine Hälfte ihres Gesichts schien zu schwellen. Das blaue Tuch, das sie getragen hatte, war ihr von den Schultern gerutscht. Sie hielt es krampfhaft fest. Mit der anderen Hand presste sie ihren Bauch. Ihr war so weh, dass sie den Schmerz in allen Gliedern gleichzeitig fühlte. Magdalene war klatschnass. Der Regen fiel in beständigen Strömen auf sie herab. An den Uferfelsen, weit hinten auf halbem Weg nach Wettin, blieb sie hocken. Sie sank hin und lehnte sich gegen die schorfigen Steine. Hoch oben am Himmel stieg ein schwarzer Vogel gegen die Regenwolken und rief sein unheilvolles Tüjijü, tüjijü. Es klang wie ein böser Schrei in ihren Ohren.

Magdalene schloss die Augen und dämmerte vor sich hin. Unruhig zuckten ihre Hände im Halbschlaf. Nach kaum einer Stunde war sie wieder so wach, dass es sie hochtrieb. Sie stand mühsam auf. Die Kleider klebten ihr am Körper, ihre Knochen schienen heil zu sein. Das Auge war blau und zugeschwollen und das Gesicht schmerzte. Sie ging wegen der Dunkelheit vorsichtig und setzte tastend einen Schritt vor den anderen. Es war Neumond, kein einziger Lichtstrahl erhellte ihr den Weg. Sie ging dorthin zurück, von wo sie gekommen war.

Die Nacht lag bleischwer auf der Hütte. Sie öffnete vorsichtig die Tür, jeder Muskel zur Flucht bereit. Es war kein Licht drinnen. Dennoch saß er am Tisch. Sie konnte den Umriss seiner Schultern sehen, allmählich im Schein der Ofenglut auch sein Gesicht. Seine Augen quollen glasig aus ihren Höhlen, aus dem Mundwinkel lief klebriger Speichel. Er starrte Magdalene an, schwankte und griff nach dem Krug, der voller Branntwein gewesen sein musste, denn es roch in der Hütte durchdringend nach Fusel und Fisch. Er drehte seinen Kopf zu ihr, die Strähnen seiner schwarzen Haare flogen. Seine Nase, die große, gebogene Nase, glühte rot. Er kniff die Augen mehrmals zusammen und rülpste. Er murmelte: »Je suis couard.«

Es war eines der französischen Wörter, für die sie noch einen Moment brauchte, bis sie sie verstand. Sie begriff, was er gesagt hatte: Ich bin feige.

Sie brachte ihn zu Bett, half ihm, sich auf der Strohmatratze auszustrecken und deckte ihn mit ihrer fadenscheinigen Decke zu. Er schlief sofort ein. Sein gurgelndes Schnarchen füllte den winzigen Raum. Sie setzte sich auf die Bank, nah an den Herd, in dem noch der Rest des Torffeuers glomm. Das Jochbein und die Wange auf der linken Seite waren geschwollen, das Auge inzwischen dunkelblau. Sie saß da und betrachtete ihre Hände mit den schwarzen Rissen und gebrochenen Fingernägeln.

Das Kind in ihrem Bauch drehte sich unruhig, es trat gegen ihre Rippen, als wolle es sie daran erinnern, dass sie nicht ewig untätig herumsitzen konnte. Magdalene stand auf und legte sich ihr Tuch um die Schultern. Sie angelte Jeans Kiste, den einzigen verschließbaren Ort in dieser Hütte, hinterm Bett vor und fischte den Schlüssel aus der Rocktasche des Betrunkenen.

Im flackernden Schein des erlöschenden Herdfeuers fand sie in dem armlangen Behältnis, was sie suchte. Zwischen einigen Dokumenten, Kleidungsstücken und Kleinkram zog sie ein Stück Papier hervor, dessen Rückseite noch unbeschrieben war, und sie fand eine Schreibfeder.

Sie mischte Ruß mit Wasser und einigen Tropfen Blut zu einer dunklen Tinte und schrieb unter dem Quaken der Frösche vom Flussufer und Jeans rhythmischem Schnarchen ihren Brief in seiner Sprache, in Französisch.

Jean, Liebster,
wenn du diesen Brief liest, werde ich nicht mehr bei dir sein. Ich verlasse dich und gehe zurück nach Hause. Du weißt, wie hart dieser Weg mir wird. Gott wird mir Schutz gewähren in der schweren Zeit, die mir bevorsteht. Ich wünsche dir Glück für alles und danke dir für unsere gemeinsame Zeit. Ich sehe endlich ein, was du selber mir sagtest: Ich gehöre nicht hierher. Madeleine.

Magdalene blickte zurück zum Bett und betrachtete den Mann, dessen Gefährtin sie zehn Monate lang gewesen war, den Mann, der ihr heute den Mord an seiner Frau gestanden hatte. Er lag auf dem Rücken, die Augen geschlossen. Sein Mund stand offen. Die dunklen Haare klebten an seiner feuchten Stirn. Im Schlaf zuckten seine Hände, und sie war in Versuchung, darüber zu streichen.

Im selben Moment knackte ein Zweig im Feuer. Sie drehte sich ohne eine Geste um und verließ die Hütte mitten in dieser Nacht, die den Himmel über ihr mit glitzernden Sternen bestreute. Sie schlug die Richtung nach Halle ein. Das war die Richtung stromaufwärts, von wo sie gekommen war, an jenem Julitag zehn Monate zuvor.

Magdalene hatte geglaubt, sie könne noch rechtzeitig in Halle sein. Alle Erniedrigung vor ihrer Familie war besser als bei einem Mörder zu bleiben. Die Wehen überkamen sie unterwegs, auf halber Strecke zwischen Brachwitz und Halle, mitten in der Nacht, im Regen draußen. Magdalene brachte das winzige Kind in einer verfallenen Scheune mutterseelenallein zu Welt, sie litt Todesangst und Schmerzen ohne Hilfe und Zuspruch und betete und bereute zutiefst, wie dumm sie gewesen war. Sie besaß nur ihr blaues Tuch, in das sie das Kind einwickeln konnte. Sie lag auf dem fauligen Stroh, das Kind in den Armen, und wusste, dass dies die letzte Möglichkeit der Entscheidung war. Die Angst vor ihrem Onkel, dem mächtigen Vormund, und seiner kühlen Frau Dorothea schien ihr lächerlich. Sie dachte darüber nach, dass sie vor neun oder acht oder sieben Monaten schon hätte heimkehren können und dass es unvergleichlich weniger schwer gewesen wäre.

Zurück zu Jean de Morin zu gehen, kam nicht mehr infrage. Er war ein Mörder. Er hatte Madeleine auf dem Gewissen, er würde auch Magdalene und ihr Kind töten. Die Zeit mit ihm war unwiderruflich zu Ende. Sie stand nach dieser kalten

Nacht in der Scheune auf und machte sich auf den Weg in die Stadt Halle. Sie dankte Gott dafür, dass man sie nicht für eine Bettlerin hielt und am Tor ohne Zögern in die Stadt ließ.

Als Magdalene dem Marktplatz näher kam, senkte sie den Kopf so tief, dass ihre Nasenspitze auf dem Bauch des Kindes in ihren Armen lag. Sie atmete den Duft des Kleinen ein, der friedlich schlief und nur durch seinen leisen Atem verriet, dass er lebte. Sie hoffte, dass niemand sie erkannte. Es war ihr peinlich, wie sie aussah. Sie konnte sich mit dem Augen der Städterin sehen, die sie selbst gewesen war. Ihre zerrissenen Kleider, der Bluterguss und das blaue Auge, das deutlich sichtbar in ihrem Gesicht prangte, gaben ein Bild ab, das eher zu einer Bettlerin passte als zu Magdalene Bertram, der Nichte eines bedeutenden Juristen. Wahrscheinlich sah sie schmutzig genug aus, dass man nicht einmal mit dem Finger auf sie zeigte. Man würde sie einfach nicht beachten.

Magdalene war heilfroh, dass kein einziges der Mädchen, die sie kannte, am Melusinebrunnen stand und über komisch angezogene Leute oder Krüppel lachte. Fremde Mädchen sah sie dort an der Wasserkunst am Kleinschmieden, die würdigten Magdalene keines Blickes.

Dennoch kam sie nicht völlig unerkannt bis zum Haus ihres Onkels in der Großen Märkerstraße. Dicht am Markt, direkt vor der Salomo-Apotheke, erschrak sie, weil einen Schritt von ihr entfernt ein Mann die Stimme erhob. »Jungfer Bertram? Seid Ihr das?«

Es war eine Stimme, die sie noch nie gehört zu haben meinte. Der Mann, von dem sie ausging, war alt, bestimmt schon vierzig Jahre oder mehr, klein und dick, mit kieselblanken dunklen Augen. Er nahm die Hand von der Klinke der Apothekentür, durch die er hatte gehen wollen, und kam einen Schritt näher.

»Jungfer Bertram, Ihr lebt! Ihr lebt tatsächlich!« Die Stimme dieses Fremden zitterte, er streckte eine Hand in ihre Richtung aus. Magdalene blieb nicht stehen, sie hielt nicht einmal inne. Stattdessen beschleunigte sie ihren Schritt.

Der Fremde sah ihr nach, wie sie in Richtung Märkerstraße verschwand, legte die linke Hand an die Hauswand und presste die Rechte auf seine Brust, um sich von der Überraschung zu erholen.

12. Kapitel

Die gesamten zwei Stunden dieser Beichte saß Herr Rehnikel unbewegt, mit aneinandergelegten Fingerspitzen in seinem Stuhl und hielt die Augen halb geschlossen. Magdalene fügte hinzu: »Ich weiß, dass Ihr mich gesehen habt, Herr Rehnikel, am Tag meiner Rückkehr. Ihr wart das, dort an der Apotheke.«

Die junge Frau lehnte sich zurück. Ihr Mund war trocken, sie nahm einen Schluck Wein aus Herrn Rehnikels Becher. Vom offenen Fenster wehte ein kühler Hauch.

»Ja. Ich glaube Euch jedes Wort«, erklärte Georg Rehnikel.

Stille kroch zwischen sie.

»Ist es das, was Ihr wissen wolltet?«

»Ja«, antwortete er. »Und Ihr? Ihr wollt auch etwas wissen. Ihr sucht die Antwort auf die Frage, was der echten Frau Mohr zugestoßen ist.«

Magdalene schüttelte den Kopf. »Es würde mir genügen zu wissen, ob Jean de Morin ein Mörder ist. Danach bemisst sich die Schwere meiner eigenen Schuld. Ich habe meinen Schwur gebrochen, zu ihm zu stehen.«

Ein Weilchen lag Stille im Raum, bis Herr Rehnikel sich regte. »Habt Ihr über den Grund nachgedacht? Hätte er einen Grund gehabt, sie zu töten? Wenn er sie loswerden wollte, wäre das Einfachste gewesen, sie bei Hofe zu lassen oder den Kommissaren zu übergeben.«

»Sie soll temperamentvoll gewesen sein«, erwiderte Magdalene. »In der Hitze eines Streits könnte er etwas angerichtet haben, was ihm später leidgetan hat.«

Er schüttelte den Kopf. »Ein Streit? Nach Eurer Schilderung glaube ich eher, es könnte etwas mit diesem Habermas zu tun haben, dem schlimmsten Feind des Mannes in Wettin.«

Nachdenklich entgegnete Magdalene: »Wenn der Habermas die erste Frau Mohr umgebracht hat, dann wüsste der, dass ich nicht die richtige Mohrin gewesen bin. Alle anderen bis auf die Muhme dachten, ich wäre die zurückgekehrte erste Frau.«

»Das würde er nicht preisgeben können, ohne sich zu verraten. Aber er hätte die Anzeige schlau eingefädelt, um die eigenen Hände in Unschuld zu waschen und den Franzosen loszuwerden.« Die beiden saßen schweigend und schauten in den sternenbesäten Nachthimmel.

»Herr Rehnikel«, fragte Magdalene, »würdet Ihr mich morgen nach Wettin begleiten? Ich muss dorthin. Es sind nur noch sechs Tage bis zur Gerichtsverhandlung. Ich kann nichts herausbekommen, wenn ich hier sitzen bleibe.«

Der Händler starrte geradeaus, der Wein ließ seine Wangen glühen. Ergeben antwortete er: »Ja, natürlich. Ich komme mit Euch.« Die Turmuhr am Markt schlug Mitternacht, es war still in der Stadt. Er reichte ihr die Hand zum Aufstehen.

Hätte er nicht ein nervöses Zucken am Augenlid gehabt, wäre sie beruhigt in dem Glauben eingeschlafen, er sei mit ihrem Geständnis zufrieden. Herr Rehnikel hatte sie nicht verurteilt und keine Verachtung gezeigt, er hatte bereitwillig mit ihr gesprochen. Doch er ging unruhig im Erkerzimmer hin und her, statt sitzen zu bleiben, selbst als sie längst ins Bett gegangen war. Diese Nacht war zerrig wie ein alter Schinken, Magdalene kaute daran und fand kein Ende. Auf den Dielenbrettern hörte sie jedes Mäuslein seine Krallen schaben und die Falter draußen ihre Flügel vor das Fenster schlagen. In dieser Nacht schien Herrn Rehnikels Bett noch gewachsen zu sein. Sie reichte mit beiden ausgestreckten Händen gerade an die Bettkanten. Die Betten waren dick mit weichen Gänsefedern gestopft. Magdalene war warm geworden unter dieser schweren Schicht. Doch einschlafen konnte sie nicht.

Auf der Seite ihres Mannes blieben Federbett und Kissen unberührt. Georg Rehnikel kam nicht. Er kam nicht, als es ein Uhr schlug und auch nicht zwei und drei Uhr. Magdalene setzte sich auf, als es vier schlug, schob die Decke zur Seite und lauschte in die Nacht. Es war nicht mehr lange bis zum

Morgen. Wollte ihr Mann überhaupt nicht schlafen kommen? Wo war er überhaupt?

Magdalene streckte ihre Beine aus dem Bett. Die Kälte biss in die Füße. Sie fand ihre Pantoffeln und stand auf. Im Bett zu liegen und zu grübeln, würde sie nicht voranbringen. Nein, nichts anderes brächte sie voran, als nach Wettin zu reiten. Wo war Georg Rehnikel? Vom Fenster aus sah sie in die schmale Gasse hinauf zum Dom. Die im Mond glänzenden Pflastersteine, die in Richtung Norden führten, lächelten, als wollten sie Magdalene die Himmelsrichtung weisen, die ihren Fragen Aufklärung bringen konnte. In Richtung Norden lag Wettin. Das Haus, die ganze Stadt schlief noch. Nicht mehr lange, dann würden die Tore geöffnet werden, und die ersten Fuhrwerke rollten.

Zuerst musste sie ihren Mann finden. Magdalene tappte vorsichtig zur Tür. Hans schlief friedlich und seufzte, aber er wachte nicht auf. Im benachbarten Zimmer, Herrn Rehnikels Kontor, war alles finster. Auf dem Pult stand ein Öllicht, das sie mit einem Zunderstein entzündete. Ihre Schuhe und den Mantel fand sie schnell. Den Hans müsste sie am Morgen stillen, das konnte sie niemand anderem übertragen. Also nahm sie den Kleinen vorsichtig aus der Wiege und band ihn sich in seinem Tuch vor die Brust. Er schniefte etwas lauter und schlief weiter.

Es war ungewohnt, sich in diesem Haus zurechtzufinden. Magdalene klinkte die Türen der beiden Schlafräume im ersten Stock nacheinander auf. Da war niemand. Die Räume lagen still vor ihr, die Betten waren unberührt. Sie warf einen

Blick zur Treppe hinauf zu den Mägdekammern. War er dort oben? Sie erschrak. Was wusste sie über ihren Mann? War er einer, der sich von der Magd holte, was ihm die eigene Frau verweigerte? Magdalenes Herz klopfte, und sie gestand sich ein, dass der Gedanke ihr zusetzte.

Sie mochte ihren Mann nicht in den Mägdekammern suchen, das wäre zu peinlich. Sie stieg hinunter und durchquerte Küche und Korridor. Überall lag eine dicke, fette Stille. Der kleine Hans schnaufte leise an ihrem Bauch. Vorsichtig bewegte sich Magdalene zur Hoftür. Die Klinke quietschte; das Mädchen blieb stehen und lauschte. Nichts rührte sich. Der Hof war klein, ein Hof, wie ihn Handwerker haben, mit einem Brunnen an der Seite, damit er die Fuhrwerke nicht behinderte. Im Dunkel, zur Stadtmauer hin, musste der Garten liegen. Hinter Magdalene ragte der große, mit einem wuchtigen Eichentor verschlossene Torbogen in den Nachthimmel. An der Mauer gegenüber klebten zweiflüglige Türen von Lagern und Stall. Wie ein Kragen lag die Wände entlang am ersten Stock rings um den Hof der hölzerne Gang. Knöterich mit großen weißen Blütentrauben überwucherte die Pfeiler, die das Dach trugen. Runde, bucklige Kopfsteine glänzten im Mondlicht, das gepflasterte Viereck des Hofes war angefüllt mit Körben, Wagen, Holzscheiten und dem Hühnergatter. Wo war ihr Mann?

Den Weg zum Stall zeigte ein Pferdegeschirr an der Wand. Es war ein aus Feldsteinen gemauertes Gebäude mit Schindeldach auf der anderen Seite des Hofes. Magdalene tat zwei Schritte auf den Hof. Im gleichen Augenblick löste sich eine

Gestalt aus dem Schatten der Mauer, dass sie bis ins Mark erschrak.

Es war tatsächlich ihr Mann. Er hatte eine steile Falte zwischen den dunklen Augenbrauen. »Magdalene. Ihr seid früh auf den Beinen.«

Genau selbige zitterten ihr von dem Schreck, doch sie errang ihre Fassung schnell wieder. »Und Ihr scheint mir ein rechter Nachtschwärmer zu sein, wenn Ihr auf meine Gesellschaft im Bett verzichtet.«

Das Funkeln seiner Augen im Mondlicht erreichte sie. »Ich wüsste nicht, dass ich da etwas verpasst habe«, meinte er.

Einen Augenblick lang war Magdalene sprachlos. Dieses Duell ging an ihn.

»Was habt Ihr vor, dass Ihr samt dem Kleinen hierher kommt?«, fragte er.

»Ich habe Euch gesucht. Ich konnte nicht schlafen und dachte, wir könnten früh aufbrechen.«

»Geduld ist nicht Eure Stärke.« Seine Augen blitzten im Mondschein, er sagte nichts weiter. Er öffnete das Tor zum Stall. Drin lag der starke Geruch nach frischem Stroh, die beiden Pferde bewegten den Schweif. Georg Rehnikel legte den ledernen Sattel über den Rücken eines munteren Rappen, der Magdalene mit seinen warmen Nüstern streifte. Dasselbe tat Herr Rehnikel mit einem zweiten Sattel auf einem schönen Schimmel, der etwas älter zu sein schien, aber freudig schnaubte. Er zurrte die Riemen unter den Pferdebäuchen fest und legte die Zügel über die Hälse der Tiere. Die Hände ineinandergelegt, half er Magdalene, damit sie aufsteigen konnte. Es wäre ihr allein schwergefallen, hatte sie doch das Bündel mit dem Kleinen umgebunden. Georg Rehnikel öffnete das knarrende Eichentor am Hofeingang, führte beide Pferde hinaus und schob den Torflügel zurück. Als die Hufe ihres Rappen über das Pflaster der Straße klapperten, drehte sich Magdalene um. Es war ein gutes Haus, ein solides. Frost und Eis konnten ihm nichts anhaben. Keine Ritzen mussten mit Moos ausgestopft werden. Sie sollte sich glücklich schätzen.

Von hier war es nicht weit zur Schlupfpforte, durch die man auch nachts hinauskam, und zum Pfad am Ufer entlang. Sie hatten Glück mit dem Wetter. Es wehte kein Lüftchen, Regenwolken waren nicht zu sehen. Bald schon dämmerte es, der Weg schimmerte deutlicher zwischen Gras und Gestrüpp. Die Pferde waren geduldig und ruhig, mit breiten Hintern wie von Ackergäulen, die über die Furchen schaukeln. Magdalenes Tier blickte sich nach links und rechts um, als wolle es die fremde Person sehen, die da auf seinem Rücken saß. Unter seinen Hufen knackten Zweige. Manchmal schmatzte eine Pfütze, und das schmutzige Wasser spritzte hoch. Der ungewohnte Sattel drückte sie, denn sie ritt nur selten. Der schlammige Pfad in Ufernähe, der Treidelpfad, den die Pferdehufe zertraten, war Magdalene vertraut. Es war derselbe Weg, den sie vor zwei Monaten in der umgekehrten Richtung gegangen war, das Bündel mit dem winzigen Hans im Arm. Die ersten Vögel begannen zu zwitschern. Die Reiter näherten sich dem Ort, an dem Magdalene gelebt hatte.

Georg Rehnikel hinter ihr sagte keinen Ton. Erst nach mehr als einer Stunde richtete er das Wort an Magdalene. »Wo wollt Ihr eigentlich hin?«

Sie drehte sich zu ihm um. »Wenn wir schon einmal hier in der Nähe sind, werde ich Euch zeigen, wo ich all die Monate war, als man mich in Halle vermisst hat.«

Sie konnte der Versuchung nicht widerstehen, wenigstens einen Blick auf die Hütte zu werfen. Magdalene wählte den Weg oben auf weicherem Grund, wo der Pfad zwischen Ackerrain und Felsengrat entlangführte. Von hier schaute sie über den glitzernden Fluss, der sich im Morgenwind wiegte.

Ihr kluges Pferd blieb an der richtigen Stelle stehen, als wüsste es, dass ihr das Herz bis zum Hals schlug. Sie wartete einen Atemzug lang, in dem der Wind ihr Haar fasste und unter der Haube herauszog, bis es ihr ins Gesicht wehte. Sie stieg ab und reckte sich. Herr Rehnikel tat es ihr gleich. Die schlammbespritzten Pferde begannen Gras zu fressen. Magdalene kletterte über die Kante und schaute hinunter, wo sie jeden Augenblick das Strohdach zu sehen erwartete.

Das Dach war nicht mehr da. Unten tauchte ein Haufen schwarzer, verkohlter Holzreste auf, statt der Lehmmauern waren drei Ellen hohe Schuttberge gewachsen. Die junge Frau kletterte hinunter, eine Hand unter dem Bündel mit dem Kind. Unter ihren Schuhen lösten sich die Kiesel und kollerten in einem Strom auf die Uferpflanzen. Ein paar Atemzüge später stand sie auf dem schmalen Platz vor der Hütte, wo das kleine Apfelbäumchen gewesen war. Sein dünner Stamm war gebrochen, die Krone lag vertrocknet daneben. Den gemauerten Herd konnte man unter Schutt und Asche noch erkennen, die Ziegel hatten der Brandhitze standgehalten. Magdalene trat zwischen die verkohlten Balken. Der Topf war noch da, ausgeglüht und verrostet. Er stand hinter dem Herd in der Ecke. Sonst hatte nichts den Brand überstanden, das Bett nicht, die Bank und der Tisch und die Truhe nicht, gar nichts. Es roch noch nach kaltem Rauch, obwohl Regen die Asche zu einer festen Schicht gewaschen hatte.

Herr Rehnikel war oben auf dem Felsgrat stehen geblieben und sagte kein Wort. Er schaute herab, auf Magdalene und auf den weiten Blick über den Flussbogen. Sie stand vor den Resten dessen, was zehn Monate lang ihr Zuhause gewesen war, mit verschränkten Armen und schaute über den Fluss, wie sie es früher oft getan hatte. Die Saale zog ungerührt ihre Bahn, sie verriet nicht, wer das angerichtet hatte. Weinen musste Magdalene nicht, doch ihr war seltsam zumute, so verlassen, dass sie anfing, in die Stille hinein zu reden. »Adieu«, sagte sie laut. »Adieu, Madeleine.«

Sie kletterte den Hang hinauf, stieg auf ihr Pferd und ritt aufs Geratewohl nach Wettin hinein. Herr Rehnikel folgte ihr, eine Pferdelänge versetzt. Die Tiere fielen in einen müden Trott. Sie hoben den Kopf nicht und bliesen nicht mehr die Nüstern, sie setzten die Hufe gleichmäßig voreinander wie bei der Arbeit. Auf der Straße, die sich zwischen den Häusern schlängelte, stand kein Mensch. Die Wege waren leer gefegt, als wäre eben ein Platzregen niedergegangen und hätte die Leute unter die Dächer gescheucht.

Es gab nur einen, der sein Tagwerk nicht verließ, bei keinem Wetter und vor keiner Macht, das war der Fährmann. Der Alte saß an seinem Kahn und schnitzte, wie jeden Tag, wie morgens und abends und wann immer er nicht auf dem Wasser fuhr oder den Kopf zum Schlafen auf die Brust legte. Magdalene rief ihn. Gemächlich drehte er sich um und erstarrte. Kein Muskel zuckte in seinem Gesicht. Nach einem Moment des Schweigens brummte er, als sei es das Gewöhnlichste auf Erden: »Die Mohrin. Wollt Ihr übersetzen?«

Sie ritt dicht an ihn heran und fragte gleichmütig: »Ist die Muhme hier vorbeigekommen?«

Er wies mit der Hand nach Mücheln hinüber. Er war noch nie geschwätzig gewesen, obwohl er über jeden Bescheid wusste und es bei passender Gelegenheit verwendete. Als Magdalene das Pferd gewendet hatte, ließ er die trockene Frage fallen: »Was macht Hans Mohr?«

In der Nähe quietschte ein Fensterladen. Es raschelte im Ufergras. Der Fährmann wusste wie alle, die lauschten, ganz genau, dass man Jean in Stricken gefesselt ins Gefängnis gebracht hatte.

Bitterkeit stieg Magdalene die Kehle hinauf. »In Halle ist er«, warf sie ihm hin und fügte hinzu: »Wenn die freundlichen Menschen hier nicht eingegriffen hätten, würde er am Ende noch immer die kleine Hütte draußen in den Felsen bewohnen! Und das hat ja keiner gewollt!«

Das Pferd bekam ihren Zorn zu spüren. Sie riss an den Zügeln und galoppierte los, dass der Sand spritzte. Herr Rehnikel holte sie bald ein. Er sah zu ihr herüber, kein Wort verließ seine Lippen. Stattdessen redete Magdalene. »Da seht Ihr, wie man uns behandelt hat. Sie haben sich versteckt, die Feiglinge! – Da! Da vorn ist die Muhme! Sie weiß etwas, mit ihr muss ich reden!«

Die Muhme war schon von Weitem auf dem Weg zwischen den Feldern zu sehen. Sie kam ihnen entgegen. Die Kiepe auf dem Rücken, vornübergebeugt tappte die alte Frau zwischen den Feldern den Weg hinab. Den Stock stieß sie mit jedem Schritt neben sich in den lehmigen Boden. Magdalene trat dem Rappen in die Flanken, damit er schneller lief. Die Muhme ging einen Schritt zur Seite und legte die Hand über die Augen, um nach den entgegenkommenden Reitern auszuschauen. Als Magdalene neben ihr anhielt und vom Pferd glitt, streifte die Alte ihre Haube aus der Stirn, und ihr faltiges Gesicht verzog sich samt der Narbe an der Unterlippe zu einem freudigen Lächeln.

Vertrautheit ergriff die junge Frau wie ein warmer Wind. Sie fasste die Muhme an den Schultern und küsste ihre runzlige Wange. Hinter ihnen stieg der Herr Rehnikel von seinem Schimmel, doch die Muhme beachtete ihn kaum.

»Das ist Herr Rehnikel aus Halle«, erklärte Magdalene, »er begleitet mich.« Die Muhme nickte ihm kurz zu. »Und das ist der kleine Hans. Er ist gesund zur Welt gekommen.«

Die Muhme schaute den Kleinen genau an und lächelte zufrieden. Magdalene half ihr, die schwere Kiepe vom Rücken zu nehmen. Die Muhme behielt ihr Lächeln. Magdalene glaubte zu unterscheiden, dass nicht nur die Narbe ihr Gesicht verzog. Die Alte ließ ein spitzes Kichern hören und meinte: »Es ist recht, dass Euch im Leben Gutes widerfährt. Die Gute Lubbe hält ihre Hand über Euch.«

»Könnt Ihr mir jetzt sagen, was hier geschehen ist, als ich noch nicht da war?« Magdalene starrte sie gebannt an.

»Nichts anderes als der Franzmann selbst könnte ich Euch sagen«, sprach sie.

Sie enttäuschte Magdalene. Trotzdem fragte die junge Frau: »Darf ich Euch ein Stückchen begleiten?«

Sie banden die Kiepe ans Pferd und kehrten um, zurück nach Wettin, setzten alle drei zusammen über, ohne mehr als das Notwendigste mit dem Fährmann zu reden. Erst am anderen Ufer hatte Magdalene ihren Mut so weit zusammengerafft, dass sie die nächste Frage stellen konnte.

»Sagt, Muhme, Ihr wisst, was mit der ersten Mohrin geschehen ist, nicht wahr?«

Die Alte lächelte. »Muhme Lubbe weiß manches, was die anderen nicht wissen.«

In Magdalenes Stimme lag Vorwurf, unvermeidlich. »Warum habt Ihr mir nichts gesagt? Ich musste wissen, ob mein Mann ein Mörder ist oder nicht!«

»Weil es seine Sache war zu reden, nicht meine. Seit Ihr in diesem Hause gelebt habt, war der Franzmann wieder zu leiden, er hat manchmal gesprochen und sogar gelächelt. Ich hatte geglaubt, dass Ihr einen Weg zueinander findet.«

»Jetzt macht es keinen Unterschied mehr, und Ihr könnt mit mir darüber reden, nicht wahr?«

»Die Gute Lubbe hält ihre Hand über Euch. Wenn Ihr mich fragt, darf ich antworten.«

Die drahtige Alte trippelte hurtig ihren Weg. Wäre sie selbst nicht zu Pferde gewesen, wäre es Magdalene schwergefallen, nicht zurückzubleiben. Herr Rehnikel hielt sich im Hintergrund, aber er blieb nahe. Seine Miene behielt er steinern, Magdalene konnte nichts daraus ablesen. Die drei bewegten sich in Richtung Salzmünde voran und dort in eine Hügelwand, da war Magdalene in ihrem Leben noch nie gewesen.

Sie kamen in die gewellte Landschaft hinein gleichmäßig voran. Bald erreichten sie einen Berg, der die anderen überragte. Sonst war nichts Besonderes an ihm, er war bewachsen mit Strauchwerk und einzelnen niedrigen Bäumen. Die Muhme verließ den Fahrweg und schlug einen kaum sichtbaren Pfad zwischen hohen Gräsern ein. Magdalene musste dem Rappen die Zügel freigeben, damit er nicht fehlging. Hinter einem Erdhügel war die Muhme verschwunden. Magdalene sah sich Rat suchend um, entdeckte aber nichts, was die Eintönigkeit von Beifuß und wildem Raps unterbrach. Da hörte sie es hinter dem Hügel rufen: »Wo bleibt Ihr denn?«

Magdalene stieg vom Pferd und stakte durch das Gesträuch aufs Geratewohl dahin, woher die Stimme gekommen war. Herr Rehnikel folgte ihr wie ein Schatten. Hinter dem Hügel saß die Muhme auf einem Baumstamm, den vor Zeiten ein Blitz gefällt haben musste, das Gesicht zu einem breiten Grinsen verzogen. »Eure Augen sind nicht an mein vielfaches Grün gewöhnt. Hier wohne ich.«

Magdalene sah, dass der Erdhügel eine Hütte war, deren Eingang ihren Zweck offenbarte: ein kreisrundes Loch wie von der Höhle eines großen Tieres, ein schwarzer, finsterer Schlund. »Es ist ein guter Platz. So nah wie ich ist kein Mensch auf Erden bei der Guten Lubbe, glaubt mir.«

Die frische Asche in der kleinen Feuerstelle verriet, dass hier Stunden zuvor noch gekocht worden war. Die Muhme begann, trockene Reiser aufzuschichten, und entzündete geschickt mit einem Stein die Flamme. Als das Feuer groß genug geworden war, brachte sie aus der Hütte einen Kessel auf Füßen, stellte ihn über die Flämmchen und goss Wasser aus einem Lederschlauch hinein. Magdalene setzte sich auf den Baumstamm, der quer vor dem Feuer lag, und begann das Kind zu stillen. Herr Rehnikel blieb daneben stehen, die Hände in die Hüften gestemmt.

Die Muhme hockte sich zu der jungen Frau, griff nach ihrem Kinn und schaute in Magdalenes Gesicht. Sie murmelte: »Ihr habt Kummer in den Augen. Ich werde Euch ein Getränk brauen und vom Zauber der Guten Lubbe hineingeben.«

Sie tat in den Kessel, in dem das Wasser dampfte, einige Zutaten aus ihrer Kiepe, Krümchen aus kleinen Lederbeuteln, und summte vor sich hin. Magdalene roch den Duft, der beim Schöpfen in ihre Nase stieg. »Der Herr Rehnikel hat mir eine Medizin gemacht, die hat ähnlich gerochen.« Sie leckte einen der trockenen Krümel von ihrem Finger. »Und genauso geschmeckt.«

Die Muhme schaute Herrn Rehnikel interessiert an. »Ihr kennt die Kräuter, die oben auf den Felsen wachsen? Sie sind selbst hier nicht weiter bekannt. Woher wisst Ihr davon?«

Herr Rehnikel trat einen Schritt näher und setzte sich neben Magdalene auf den Baumstamm. »Ich bin Spezereienhändler. Ich bin an der Saale aufgewachsen, weiter oben in Weißenfels. Schon als Kind habe ich alle Kräuter am Fluss gekannt, es waren meine ersten Spezereien.«

»Wie nennt Ihr das Kraut hier?« Die Muhme streckte ihm den Finger entgegen, auf dem sich ein paar Krümchen von dem befanden, was sie in den Kessel getan hatte.

Herr Rehnikel roch daran und lächelte. »Wir nennen es Wilder Bertram. Es passt mit diesem Namen gut zu Magdalene. Ich glaube, man nennt es hier Dorant.«

»Witten Dorant, so ist es«, die Muhme nickte. »Und Ihr, wie steht Ihr zu der jungen Frau hier, mein Herr?« Magdalene sah auf dem Boden einem Käfer nach, der kältelahm davonkroch. Ihr Gesicht war rot geworden, sie wartete auf Herrn Rehnikels Antwort.

»Was ich ihr bedeute, das weiß ich nicht. Sie bedeutet mir viel. Ich habe sie vor drei Wochen geheiratet. Ihr Kind ist jetzt auch meins.«

Die Muhme hörte nicht auf zu bohren. »Und Ihr, junge Frau?«

Magdalene schaute nicht auf und sprach zu dem Käfer auf dem Boden. »Redet nicht so weich herum, Herr Rehnikel. Es ist das übliche Geschäft. Ihr habt Euch mit einer beziehungsreichen Familie verschwägert und mein Onkel ist mich los.«

Herr Rehnikel antwortete nicht. Auch die runzlige Alte schwieg. Die beiden wechselten einen Blick, als Magdalene nicht hinsah. Die Muhme hantierte am Feuer, sorgfältig erhitzte sie ein Tiegelchen mit einer zähen grünen Masse.

»Ich will nicht, dass sie den Jean aufhängen«, brach es aus Magdalene heraus. »Es muss zu verhindern sein. Ich habe ihm Beistand geschworen, und dieses Mal werde ich mich daran halten!« Magdalene sah die Muhme herausfordernd an, doch die schwieg. Leiser ergänzte sie: »Ich war dumm, ich habe viele Fehler gemacht. Wenn ich diesen Schwur breche, mache ich es noch schlimmer.«

»Wollt Ihr ihn zurückbekommen? Ist es Euch deshalb so ernst?«, fragte die Muhme mit einer steilen Falte zwischen den Augenbrauen.

»Nein, ich glaube nicht«, murmelte Magdalene.

Magdalene wandte den Kopf zu Georg Rehnikel und sah mit verschleierten Augen, dass sein Gesicht vor Aufregung rot war. Kaum hörbar fragte sie die Muhme: »Wisst Ihr, ob Jean seine Frau erschlagen hat?«

Die Muhme schüttelte den Kopf. »Ihr solltet ihn gut genug kennen, um die Frage selbst zu beantworten.«

»Es ist wichtig«, brachte Magdalene zwischen den Zähnen hervor. »Ihr könntet ihm das Leben retten, wenn Ihr zum Gericht geht und bezeugt, dass sie an irgendeinem Unfall gestorben ist. Sagt einfach, Ihr hättet es gesehen, und niemand hätte es verhindern können. Sie werden Euch glauben, und die Anklage entfällt.«

Die Alte hockte ruhig bei ihrem Feuer und bewegte den Kiefer wie beim Kauen. Als Magdalene schon nicht mehr damit rechnete, antwortete sie: »Was würde geschehen, wenn man von mir sagt, ich wäre bei einer Frau gewesen, die nachher tot war?« Die Muhme sah der jungen Frau ins Gesicht.

Die musste die Augen niederschlagen. »Man würde für möglich halten, Ihr hättet etwas damit zu tun, nicht wahr?«

»Es gibt Menschen, die nennen mich eine Hexe«, sprach die Muhme weiter. »Zwar gehört Hans Mohr nicht dazu, aber er hat seit damals einen großen Bogen um mich gemacht, seit jenem 17. Mai im letzten Jahr. Er hat mich über den Felsen hinabsteigen sehen, als er gerade unten sein Boot festmachte. Ich kam von oben auf die Hütte zu, er von unten. Es war um die Mittagszeit. Die Sonne stand hoch am Himmel, jeder Windhauch war eingeschlafen. Ich war zuerst an der Hütte, bin aber an der Tür stehen geblieben, denn ich war erschrocken. In der Hütte war die Bank umgeworfen, eine zerschlagene Schüssel lag auf dem Boden. An den Scherben war ein wenig Blut.«

Sie schüttelte den Kopf und fuhr fort. »Kein Mensch war zu sehen, obwohl die Frau sonst niemals die Hütte verließ. Sie war ja fremd hier. Als ich noch da gestanden habe, ist Hans Mohr hinter mir in die Hütte hineingegangen. Er hat wie besessen zu schreien angefangen, immer wieder ihren Namen gerufen, ist nach draußen gelaufen und hat sie gesucht. Ich bin stehen geblieben und habe gewartet, bis er wiederkam. Als er endlich aufgehört hat zu schreien, habe ich ihm einen Saft gegeben, damit er ruhiger wurde. Er hat einen ganzen Tag geschlafen. Seitdem geht er mir aus dem Weg. Er hat nie mehr mit mir gesprochen, kein einziges Wort, und sein Blick verdunkelt sich, wenn er mich sieht. Ich erinnere ihn zu sehr an diesen schrecklichen Tag. Warum sollte er mich schonen, stünden wir vor einem Gericht und es ginge um sein Leben oder meines?«

Die Muhme schlug die Enden ihres Mantels fest um sich, da es trotz der Mittagssonne kühl geblieben war. Ein Fladenbrot und saure Zwiebeln holte sie aus ihrer Behausung, und dazu stellte sie den Brei aus dem Tiegel. Zu dritt hielten sie Mahlzeit.

»Es war Unordnung in der Hütte?«, erst jetzt krochen die Worte in Magdalenes Hirn. »Hat Jean einen Wutanfall gehabt? Oder war ein anderer dort, vielleicht der Habermas, der hochnäsige Mensch?«

Die Muhme schüttelte den Kopf. »Das weiß ich nicht. Ich habe die Frau nie mehr gesehen. Sie war einfach fort.«

Magdalene saß ein Schmerz in der Kehle, der ihr das Sprechen schwer machte. »Welchen Anteil hat Jean daran, Muhme? Sagt es mir, bitte!«

Die Muhme schüttelte noch einmal den Kopf. »Woher soll ich das wissen? Ich kann Euch nur sagen, was ich mit eigenen Augen gesehen habe. Der Franzmann war genauso überrascht wie ich, als er das Durcheinander in der Hütte sah. Er suchte draußen, und er konnte die Spuren so wie ich erkennen: niedergetretene Kräuter, abgerutschte Kiesel, ein paar Tropfen Blut. Ich habe gesehen, wie er mit der Hand an einer lehmigen Stelle ihren Fußabdruck fühlte. Er ist den Spuren zum Ufer gefolgt und dort schreiend zusammengebrochen, wo sie aufhörten. Ihre Fußabdrücke waren im weichen Lehm zu sehen, dort wo das Wasser anfängt. Ich habe drei Tage darauf gehört, sie hätten in der Saale die Leiche einer Frau gefunden, einige Meilen flussabwärts. Es soll eine Frau mit kastanienfarbenem Haar gewesen sein. Als ich hinkam, war sie längst unter der Erde. Eine andere Frau mit solchem Haar kannte ich nie, von Euch abgesehen.«

Magdalene schluchzte vor Erleichterung und Kümmernis. »Also war er es nicht? Jean hat sie nicht erschlagen!«

Georg Rehnikel trat näher an die beiden Frauen. »Sie hat sich selbst ins Wasser gestürzt, meint Ihr?«

Die Muhme hob die Schultern. »Ich habe seitdem oft nachgedacht, was geschehen sein mag. Eines ist sicher. Sie ist an den Fluss gegangen, und zwar allein, denn es waren keine anderen Spuren dort. Kann sein, sie hat sich an den Scherben verletzt, wollte das Blut von den Händen waschen und ist dabei ins Wasser gestürzt und ertrunken. So etwas soll es geben. Es kann auch anders gewesen sein: dass sie sich ins Wasser gestürzt hat, weil sie nicht mehr leben wollte. Aber warum? Das kann ich Euch nicht sagen, und auch nicht, welches die Wahrheit ist.«

Die drei schwiegen. »Es muss noch jemand dort gewesen sein«, flüsterte Magdalene, »Von selbst fängt niemand mitten am Tage an, Geschirr zu zerschlagen und eine Bank umzuwerfen. War es der Habermas?«

Die Muhme seufzte. »Ich habe dasselbe gedacht wie Ihr. Der Habermas ist der größte Feind des Franzmanns. Ich kenne Leute im Schloss, die mir verpflichtet sind. Die haben für mich herausgefunden, was er an jenem Tage getan hat. Er ist am frühen Morgen dieses 17. Mai nach Köthen aufgebrochen. Dort war ein Ding zum Musikmachen abzuholen, sie nennen es Spinett. Er kam am Abend mit diesem Gerät und in Begleitung eines Musikers zurück. Damit scheidet dieser

Mensch aus. Er kann an dem, was bei der Hütte geschehen ist, nicht beteiligt gewesen sein.«

Magdalene wendete jeden Gedanken hin und her. Es musste einen Streit gegeben haben, einen Streit mit jemand anderem, in Folge dessen die Hütte verwüstet wurde. Wer konnte dieser Jemand sein? Die Muhme? Nein. Sie hatte keinen Grund, die arme Frau umzubringen und hätte es anders tun können als mit einem Kampf. Jean selbst war es gewiss nicht gewesen. Die Muhme hatte recht. Wenn Magdalene in ihr Herz sah, wusste sie, dass er zu einem derart raffinierten Täuschungsmanöver nicht fähig gewesen wäre. Nein, so war es nicht.

»Und wo«, fragte Magdalene noch, »ist diese Frau begraben?«

»In Alsleben«, erwiderte die Muhme. »Hinter der Friedhofsmauer steht ein Apfelbäumchen, dort liegen die Wasserleichen der Selbstmörder, die sich an einer bestimmten Stelle verfangen. Ich habe auf dieses Grab einen gezackten Stein von dem roten Fels gelegt, so rot, wie er bei der Hütte ist.«

Nach einem langen ratlosen Schweigen flüsterte Magdalene: »Wir müssen weiter.« Die Muhme reichte ihr die Hand beim Aufstehen. Herr Rehnikel band die Pferde los.

Magdalene lächelte die Muhme traurig an. Die musterte die junge Frau mit ihren flinken Äuglein von oben bis unten. »Ihr werdet mich besuchen, nicht wahr? Ich weiß, dass wir uns wiedersehen.« In ihrer Stimme lag so viel Wärme, dass Magdalene nickte und ihre Hand ergriff. Die runzligen Finger fühlten sich an wie blanke Knöchelchen, das Amulett unter ihrem Hemd schlug gegen die Brust.

Die Muhme wandte sich ab. Sie kroch halb in ihre Höhle hinein und kam mit einer Kiste zurück, die Magdalene schnell erkannte. Es war Jeans kleine Truhe.

»Ich denke, das sollte ich jetzt Euch geben, wo der Franzmann nicht mehr wiederkommt. Ich habe das aus Eurer Hütte geholt, kurz bevor der Habermas seine Knechte mit brennenden Fackeln hineingeschickt hat. Das Schloss ist unversehrt, den Schlüssel wird der Franzmann haben. Ich habe die Truhe für seine Rückkehr aufbewahrt.«

Die Kiste ließ sich auf dem Pferd hinterm Sattel festzurren. Magdalene stieg auf, das Kind im Tuch vor sich. Als sie oben saß, bemerkte die Muhme noch wie nebenbei: »Ich wünsche Euch beiden eine gute Ehe. Ich werde an Euch denken.«

Sie streichelte das Pferd. »Reitet heim. Euch, Herr Rehnikel, ist der Segen der Guten Lubbe gewiss.«

13. Kapitel

Sie nahmen den Weg zurück, den sie gekommen waren. Herr Rehnikel schloss zu ihr auf und meinte: »Wir müssen nach Wettin.«

»Wieso?«, fragte Magdalene.

»Wenn Ihr etwas zur Entlastung dieses Franzosen mitbringen wollt, muss es ein Zeugnis über Euren nicht eingetretenen Tod sein. Am besten wäre es, wir würden eines von demjenigen bekommen, der für die Anklage gesorgt hat.«

Magdalene schwieg nachdenklich. Er hatte recht.

Herr Habermas wohnte in einem der schönsten Bürgerhäuser am Marktplatz von Wettin, wenige Schritte unterhalb des Burgtors. Der blaue Giebel seines Hauses leuchtete zum Markt. Das Haus war im Obergeschoss drei Fenster breit, für diesen Ort eine ordentliche Größe. Das frisch mit Schindeln gedeckte Dach zeigte, dass die Geschäfte dieses Herrn gut liefen. Auf dem Markt war wenig los, nur ein paar Fußgänger stiegen die steilen Straßen hinauf und herab. Die beiden Reiter wurden kaum beachtet.

Herr Habermas sei zu Hause, sagte die junge Magd, die ihnen öffnete. Sie ging den Besuch melden, kam schnell zurück und sagte, dass der Herr die Gäste empfangen könne. Der Grund für die Beachtung mochte darin liegen, dass sich Georg Rehnikel als Händler aus Halle hatte melden lassen.

Als die beiden in das Kontor des Baumeisters eintraten, hielt sich Magdalene hinter dem Rücken ihres Mannes. Herr Habermas saß, trotz der Wärme in einen Pelz gehüllt, hinter seinem Tisch und stand auf. Der Pelz sollte etwas sagen, das verstand Magdalene. Er sollte Wohlstand zeigen, denn sonst gab es niemanden außerhalb der Burg, der so ein teures Kleidungsstück besaß. Kleine Schweißperlen reihten sich auf der Stirn des feisten Meisters, sein dicker Bauch war in den vergangenen Wochen nicht kleiner geworden. Stickige Luft füllte die dunkle, niedrige Stube; neben dem großen Tisch standen drei Stühle im Raum. Herr Habermas schüttelte Herrn Rehnikel die Hand, erst dann trat Magdalene hervor.

»Ihr kennt mich, Herr Habermas«, sprach Magdalene ihn an. »Ich habe Herrn Rehnikel um Begleitung gebeten. Das Anliegen, warum wir hier sind, ist meines. Ich möchte Euch ankündigen, dass wir wegen der Brandstiftung in meinem Haus Schadenersatz von Euch verlangen werden. Die Klage wird derzeit von meinem Anwalt vorbereitet.«

Herr Habermas ließ einen Moment lang den Mund offen stehen. Seine Antwort folgte umso schneller. »Ich habe nichts damit zu tun! Was dieser Hungerleider mit seiner Hütte gemacht hat, geht mich nichts an!«

»Herr Habermas«, mischte sich Herr Rehnikel ein. »Gerade Ihr werdet wissen, dass Hans Mohr zu dieser Zeit schon im Gefängnis saß und nicht in seiner Hütte gewesen sein kann. Schließlich habt Ihr selbst für seine Verhaftung gesorgt.«

»Ich habe nichts damit zu tun«, wiederholte der Baumeister einfallslos. Er rieb sich die Stirn mit der Linken und fächelte sich anschließend mit der Rechten Luft zu.

»Dass Ihr die Anklage fälschlicherweise veranlasst habt, seht Ihr selbst«, erwiderte Herr Rehnikel. »Ich bin hier als Vermittler. Die junge Dame ist einverstanden, wenn wir beide einen Handel schließen, bei dem jeder etwas davon hat.«

»Aber die«, Habermas zeigte mit dem Finger auf Magdalene, »die Franzosenfrau und das Bankert dulde ich nicht an meinem Tisch.«

Georg Rehnikel lächelte. Er nickte Magdalene zu. »Würdet Ihr bitte draußen auf mich warten? Ich bin gleich wieder bei Euch.«

Die junge Frau verbrachte eine bange Wartezeit vor der Tür des Habermasschen Kontors. Sie stand in dem fensterlosen Flur herum, musterte die Holzdielen und lauschte, aber sie konnte nur das leise Murmeln aus dem Kontor hören und kein Wort verstehen.

Endlich kam Herr Rehnikel zur Tür heraus. Sie brauchte nur auf sein Gesicht zu schauen, da wusste sie schon, dass er erfolgreich gewesen war. Er ging wortlos vor ihr aus dem Haus. In seinen Augenwinkeln stand das Lachen bereit zum Hervorspringen. Sie machten die Pferde los und ritten den abschüssigen Weg vom Markt herab.

Erst in sicherer Entfernung drehte er sich zu ihr um und hob beide Hände wie ein Sieger. »Geschafft!«, rief er, lenkte seinen Schimmel an ihre Seite und ließ unter seinem Wams ein Dokument hervorlugen. »Er hat einen Brief geschrieben und mit seinem Siegel beurkundet, dass er sich geirrt habe, dass nämlich die Gattin des geehrten Herrn Jean de Morin, genannt Hans Mohr, auf keinen Fall tot wäre, sondern nach wie lebendig sei. Die Anklage wäre ein Irrtum gewesen.«

»Was hat er dafür bekommen?«, fragte sie mit klopfendem Herzen.

»Die Zusicherung, dass keine Klage gegen ihn eingereicht wird, weder wegen der Brandstiftung noch wegen Verleumdung durch die irrtümliche Anklage.«

Magdalene nickte. Nun konnte ihr Onkel bald seine Aufgabe zur gemeinsamen Zufriedenheit erfüllen. In diesem triumphierenden Gefühl ritten sie durch das nachlassende Tageslicht nach Hause, nach Halle in das Haus ›Zu den drei Rössern‹.

Dort fanden sie den Rehnikelschen Haushalt in Aufregung, die sich sofort legte, als das Paar mit dem Kind wohlbehalten erschien. Natürlich hatte man sie vermisst. Da die Pferde fehlten, hatte Lichtenberg, der Geselle, verfügt, man solle abwarten.

Sie waren beide müde. Durch das ungewohnte Reiten tat Magdalene jeder Knochen im Leibe weh. Herr Rehnikel ging ihr voraus nach oben ins Erkerzimmer. Nachdem Magdalene den Hans in seine Wiege gebracht hatte, setzten sie sich einander gegenüber in die Sessel beim Erker. Georg Rehnikel goss einen Wein in zwei Becher, bei jedem Handgriff mit einem Seitenblick zu ihr. Er fragte wie beiläufig: »Was haltet Ihr von der Sache?«

Sie konnte dazu noch nichts sagen. Über all das Erlebte musste sie erst nachdenken. Schweigend zuckte sie die Schultern.

Herr Rehnikel stand auf und öffnete das Fenster in den lauen Abend. Den zweiten Stuhl rückte er ein Stück näher an ihren und setzte sich hin, mit einem Seitenblick auf die Kiste neben dem Stuhl, die der Geselle hereingetragen hatte. Die junge Magd brachte etwas zu trinken und Brot. Sie kauten gierig, bis der letzte Krümel fort war. Eine Weile blieb Herr Rehnikel ruhig sitzen und sah hinaus in den Himmel, dessen Blau sich vertiefte.

Magdalene antwortete endlich: »Zwei Sachen wissen wir jetzt, nämlich dass die Frau in der Saale ertrunken ist und dass Jean unschuldig in diesem Gefängnis sitzt.« Sie legte die Hand auf den Deckel der Truhe.

Herr Rehnikel musterte das alte Stück, sagte aber nichts weiter. »Und sonst?« Er sah ihr in die Augen.

»Den Jean werden wir sicherlich mit dem Brief von Herrn Habermas frei bekommen. Irgendetwas ist dort an der Hütte passiert. Jemand ist dort gewesen. Der Habermas war es nicht. Dabei hat das so nahe gelegen.« Magdalene versank in Schweigen.

»Wir sind heute einen großen Schritt weiter gekommen. Ihr solltet Euch morgen einen Tag Ruhe gönnen. Es war anstrengend genug für uns alle.« Herr Rehnikel schaute sie streng an.

Sie nickte widerstrebend.

Dass es ein Ruhetag werden würde, lag schon am Kalender. Es war Sonntag, der 9. Juli. Bis zum Prozess blieben gerade noch drei Tage. Die neue kleine Familie beugte sich wie jeden Sonntag ihrer Pflicht, dem Kirchgang. Den Arm in Georg Rehnikels Arm, Hans auf der anderen Seite an der Schulter, ging Magdalene gemessenen Schrittes zur Marktkirche. Sie spürte die Blicke der Mägde und des Gesellen in ihrem Rücken. Die Magd Else würde keine neue Nahrung für ihre Klatscherei bekommen. Magdalene schmiegte sich enger an ihren Mann als sonst. Sie drehte ihr Gesicht zu ihm und lächelte ihn an. Ein, zwei Mal flüsterte sie Bemerkungen in sein Ohr. Das Überraschende daran war, dass er ebenso lächelte. Er strich über ihre Wange, als sie sich zu Hans beugte. Und als sie in der Kirche die Predigt hörten, fühlte sie seine Hand in ihrem Nacken. Sie lag da warm und freundlich, und der Daumen fuhr langsam über ihre Halswirbel hinweg, dass Magdalene rot wurde. Sie bewegte sich nicht fort.

Am Sonntagnachmittag brach Magdalene das Schloss an der kleinen Truhe auf. Sie tat das mit der eisernen Schaufel vom Kamin. Ein Stück von Deckel splitterte ab. Sie klappte die Kiste auf und sah zum ersten Mal im hellen Sonnenlicht hinein.

Zuoberst lag ein Brief. Magdalene nahm ihn heraus und konnte nicht verhindern, dass ihr die Tränen aus den Augen stürzten. Niemals in all der Zeit hatte Jean Magdalene in die Truhe hineinsehen lassen; er trug den Schlüssel in seiner Rocktasche und benutzte in ihrem Beisein nichts von dem, was darin war. Der Abend, an dem sie ihn verließ, war der erste, an dem sie einen Blick hineinwarf, und das auch nur, um ein freies Stück Papier zu suchen. Damals besaß Magdalene nicht viel mehr Licht als ein mageres Herdfeuer; nun strahlte die Sonne kräftig durch das Fenster.

Jeans armselige Schätze waren in der Truhe gesammelt. Ein schmales Messerchen, wie eine Feder geformt und dazu bestimmt, Briefe zu öffnen. Ein Seidenband, zur Schleife gebunden. Eine Börse aus feinem braunen Leder, eine einzige französische Kupfermünze darin. Ein Seidentuch mit einem gestickten Monogramm darauf. Ein grünes Justaucorps aus Seide. Ein gesiegeltes Patent in französischer Sprache, auf dem sein Name auftauchte. Und obenauf ein Brief, hastig hingeworfen mit einer in Ruß getauchten Feder, kaum mehr als zwei Monate alt, mit Magdalenes Unterschrift, auf der Rückseite eines ramponierten Flugblattes. Ihr Abschiedsbrief.

Magdalene erwachte am Montagmorgen in ihrem Bett vom unruhigen Schreien des Kleinen. Es war heller Tag, sie hatte klebrige Augen, als hätte sie im Schlaf geweint. Undeutlich erinnerte sie sich an einen Traum, doch er zerrann, je mehr sie versuchte, nach den Bildern zu haschen. Von draußen drang das Geräusch knirschender Wagenräder herein; ein Karren rumpelte durch die Toreinfahrt, es hallte in dem steinernen

Bogen. Herr Rehnikel war unten in der Küche, Magdalene hörte ihn nach dem Gesellen rufen. Die Hühner gackerten aufgescheucht. Die junge Frau schlug die Bettdecke zur Seite. Es war der 10. Juli, noch zwei Tage bis zum Prozess. Es war das Aufstehen, was Jean in seinem Gefängnis Hilfe brachte, nicht das Herumliegen. Er war unschuldig, dieser Gedanke feuerte sie noch viel mehr an als die Zweifel zuvor. Das Bestätigungsschreiben von Herrn Habermas lag auf dem Pult im Kontor. Magdalene nahm es an sich und steckte es in das Umschlagtuch ihres Kindes, das ruhig in ihren Armen schlief. Sie ging zu Jeans kleiner Truhe, öffnete sie und steckte auch ihren Abschiedsbrief ein. Sie nahm den Weg in die Küche, griff im Vorübergehen nach einem Stück Brot und betrat den Hof. Ihr Mann stand neben dem Gesellen vor dem Fuhrwerk, von dem sie Pakete prüften und abluden.

»Ich gehe zu meinem Onkel«, erklärte Magdalene. »Ich bringe ihm das Schreiben. Zu Mittag bin ich wieder da.« Sie wartete die Erlaubnis nicht ab, drehte sich um und ging durch das große Tor auf die Straße.

Georg Rehnikel ließ die Arme sinken und sah ihr nach. Ein Paket fiel ihm aus der Hand. Der Geselle hob es auf, doch er hütete sich, seinen Meister anzusprechen.

14. Kapitel

Die junge Frau Rehnikel ging über den Trödel zum Haus von Conrad Bertram in der Märkerstraße. Sie war nicht mehr das naseweise Mädchen, das seine Zerstreuung suchte. Sie ging langsamer, trug das Kind vorsichtig und dachte über die Dinge nach. Sie wusste, dass sie jetzt lügen musste, aber es war eine notwendige Lüge, eine, die ein Menschenleben retten würde.

Der Tag begann zu wachsen, das pralle Sonnenlicht des Julitages hatte sich über die Stadt gelegt. Die zweistöckigen Häuser, spitze, ziegelgedeckte Dächer wie Zipfelmützen aufgestülpt, standen dicht an den Säumen der Gassen. Die oberen Stockwerke ragten in die Straßen hinein, so eng, dass man sich von den gegenüberliegenden kleinen Fenstern aus fast die Hände reichen konnte. Schwarze Balken im Fachwerk krümmten sich unter der Last der Jahre. In manchen Balken standen Jahreszahlen eingeschnitzt, die auf weit zurückliegende Baujahre wiesen. Einige Bauherren hatten Sprüche hinzugefügt, Segenssprüche, die die Häuser schützen sollten und dennoch keine Flut aus den Straßen abhalten konnten. Die Gassen waren mit Feldsteinen ausgelegt, zwischen denen Schlamm und Unrat standen. Durch etliche Straßen führte eine gepflasterte Rinne. Dort liefen alle Abwässer entlang, die die Leute hinausschütteten. Man ging entweder durch den Schlamm oder versuchte die fußbreite trockene Kante der Rinne zu nutzen, ein eher schädliches Unterfangen, weil man schnell in die Abwässer trat und dann mit stinkenden Schuhen herumlaufen musste.

Magdalene war nicht empfindlich gegen Schmutz. Schlammige Wege gab es an vielen Stellen, und überall, wo ein Wasser floss, war Feuchtigkeit. Georg Rehnikel hatte ihr an seinem Haus die Linien im Mauerwerk gezeigt, die von den Hochwassern der vergangenen Jahre stammten. Sein Haus, dicht am Ufer gelegen, stand jedes Mal mit den Füßen im Wasser, wenn der Fluss über die Ufer trat.

Häuser nahe am Saaleufer waren stets gefährdet. Vielleicht war das der Grund, warum feine Leute die schmalen Straßen, durch die Magdalene ging, als Wohnort mieden. Die Gassen waren mit Fachwerkhäusern besetzt, dazwischen standen Schuppen, kleine Gärten, Ställe, all das, was man benötigte, um große Familien zu ernähren. Die Salinenarbeiter wohnten hier in der Gegend um den Trödel, einfache Handwerker und Wirtsleute. Die Spelunken besaßen nicht den besten Ruf; man sagte, es gäbe käufliche Weiber in manchem Haus.

Magdalene lief durch die Ritterstraße und bog an der Nagelschmiede zur Zapfenstraße ab. Sie beschleunigte ihren Schritt und stieg durch Schlamm und Unrat.

Am Ende der Straße, kurz bevor sie den Alten Markt erreichte, sah sie eine andere junge Frau langsam den Weg entlangspazieren. Es war Isabeau Baret, die ihr Kind mit sich trug.

Magdalene winkte. »Isabeau!«, rief sie, und die andere sah sich nach ihr um.

Isabeau strahlte und kam über die Straße heran. Sie plapperte auf Französisch los. Magdalene war stolz darauf, dass sie den südfranzösischen Dialekt trotzdem gut verstand. »Guten Tag! Es ist schön, jemanden zu treffen, den man kennt.«

»Ihr seid oft spazieren, nicht wahr?«

Sie zuckte die Schultern. »Unsere Wohnung ist furchtbar eng. Ich kann nicht den ganzen Tag drin hocken.«

Das konnte Magdalene nur zu gut verstehen. »Wie geht es Marthe?«

Die Französin strahlte und schaukelte das Kind in ihren Armen. »Gut. Sie ist unser erstes Kind, wisst Ihr? Sie ist ein Prachtkind. Auch wenn sie in Halle geboren ist, es ist trotzdem eine Französin!« Sie lachte. »Und Ihr? Versucht Ihr immer noch, diesem Jean de Morin zu helfen?«

Magdalene nickte.

»Dabei hätte der beinahe so großen Schaden für unsere Gemeinde angerichtet. Ich verstehe nicht, warum Ihr Euch für ihn einsetzt.«

»Wieso Schaden?«, fragte Magdalene.

»Sie sagen«, flüsterte Isabeau jetzt, »er war ein Anhänger von Pierre Jurieu. Seine Frau hat sogar mit Jurieu korrespondiert. Jean de Morin wollte uns unsere Priester wegnehmen. Er wollte dafür sorgen, dass Monsieur Vimielle zurück nach Frankreich geschickt wird. Dort ist es gefährlich! Wie kann man nur so böse sein?«

Magdalene runzelte die Stirn. »Hat das mit einer bestimmten Stelle in der Bibel zu tun? Es geht um das 11. Kapitel der Offenbarung. Sagt Euch das irgendetwas?« Isabeau runzelte die Stirn.

»Ich glaube, ich weiß, welche Stelle Ihr meint. Mais laisse à l'écart le parvis qui est hors du Temple, et ne le mesure point … ist es das?«

Magdalene nickte. Es war genau die Art, wie Jean die Worte gesprochen hatte. Ihr Herz klopfte heftig.

Die Französin schüttelte den Kopf. »Früher wurde oft darüber gepredigt. Jetzt nicht mehr. Ich erinnere mich nicht, was sie gesagt haben. Soll ich mich umhören?«

Magdalene nickte freudig, fasste die junge Frau an den Schultern und umarmte sie.

Isabeau strahlte. »Wo finde ich Euch?«, fragte die Französin. »Wohnt Ihr hier?«

»Ich bin die Frau des Spezereienhändlers. Ihr findet mich im Haus ›Zu den drei Rössern‹, am Graseweg.« Magdalene reichte ihr die Hand zum Abschied.

Sie klopfte bei den Bertrams an die Tür, als sei sie eine Fremde. Es war erst wenige Wochen her, dass sie selbst hier gelebt hatte, doch schon fühlte sie sich dem alten Haus entwachsen. War das Haus des Spezereienhändlers jetzt ihr Zuhause? Magdalene sah sich um. Die Märkerstraße lag im warmen Sonnenlicht wie früher, dennoch schien ihr der Blick aus dem Erkerfenster in Rehnikels Haus bereits vertrauter. Wehmütig erinnerte sie sich an den weiten Blick über die Saale von der Hütte aus. Das war vorbei.

Anna ließ sie ein. Sie war glücklich, ein Stündchen mit dem Kind zu haben. Magdalene konnte zu ihrem Onkel gehen, der zu dieser frühen Zeit noch keine Besucher hatte.

Er saß an seinem großen Schreibtisch und schaute ihr wortlos entgegen. Vor sich hatte er ein begonnenes Schreiben liegen, die Feder aber beiseitegelegt. In der Hand hielt er eine Tasse, er nippte von einem heißen Sud in kleinen Schlucken. Dabei schnupperte er und schloss die Augen zum Genuss. »Ich bin gespannt, was du mir bringst. Ich sehe dir an, dass du etwas Neues hast«, meinte er. Seine Stimme klang ruhig und tief wie immer. Magdalene konnte sich vorstellen, dass es für das Gericht eine gute Stimme war.

Sie streckte ihm lächelnd das Schreiben des Herrn Habermas entgegen. Er nahm es, faltete es auseinander und las. »Oh, du warst in Wettin«, er hob die Brauen. »Ich kann mir schon vorstellen, wie du den Mann überrascht hast.«

Jetzt erwiderte er ihr Lächeln; Magdalene hielt es für möglich, dass ihm die Finte Vergnügen bereitete.

Er wurde ernst. »Wie sieht es mit der Wahrheit aus, Lene? Denn dass der Herr Habermas nicht das Leben der Frau Madeleine de La Roque bestätigt, das wissen auf jeden Fall wir beide.«

Es war still im Arbeitszimmer. Magdalene konnte aus Küche kleine Laute von ihrem Sohn hören, das Brabbeln eines Säuglings, von Jean de Morins Sohn. Sie lächelte strahlend. Sie hoffte, der Onkel las ihr nicht an der Nasenspitze ab, wie falsch dieses Lächeln war. Er sollte glauben, sie hätte die Wahrheit gefunden und sei stolz darauf.

»So verkehrt ist das nicht, was der Habermas da bezeugt«, antwortete die junge Frau forsch. »Es ist tatsächlich so, dass die Frau noch lebt.« Hoffentlich musste sie für diese Lüge nach ihrem Tod nicht zu sehr büßen. »Ich habe noch ein Schriftstück, was ihren Fortgang bezeugt.«

Sie schob ihm ihren eigenen Abschiedsbrief über den Tisch, den zwei Monate alten Brief. Sie erzählte wahrheitsgetreu von Jeans Kiste und hoffte, dass ihr Onkel ihre Schrift nicht erkannte. Conrad Bertram hörte sich an, was sie ausschmückte: dass das Heimweh für einen zarten Menschen wie Frau de La Roque so schlimm gewesen sein musste und dass sie lieber in die Heimat zurückgegangen sei, als hier in der Fremde in Armut zu leben.

Conrad Bertram sah seine Nichte durchdringend an. Er sagte kein Wort, ob er ihr glaubte. Er wiegte den Kopf. »Ich verstehe nicht, warum sie sich überhaupt da in diesem armseligen Nest verkrochen haben«, murmelte er. »Hast du dafür eine Erklärung?«

Magdalene hob vorsichtig die Schultern. »Nein. Da sind einige Merkwürdigkeiten offengeblieben. Sie sind beide vom kurfürstlichen Hof weggegangen, am Ende bis in eine elende Hütte. Es muss einen wichtigen Grund dafür geben, allen Luxus fahren zu lassen.«

»Bestimmt«, meinte der Onkel nachdenklich.

Sie musste daran denken, was Isabeau über Jean gesagt hatte. »Habt Ihr schon einmal von Pierre Jurieu gehört?«, fragte sie deshalb ihren Onkel.

Er nickte. »Der ist bekannt. Das ist so ein verrückter Franzose, der in Rotterdam Professor und Pastor ist.«

»Warum glaubt Ihr, dass er verrückt ist?«

»Weil er die Offenbarung des Johannes so auslegt, als wäre es ein Kalender.«

Magdalenes Herz klopfte heftig. »Kapitel 11, Tod und Auferstehung der zwei Zeugen?«

Der Onkel nickte. »Pierre Jurieus Berechnungen beginnen beim Edikt von Nantes, mit dem für die französischen Reformierten die Apokalypse anfing. Er hat ausgerechnet, dass 1260 Tage danach die Wende eintreten würde. An jenem Tag würde Gott ihnen ihre Heimat zurückgeben und ihre Feinde besiegen. Es sollte 1689 geschehen, nachdem ihre Kirche 42 Monate lang zertreten worden ist.«

»Und?«, fragte Magdalene. »Was ist passiert?«

»Nichts«, antwortete er. »Jedenfalls gilt das Edikt immer noch. Und Jurieu behauptet trotzdem weiter, im Recht zu sein.«

»Madeleine de La Roque hat mit ihm korrespondiert«, erklärte Magdalene. »Jean und seine Frau hingen an den Ideen von Jurieu, haben mir Leute aus der Kolonie gesagt.«

»Wenn die es sagen, wird es stimmen«, der Onkel grinste. Dann wurde er ernst. »Vielleicht ist sie ja zu dem gegangen, zu Jurieu. Oder sie tut etwas, was in seinem Sinne ist.«

Magdalene nickte.

Jean würde überleben. Mit den Dokumenten konnte ihr Onkel bestimmt für seine Freilassung sorgen. Doch die Wahrheit kannte Magdalene immer noch nicht.

Sie war wie versprochen am Mittag zu Hause. Kurz grüßte sie in den Laden hinein, bevor sie mit dem Kind die Treppe hinaufging. Sie sah, wie ihr Mann erleichtert die Schultern fallen ließ, und wunderte sich darüber. Sein Gesicht blieb starr, er verzog keine Miene, nur die blanken kieseldunklen Augen glänzten.

Als sie das Kind fertig gestillt hatte, kam er hinauf. Er hatte ein Paket in den Armen, das legte er ihr auf den Tisch.

»Ich habe Euch ein neues Kleid machen lassen, Magdalene. Ich dachte mir, Ihr könntet eins gebrauchen.«

»Danke.« Sie lächelte, stand aber nicht auf, um sich das Kleid anzusehen. Sie musste an den zerrissenen Kittel denken, den sie all die Zeit in der Hütte getragen hatte, und daran, dass Jean ihr nie ein Kleid schenken konnte. Er hätte es bestimmt gern getan.

»Ich möchte in der Bibel lesen. Könnt Ihr mir eine bringen?«, fragte sie stattdessen. Er ging ins Kontor und zog die große Bibel aus dem Schrank. Die legte er ihr in den Schoß. Er wartete noch einen Moment, doch seine Frau sah ihn nicht mehr an und begann zu blättern. Er drehte sich um und ließ sie allein.

Magdalene blätterte nach der Offenbarung. Der Anfang des 11. Kapitels trug den Namen »Tod und Auferstehung der zwei Zeugen«. Diesen Teil kannte sie in Französisch besser als in Deutsch. Magdalene las laut dieses Bibelkapitel, sie hörte Jeans Stimme, wie er aus dem Gedächtnis zitierte: »… sie werden die Heilige Stadt zertreten 42 Monate. Und ich werde meinen zwei Zeugen Vollmacht geben, und sie werden 1260 Tage weissagen, mit Sacktuch bekleidet …«

Magdalene grübelte. Sie hatte genug Zeit zum Grübeln. Es als Kalender auszulegen, war tatsächlich eine verrückte Idee. Magdalene rechnete im Kopf, 42 Monate zu 30 Tagen waren insgesamt 1260 Tage. Es war also von ein und demselben Zeitraum die Rede.

Warum hatte es für Jean und seine Frau eine solche Bedeutung gehabt? Waren sie deshalb vom Hof weggegangen? Wenn dieser Jurieu meinte, dass es den Zeitpunkt der Befreiung ihrer alten Heimat anzeigte, hätten sie doch in Ruhe abwarten können, ob auf dem Hof oder in Halle, und dann zurückkehren? Warum die armselige Hütte in Wettin? Und warum um Himmels Willen sollte Jean der Gemeinde die Priester wegnehmen wollen?

15. Kapitel

Am Dienstagmorgen stand Georg Rehnikel als Erster auf und arbeitete an seinem Pult im Kontor, bis die Altmagd ihm die Suppe brachte. Das Kontor war das Zimmer zwischen dem Erkerzimmer und ihrem Schlafraum. Magdalene hörte ihn durch die offene Tür an seinem Platz rumoren. Er blätterte in den Büchern, die Feder kratzte über das Papier, er murmelte Worte vor sich hin, Zahlen und Namen von irgendwelchen Spezereien. Magdalene hatte noch Zeit genug, bevor sie den Hans stillen musste. Sie blieb noch ein wenig im warmen Bett.

Herr Rehnikel wich nicht von seiner Gewohnheit ab, die Suppe an seinem Pult im Kontor zu essen. Dafür würde er sich später, sowie er mit dem Schreibkram fertig war, ein

Weilchen zu Hans und Magdalene ins Erkerzimmer setzen. Dort war es hell und warm, die Suppe für Magdalene auf dem Tisch. Draußen graute der Morgen, an diesem 11. Juli dunstig und trüb. Das Licht war schon hoch genug, dass sie keine Kerze anzünden mussten.

Das neue Kleid war noch eingepackt. Das Paket lag im Schlafzimmer auf der Truhe, Magdalene saß aufgerichtet in ihrem Bett. Sie konnte es von ihrem Platz aus sehen, sie brauchte nicht einmal den Kopf zu drehen. Bis Hans aufwachte, blieb noch ein wenig Zeit.

Wann hatte sie zum letzten Mal ein neues Kleid bekommen? Das war, das Brautkleid nicht gerechnet, mehr als ein Jahr her. Es war das hellblaue Taftkleid gewesen, mit dem sie in die Saale gefallen war und das mitsamt der Hütte verbrannt sein musste. Sie stand leise auf, ging zur Truhe und wickelte das Paket aus. Das neue Kleid war ebenfalls hellblau – hatte Herr Rehnikel gewusst, dass es ihre Lieblingsfarbe war? Es sah modisch aus, mit dünnen Biesen im schlanken Miederteil, gerafften Ärmeln und einem gebauschten Rock aus glänzend gebürstetem Tuch, und war bestimmt teuer gewesen. Sie musste es unbedingt probieren. Der Spiegel im Schlafzimmer, viel größer als der in Magdalenes Jungfernstube, besaß einen breiten geschnitzten Ebenholzrahmen. Das Glas war so groß, dass man sich darin bis zur Brust sehen konnte. Herr Rehnikel hatte erzählt, wie er den Spiegel samt Rahmen von seiner letzten Reise mitgebracht hatte, der naturgetreuen Blüten und Ranken wegen, die aus dem Holz geschnitten waren. Orchideen seien das, erklärte er, Verwandte der hiesigen

Knabenkräuter. Er schwärmte von den großen Blüten auf den warmen Inseln, wo die Orchideen prächtige Farben besitzen: zartes Violett und Blassrosa und Tiefblau und leuchtendes Rot. Als er davon sprach, sah er seine Frau mit einem verträumten Blick an, ein wenig aus der Ferne, und redete sich warm, von den Formen, die man mit dem Schnitzmesser dem Holz entlockt habe, und dass dies an sich Kunst genug sei und keiner weiteren Betonung bedürfe. Seit er ihr das erklärt hatte, sah sie den Spiegel an wie ein Gemälde, sie sah ihr Bild gern darin auftauchen, stellte sich hierhin und dorthin und versuchte die geschnitzten Blüten als einen Rahmen um ihr eigenes Bild anzusehen.

Herr Rehnikel lief nebenan im Kontor auf und ab. Stille lag im Haus. Magdalene versuchte das Kleid überzustreifen. Ihr Nachtkleid war zu dick, das musste sie erst ausziehen, und jetzt rutschte das hellblaue Kleidungsstück über ihre nackte Haut.

Es gibt Augenblicke, da spürt man einen Blick. Magdalene hatte eine Stelle am Rücken, wo die offenen Schnüre hingen, die ihr warm wurde. Sie wurde beobachtet.

Sie drehte sich um. Herr Rehnikel stand in der Tür und sah ihr zu. Innerhalb eines Augenblickes fuhr Magdalene die Röte ins Gesicht. Barsch fuhr sie ihn an: »Genug gesehen?«

Er antwortete, nicht ohne einen leisen Spott in der Stimme: »Ich habe mit Eurem Onkel einen guten Handel geschlossen.«

»Das ist mir bekannt«, erwiderte sie schroff.

Er trat näher, bis er neben ihr stand. Jeder seiner Schritte war einer ihrer Herzschläge. Seine Miene blieb unbewegt, sie konnte sich keinen Reim darauf machen. Das Kleid war kostbar, sie hätte es nicht einfach anprobieren sollen. Sein Gesicht tauchte neben ihrem im Spiegel auf. »Dein Haar«, sagte er in einem sachlichen Ton, »es hat die Farbe von Kastanien.« Es fiel ihr schwer, dem eigenen Blick im Spiegel standzuhalten. Magdalene wusste, wie ihr Haar aussah. Über ihren Hals zog eine Röte in ihr Gesicht, aus der Herr Rehnikel hätte schließen können, dass ihr seine Schmeichelei nicht gleichgültig war. Sie wusste, wenn sie jetzt redete, wurde es schlimmer. Deshalb hielt sie den Mund.

Herr Rehnikel hob die Hand. Magdalene betrachtete sein Handgelenk im Spiegel, auf dem sich ein Knöchel wie ein kleiner Hügel abhob. Sein Zeigefinger berührte ihr Kinn. Auf dem Knöchel standen winzige dunkle Haare nach oben. Der Finger fuhr langsam an ihrem Kiefer entlang über den Hals bis zur Schulter. Der Knöchel berührte den Rand des Spiegels und verschwand in einer hölzernen Orchidee, geschwungene Linien, ineinander gerollte Blütenblätter. Sein Finger erreichte die kleine Delle am Halsansatz, wiegte sich einen Moment darin und fuhr langsam quer hinüber zur anderen Schulter.

In Magdalenes Adern hatte das Blut begonnen schneller zu fließen. Es musste daran liegen, dass ihre Finger heiß geworden waren. Sie schloss die Augen. Tatsächlich, der Blutstrom nahm seinen Weg durch die Arme, durch die Beine, in die Brustwarzen hinein und in ihre Lippen. Warme Hände hielten ihre Wangen, fühlten sich kühl an auf ihrer heißen Haut. Etwas berührte flüchtig ihre Lippen. Die Tür zum Kontor bewegte sich, Magdalene war wieder allein im Schlafzimmer.

Magdalene holte das Kind zu sich, das jetzt anfing, unruhig zu werden. Sie sah ihrem Mann durch die geöffnete Tür zu, wie er sein Kontor aufräumte. Er trug einige Zahlen in die großen Kontobücher ein, trocknete die Tinte sorgfältig und räumte zum Schluss die Feder in das Fach unterm Schreibpult.

Georg Rehnikel klappte die schweren Bücher zu und trug sie in den Schrank, den er Bibliothek nannte und dessen Schlüssel er ständig bei sich trug. Er schloss sorgfältig ab und ließ den zierlichen Schlüssel in ein besonderes Täschchen seines Rockes gleiten. Magdalene stand auf, zog sich an und steckte die Haube auf ihrem Haar fest. Sie ging ins Erkerzimmer und rief die Altmagd Else, um mit ihr die Liste der Arbeiten durchzugehen, die bis zum Abend erledigt sein mussten. Morgen war der Tag des Prozesses. Sie musste gründlich nachdenken, was zu tun übrig blieb.

Magdalenes Ohren waren hellwach, auch wenn ihr Blick oft zum Fenster herausschweifte, wo am gegenüberliegenden Haus gearbeitet wurde. Es waren Ziegel auf dem Dach zu ersetzen. Sie hörte Else hinuntergehen, sie hörte Hans in seinem Bettchen mit den Armen fuchteln, und sie hörte Georg Rehnikels Schritte hinter sich.

»Was habt Ihr heute vor?«, fragte er sachlich.

»Ich muss etwas in der Stadt erledigen«, antwortete sie.

Er öffnete den Mund, doch sie schnitt ihm das Wort ab. »Wir hatten vereinbart, dass Ihr mich weder überwacht noch in meiner Zeit beschneidet.«

Er senkte den Kopf und schaute an ihr vorbei auf den Boden. »Ihr könnt das Kind hierlassen. Ich werde Gertrud sagen, dass sie sich mit einer Flickarbeit ins Erkerzimmer setzen soll, damit sie den Kleinen hört.«

Sie nickte. Er war ein komischer Kauz. »Warum?«, fragte sie. »Warum sagt Ihr das?«

Er hob den Blick, atmete tief ein und aus und antwortete: »Weil Ihr nicht ohne Euer Kind weggehen würdet.«

»Weggehen?« Sie begriff nicht gleich.

»Weggehen. Mich verlassen.«

Magdalenes Mund blieb offen stehen. Das dachte er von ihr? Sie schüttelte den Kopf und ließ ihn stehen.

Sie wusste genau, was sie an diesem Tag tun würde. Niemand hier in Halle würde Jean de Morin helfen, das hatte sie verstanden. Ein einziger, so sagte es Conrad Bertram, war nicht gegen Jean. Und zu dem ging sie jetzt. Das Paket, das sie unter dem Arm trug, hatte sie schnell gepackt. Darin waren Hose und Hemd, Weste, Jacke, Halstuch, Strümpfe und Schuhe, alles einfaches, solides Zeug, das sie von ihrem Geld gekauft hatte. In all der Zeit in der Hütte konnte sie nichts für Jean tun. Jetzt war es so weit. Jetzt sollte er wenigstens vernünftige Kleider bekommen.

Richter Duclos gehörte unter den Franzosen zu den geachteten Persönlichkeiten. Er besaß einen Diener, der die Tür öffnete, nicht einen kleinen Jungen wie Pastor Vimielle ihn hatte, sondern einen richtigen großen Kerl. Es war derselbe, der den Jean zur Predigt gebracht hatte. Dem widersprach man nicht, der ließ keinen davonlaufen: ein Klotz von einem Mann, stiernackig, mit kleinen Augen und einer flachen Stirn, über die struppige blonde Haare in Fransen hingen.

Er fragte nicht nach Magdalenes Wunsch, sondern brachte einen Laut hervor wie ein grimmiger Hund. Seine riesigen Hände ließen die Tür nicht los, sodass man nicht gegen seinen Willen hindurchschlüpfen konnte. Magdalene mühte sich redlich, ihr Anliegen vorzutragen, in den Augen dieses Wachhundes schimmerte jedoch nicht ein Funken des Verstehens. Sie fragte schließlich nur noch: »Monsieur Duclos, est ici?«

Das brachte den Mann zwar nicht zum Lächeln, doch immerhin dazu, dass er ihr die Tür vor der Nase zuschlug. Magdalene wartete. Es dauerte nicht lange, da öffnete sich die Tür wieder und der Stiernackige nickte ihr zu. Die Halle, in die sie trat, war größer als man von außen vermuten konnte. Sie war vollkommen leer und bar jeden Schmucks, typisch für die Reformierten. Sie hatten die Wände dick gekalkt, nichts war von der Farbe geblieben, mit der die Mauern früher bemalt gewesen sein mussten. In den gekehrten Dielenboden war eine Klappe für den Kellereingang eingelassen. Auf der Klappe stand ein Schemel, auf dem der Stiernackige Platz nahm. Da unten musste Jean sein. Es war kein Laut zu hören. Magdalene stand wartend da. War sie Jean ganz nahe?

Sie wischte den Schweiß von der Stirn, denn ihr war warm geworden. Eine Geduldsprobe war zu bestehen, der Bedeutung ihres Anliegens angemessen. Sie stand und schaute unverwandt auf den Boden. Die Halle besaß außer der Treppe ins Obergeschoss zwei kleine abgehende Türöffnungen sowie eine hohe, zweiflüglige Tür. Dieser Raum musste das Amtszimmer des Richters sein. Kein Geräusch war zu hören, weder aus diesem Zimmer noch vom Keller her. Endlich öffnete sich die Tür.

Zum ersten Mal sah sie den Richter direkt vor sich. Richter Duclos war von großer, gebeugter Gestalt, im Gegensatz zu seinem Diener jedoch, den er überragte, fleischlos und dürr. Es war anzunehmen, dass er früher beleibter gewesen war, da seine Haut im Gesicht und an den Händen unverhältnismäßig faltig erschien. Seine Perücke leuchtete weiß, was ein höheres Alter nahe legte. Magdalene hielt ihn aber für jünger als vierzig Jahre. Was sie darauf brachte, war sein elastischer Gang, mit dem er jetzt in die Halle trat. Er trug einen langen schwarzen Talar, der faltenreich schwang, aber schlecht saß, denn seine Schultern waren schmaler als der Schnitt des Gewandes, sodass es auf einer Seite tiefer herabhing und am Boden schleifte.

Monsieur Duclos trug eine griesgrämige Miene zur Schau. »Ihr wünscht mich zu sprechen?«, fragte er.

Magdalene richtete sich auf. Sie musste nach oben schauen, um den Richter anzusehen.

»Jawohl. Ich bitte um Eure Genehmigung, dem gefangenen Jean de Morin ein wenig Gutes zu tun, bevor morgen sein Prozess stattfindet.«

Der Richter wies mit einer Handbewegung in sein Amtszimmer und ging voran. Der Diener schloss die Tür hinter ihnen. Dieser Raum war ebenso schlicht gekalkt wie der andere, nur dass darin zwei Reihen Stühle und ein großer Tisch mit einem bequemeren Polsterstuhl standen. Auf diesen Stuhl steuerte der Richter zu, Magdalene selbst die Wahl eines Sitzplatzes überlassend, falls er nicht davon ausgegangen war, dass sie stehen blieb.

Es überraschte Magdalene, dass niemand weiter hier war. Sie hatte wenigstens einen Schreiber oder Lakaien erwartet, zumindest um die Ehre des Richters nach außen hin deutlich zu machen. Die hier so beliebte Kargheit in allen Dingen schien sich auch auf den Luxus der Dienerschaft zu erstrecken. Sie wählte einen angemessenen Abstand zum Richter und blieb drei Schritte entfernt stehen. Dieser Herr sollte auf keinen Fall an ihrer Loyalität zweifeln; Richter haben schließlich genau wie Lehrer von Berufs wegen recht und gewöhnen sich allzu sehr daran. Der Richter fragte: »Was geht Euch Jean de Morin an? Ist es Neugier?«

Sie war nicht gleich in der Lage zu antworten, so direkt fühlte sie sich angegriffen.

Der Richter gewährte ihr keine Gnade. »Diese Angelegenheit ist ein internes Verfahren der Französischen Gemeinde. Es gibt nichts, was Ihr beitragen könntet.«

Wenn der Richter erwartet hatte, dass sie sich damit geschlagen gab, hatte er sich geirrt. Magdalene gab ein Stück der Wahrheit preis. »Beigetragen habe ich bereits. Ich habe den Beweis für die Unschuld des Monsieur de Morin gefunden.« Treuherzig schaute sie dem Richter ins Gesicht.

In dessen Miene spiegelte sich Erstaunen. »Einen Beweis für seine Unschuld?«

»Ein Brief von Madeleine.« Magdalene sprach langsam, sie musste vorsichtig bleiben.

Der Richter hatte inzwischen seine Fassung zurückgewonnen. »Wie kommt Ihr als Hiesige zu einem solchen Brief?«, fragte er.

»Ich habe eine gute Freundin an jenem Ort, an dem Jean de Morin eine Zeit lang gelebt hat. Sie ist alt und von gutem Herzen. Als ich neulich bei ihr gewesen bin, hat sie mir eine kleine Truhe übergeben. Sie hat sie aus der Hütte geholt, in der Jean de Morin gewohnt hat, bevor die von Unheilstiftern abgebrannt wurde. Sie hat mich gebeten, die Truhe nach Halle mitzunehmen und zu sehen, was ich damit anfangen könnte. Ich habe unter anderem den Brief darin gefunden und dessen Bedeutung erkannt.«

Der Richter lehnte sich zurück und verschränkte die Finger ineinander. »Und wo ist dieser Brief jetzt?« Er fragte voller Schärfe.

»Ich gehe davon aus«, die Antwort klang zuvorkommend, »dass er in den Händen des Verteidigers des Angeklagten an der richtigen Stelle ist. Ich habe ihn Herrn Bertram gegeben. Er ist im Übrigen mein Onkel und Vormund.«

Der Richter atmete aus. Seine Schultern hoben sich, der Schwanenhals ragte gerade nach oben. »Ein Brief von Madeleine! Das bedeutet, sie ist gar nicht tot! Doktor Bertram hat einen ausgezeichneten Leumund als Anwalt. Wenn er dieses Beweismittel besitzt, werden wir morgen Herrn de Morin in seine Freiheit entlassen können. Der Kurfürst wird zufrieden sein, dass niemand aus unserer Gemeinde Schuld auf sich geladen hat.« Er atmete erleichtert aus. »Wenn es so ist, könnt Ihr gern morgen dem Prozess beiwohnen. Ihr werdet selbst erleben, wie die Wahrheit triumphiert.«

»Ich dachte, es wäre für die Würde des Gefangenen wichtig, ihm angemessene Kleidung zukommen zu lassen. Ich habe mir erlaubt, etwas mitzubringen.« Sie hob das Bündel mit den Kleidern an.

Der Richter nickte nachdenklich. »Ihr habt recht. Gott schickt Euch zur Hilfe eines Unschuldigen. Er liegt da unten in meinem Keller. All die Zeit habe ich gefürchtet, dass er unschuldig leiden muss. Wir wollen ihm eine Vorbereitung auf seinen Prozess gestatten. Pierre!«

Der Diener trat ein; die Menge der Aufträge, die auf den Mann niederprasselte, war nicht gering. Der Richter forderte Magdalene auf, dem Stiernackigen zu folgen.

Pierre wies mit der Hand auf einen kleinen Nebenraum, dessen Tür offen stand. Es war eine winzige Küche. In einem Herd glühten Scheite, ein Topf mit Wasser stand da, aus dem waberten Dampfschwaden. Es gab einen kleinen Tisch und zwei Stühle. Magdalene nahm auf dem vorderen Stuhl Platz und beobachtete, wie Pierre die Klappe öffnete und hinunterstieg.

Es war gut, dass sie saß. Ihr wurde abwechselnd kalt und heiß. Pierre tauchte wieder auf. Er hatte den Gefangenen bei sich.

Magdalene klammerte sich mit beiden Händen an den Stuhl. Jean de Morin kam mit langsamen, schlurfenden Schritten näher an das Zimmer, in dem sie saß. Er kniff die Augen zusammen, geblendet von dem Licht im Raum, und rieb die Hand schützend über die Lider. Ketten und Fesseln trug er nicht mehr, doch um seine Handgelenke zogen sich schorfige Striemen. Er trug dieselben lumpigen Kleider, mit denen ihn Magdalene in der Kirche gesehen hatte. Die Haare hingen in Strähnen wie zuvor. Das Gestrüpp verbarg sein Gesicht, seine Haut war schmutzig. Jean schaute auf den Boden, bis er an die Tür der Küche kam.

Er hob langsam den Blick. »Bonjour«, sagte er leise und stockend.

Dann gab er einen Laut des Erschreckens von sich. Er musterte Magdalene, als könne er nicht glauben, was er vor sich sah. Magdalene spürte die Musterung wie eine Pein, die sie durchzustehen hatte, und gab keinen Ton von sich.

Jean starrte sie an. In seinem Gesicht konnte sie nichts ablesen, es war reglos wie eine Maske, aber es war nicht leer. Magdalene erwiderte seinen Blick, die Hände an der Stuhlkante verkrampft. »Qui est-ce?«, hörte sie ihn mit rauer Stimme den Wächter fragen.

»Je suis Ma …«, wollte sie antworten, doch der Wächter unterbrach sie mit einer Handbewegung. »Sie wird Euch waschen und kleiden, damit Ihr vorbereitet seid. Morgen ist Euer Prozess.« Er drückte Jean mit der Hand an der Schulter auf den zweiten Stuhl. Er selbst drehte sich um und setzte sich fünf Schritte entfernt auf seinen Hocker inmitten der Halle.

Magdalene konnte flüstern. »Jean, Jean, wie geht es dir?«

Jean hob seine Hand und legte sie auf ihre. Sie war eiskalt. Selbst jetzt, mitten im Juli, musste es da unten im Keller eiskalt sein. Er hustete. »Madeleine«, flüsterte er.

Ihre Miene erstarrte. »Madeleine ist tot. Ich bin Magdalene.«

Sie stand auf und sah sich in der Küche um. Eine Schüssel stand da, sie fand Seife und ein Messer. Noch nie in ihrem Leben hatte sie einen Mann rasiert, nur dabei zugesehen. Sie zog ein Tuch von einem kleinen Stapel, schöpfte warmes Wasser in die Schüssel und begann, mit dem feuchten Tuch Jeans Gesicht nass zu machen. Sie rieb die Seife, bis sie weiß wurde, und trug sie auf das Barthaar auf. Vorsichtig begann sie mit dem Messer zu schaben.

Es war nicht einfach. Das Barthaar war so lang, dass sie oft darüber fahren musste. Jeans Gesicht wurde rot, zusätzlich erschwerten Geschwüre das Rasieren. Immer wieder tupfte sie Blut weg. Jean hielt die Augen geschlossen. Pierre in der Halle warf ihnen mehrmals Blicke zu. Er schien beruhigt, dass alles so lief, wie es sollte. Als Magdalene mit der Rasur fertig war, wischte sie mit einem trockenen Tuch vorsichtig über Jeans Gesicht.

Jean öffnete die Augen. »Ich weiß, dass du Magdalene bist. Draußen in Wettin wussten sie es nicht. Sie haben geglaubt, ich hätte dich umgebracht. Wie geht es unserem Kind?«

Magdalene schluckte. »Es ist gesund. Es ist ein Junge.«

»Wie heißt er?«, fragte Jean rau.

»Johannes. Ich nenne ihn Hans. Es ist dein Name, bloß in Deutsch.«

Jean atmete tief ein. Die Spur eines Lächelns trat in seine Mundwinkel. Magdalene sprach eilig weiter, ehe der Mut sie verließ. »Als Vater ist in den Büchern ein anderer eingetragen. Ich musste heiraten.«

Er hielt sie mit seinen Blicken fest, er sah ihr so tief in die

Augen wie damals, als er den Hans machte. Seine Hände zitterten.

»Wir beide haben vor Gott geheiratet. Wie kannst du einen anderen heiraten?«

Magdalene schwieg und senkte den Blick. Sie begann, ihm die Haare zu schneiden.

Mittendrin riss er sich los. »Warum? Warum hast du mich verlassen?«

Ihre Augen standen voller Tränen. »Das fragst du? Hättest du nur einmal, ein einziges Mal meinen richtigen Namen gesagt, hättest du mich Magdalene genannt, dann wäre ich bei dir geblieben. Du hast mich nie anders als mit dem Namen Madeleine angeredet. Du hast gar nicht mich gemeint. Du hast immer nur deine Frau gemeint. Ich habe für dich nicht existiert.«

Er schluckte und antwortete nicht.

Sie schnitt die Haare fertig und rieb seine Hände und Füße mit dem nassen Tuch ab. Sie rieb jeden Finger einzeln trocken und als sie an seiner rechten Hand angekommen war, hielt er sie fest. »Madeleine ist ertrunken, weißt du? Ich habe sie nicht retten können. Dich, dich konnte ich retten. Gott hat mir eine zweite Chance gegeben. Ich dachte, mein Leben fängt noch einmal an. Aber du hast mich verlassen.« Er zog sie an der Hand näher und schaute ihr direkt in die Augen.

»Jean, wir hätten es nicht mehr lange ausgehalten. Wir sind die bittere Armut beide nicht gewöhnt. Du konntest dich nicht überwinden, nach Halle zu gehen. Da musste ich es ohne dich tun.«

Er senkte den Kopf. »Ich war zu feige. Immer war es meine Feigheit, auf diese Weise ist all das Schlimme entstanden.«

»Seid Ihr fertig?«, rief Pierre aus der Halle.

»Noch nicht, ich brauche noch einen Moment«, rief sie zurück. Ihre Stimme zitterte. »Jean«, flüsterte sie, »sie werden dich morgen für unschuldig erklären. Ich habe es so gedreht, dass sie glauben müssen, Madeleine lebt noch. Lass sie in dem Glauben, ich bitte dich.«

»Warum sollte ich das tun?« Jeans Stimme klang rau. »Ich habe schon lange mit meinem Leben abgeschlossen. Madeleine ist tot, du bist mir verloren, meinen eigenen Sohn kenne ich nicht. Was soll ich noch auf dieser Welt? Es gibt keinen dritten Neubeginn.«

Magdalenes Hände zitterten. Sie zog Jean den zerfetzten Kittel aus. »Ich weiß, wo Madeleine begraben ist.«

Er drehte heftig den Kopf zu ihr. »Wo?«

»In Alsleben, hinter der Friedhofsmauer, unter einem Apfelbäumchen. Du erkennst das Grab an einem gezackten roten Stein.«

Er hielt ihr Handgelenk schmerzhaft fest.

»Jean, willst du nicht wenigstens ein einziges Mal an ihr Grab gehen? Würde es sich nicht allein dafür lohnen, dich nicht an einem Galgen aufhängen zu lassen?«

Jean sah zu ihr auf, als sie ihm das neue Hemd übergestreift hatte. Er schwieg.

Pierre stand in der Tür. »Es ist Zeit.« Magdalene half Jean eilig in die restlichen neuen Sachen, Hose und Strümpfe, Weste und Jacke und Halstuch. Zuletzt kniete sie vor ihm nieder und band seine Schuhe zu. Sie hielt seinen Fuß in den Händen und strich sanft darüber. Zum letzten Mal, dachte sie, ich berühre ihn zum letzten Mal in meinem Leben. Sie sah, wie Pierre die Hand auf Jeans Schulter legte und ihn fortführte, hinab in das Kellerloch. Magdalene kniete auf dem Boden dieser kleinen Küche und weinte.

16. Kapitel

Georg Rehnikel kam erst nach ihr nach Hause. Es war gut, dass er sie nicht beim Heimkommen sah, denn sie hätte ihre Erschütterung vor ihm nicht verbergen können. So setzte sie sich mit dem Kleinen ins Erkerzimmer, stillte und wickelte ihn. Als das Kind eingeschlafen war, rückte sie den Sessel so, dass sie aus dem Fenster sehen konnte. Es war an diesem Tag kühl geblieben, die wärmende Sonne war von Wolken verdeckt. Von draußen waren Geräusche zu hören, die die Stille im Haus verstärkten: das Tschilpen der Spatzen auf dem Dachgiebel, ein sanfter Hauch vom Wind, der draußen ging und an den Bäumen zupfte. Der Raum wirkte kleiner, wo das Licht allmählich nachließ. Magdalene sah sich um. Dies war ihr Zuhause geworden.

Auf der Treppe tappten schwere Schritte, die Tür in ihrem Rücken knarrte. Georg Rehnikel kam näher, holte sich den zweiten Stuhl und setzte sich neben sie ans Feuer. Magdalene betrachtete ihn von der Seite. Auf seiner Stirn stand Schweiß, die Anstrengung des schnellen Ganges war ihm anzusehen. Er saß in seinem Stuhl und schwieg, und so war sie es, die das Gespräch begann. »Wo seid Ihr gewesen, dass Ihr so lange fort sein musstet?«

Er warf ihr einen nachdenklichen Blick zu, wandte den Blick zum Fenster und antwortete nicht. Erst als sie beharrlich ein zweites Mal fragte, erwiderte er mit rauer Stimme: »Ich war auf dem Postamt.« Er schnaufte und wischte sich mit dem Handrücken über die Nase. Dann griff er nach ihrer Hand. »Was werdet Ihr tun, wenn sie den Franzosen freilassen und er steht in der Tür?«

Magdalene zog ihre Hand aus seiner. Sie verstand, dass seine eigentliche Frage gelautet hatte: Werdet Ihr mit ihm fortgehen? Sie antwortete, und es war die Wahrheit: »Ich weiß es nicht.«

Sie schwieg eine Weile, schaute ihren Mann an und sah seine Unruhe. Er rutschte auf seinem Stuhl hin und her, rieb sich mit der Linken die Nasenwurzel und schob den Unterkiefer von einer Seite zur anderen.

»Wisst Ihr etwas, was ich nicht weiß?«

Er zögerte. Bedächtig antwortete er: »Ich bin heute in Geschäften bei Herrn Madeweiß gewesen, Ihr kennt ihn, es ist unser Postmeister. Aus Eurer Geschichte war mir die Frage offengeblieben, wie der Habermas erfahren hat, dass Jean de Morin zu den Réfugiés aus Halle gehört. Falls es über einen Brief geschehen ist, wäre der wie alle anderen in der Poststube ausgehängt gewesen, bis er abgeholt wird. Der Postmeister ist ein gewissenhafter Mensch, er könnte sich an Post von diesem Herrn Habermas erinnern. Ich dachte mir, da der Herr Madeweiß große Pläne hat zu bauen, vielleicht kennt er sich aus bei den Baumeistern?«

»Und? Was hat er gesagt?«, fragte Magdalene gespannt.

»Herr Madeweiß hat bestätigt, dass es einige Briefe von Herrn Habermas nach Halle gab. Er kennt den tatsächlich von seinem Beruf her. Und wisst Ihr, wann das war? Schon letztes Frühjahr. Letztes Frühjahr und nicht vor einem oder zwei Monaten, versteht Ihr?«

»Das heißt, die Briefe stammen aus der Zeit, als Jean mit seiner Frau nach Wettin gekommen war! Sie lebte nicht lange dort. An wen gingen die Schreiben?«

»Das hat er mir nicht sagen können. Er meinte, es kämen jedes Jahr Hunderte Briefe, er könnte sich nicht alle merken.«

Magdalene dachte nach. »Aber es ist kein Geheimnis. Die Briefe werden im Postraum offen ausgehängt, bis jemand sie abholt. Könnte nicht ein anderer wissen, an wen Herr Habermas geschrieben hat?«

Georg Rehnikel nickte. »Der Postdiener weiß es, er geht herum und bringt Briefe zu den Leuten. Herr Madeweiß ist mit solchen Dingen nicht persönlich zugange.«

»Und was sagt der Postdiener?«

Georg sah ihr in die Augen. »Ich habe ihn eben getroffen. Ich bin ihm extra nach Hause gefolgt. Erst meinte er, er könne sich nicht mehr daran erinnern. Dann ist es ihm eingefallen, weil die Briefe an einen von den Franzosen gingen. Ketzer, sagte er. Ketzer geben kein Trinkgeld.«

»An wen gingen die Briefe?« Magdalene atmete heftig.

»An Pastor Vimielle.«

Tiefe Stille zog in den Raum. Was hatte das zu bedeuten? Der Franzosenhasser Habermas und der Franzosenpastor Vimielle wechselten Briefe? Magdalene und Georg Rehnikel sahen sich an. Eine Erklärung wollte ihnen nicht einfallen. Als sie eine Weile geschwiegen hatten, ohne dass sie wenigstens eine Frage formulieren konnten, wischte Georg Rehnikel die Grübelei mit einer Handbewegung fort. »Wusstet Ihr, dass der Postmeister Madeweiß, ebenso wie Monsieur Milié, eine Universität gründen will?«

Magdalene schüttelte den Kopf. »Der auch? Dann hat Herr Milié noch einen, gegen den er konkurrieren muss. Die Welt ist aus den Fugen geraten. Wer weiß, was man noch alles neu gründet und erfindet. Wir haben so viel hinter uns gebracht, keiner will etwas anderes als in Ruhe leben, und trotzdem bleibt nichts, wie es war.«

Verschmitzt lächelte Georg Rehnikel. »Und Ihr lasst die Mundwinkel hängen, wenn ich eine Perücke aufsetze? Die Welt ändert sich nicht im Kopfe, sondern obendrauf!«

Allmählich wurde es auf der Straße vor dem Haus ruhiger. Der Abend zog herauf, ein gewöhnlicher Abend. Der Grünkernbrei, den die Mägde zu Sonnenuntergang auftrugen, war mit Butter beträufelt und die Schinkenstreifen dicker, sonst unterschied sich nichts von den vorangegangenen Abenden.

Herr Rehnikel ließ die Schüsseln abtragen, Magdalene ging hinüber zu ihrem Erkerstuhl. Die junge Magd räumte das Zimmer auf und schloss die Tür hinter sich. Georg Rehnikel schrieb noch an seinem Pult. Er trug die letzten Einnahmen in seine Bücher ein. Das versiegende Tageslicht drang durch die Fenster. Hans schlief schon tief und fest. Das Gezwitscher der Vögel verstummte allmählich.

Magdalene ließ die Hände im Schoß liegen. Der Abendhimmel war bewölkt, ein feiner Regen legte sich auf das Dach des gegenüberliegenden Hauses. In den vergangenen Tagen hatte sich ihr Leben gründlich geändert. Sie blieb viel öfter sitzen und rannte nicht gleich nach einem neuen Gedanken los. Es war tatsächlich besser, das Nachdenken vor das Handeln zu legen.

Herr Rehnikel setzte sich, als er wiederkam, auf den Stuhl gegenüber. Er hatte zwei Becher dünnes Bier mitgebracht und stellte ihr einen hin. Er plauderte sanft, wie immer, von den Dingen, die im Geschäft vor sich gegangen waren. Seine Augen glänzten dabei.

Als er von seinem Abendgebet sprach, stellte sie ihm eine Frage. »Habt Ihr die Offenbarung gelesen, Nummer 11, Tod und Auferstehung der zwei Zeugen?«

Er nickte.

»Und? Was glaubt Ihr, was bedeutet es?«

Er sah Magdalene nachdenklich an. »Muss es denn etwas bedeuten?«

»Ja!« Sie legte ihre Hand auf seine. »Wenn zwei Menschen monatelang immer wieder davon sprechen, am Hof und in Halle und in Wettin, dann muss es etwas bedeuten, oder?«

»Für diese Menschen sicher.«

Er hatte seine Bibel griffbereit auf einem kleinen Tischchen liegen. Er blätterte und las leise. Dann schaute er auf. »Zwei Zeugen ... das müssen wichtige Menschen sein. Wenn Gott seinen zwei Zeugen Vollmacht gibt, sind das keine gewöhnlichen Menschen.«

»Was für Menschen sollen das denn sein?«, fragte Magdalene.

»Gottes Zeugen, die seinen Auftrag erfüllen: weise Lehrer, Propheten, Priester, auf jeden Fall nicht gewöhnliches Volk.«

Sie grübelte. »Priester. Es muss mit den Priestern zu tun haben. Isabeau sagt, dass die Leute hier so gegen Jean wären, weil er ihnen die Priester fortnehmen wollte.«

»Wer ist Isabeau?«

»Eine Freundin.« Magdalene lächelte, als sie an die quirlige Französin dachte.

Georg Rehnikel sprach weiter. »Vollmacht haben die Priester doch sowieso. Sie dienen schon dem Glauben.«

Magdalene runzelte die Stirn. »Richtig. Es muss also um mehr als das gehen, was sie schon jetzt tun.«

»Die Auslegung so einer Bibelstelle ist eine heikle Sache«, sagte Herr Rehnikel. »Wenn man Forderungen hineinlegt, wird es schwierig. Man kann kaum vermeiden, irgendein Fettnäpfchen zu betreten.« Die beiden sahen sich lange gerade in die Augen, ohne dass sich Magdalene gleich an jenes erste Kräftemessen während seiner Werbung erinnerte. Gerade als es ihr einfiel, senkte er den Blick. Er holte tief Luft und hob den Kopf wieder. »Darf ich Euch um etwas bitten?«

Sie nickte abwartend.

»Ich hätte gern, dass Ihr mich bei meinem Vornamen nennt. Georg.«

Sie hob die Augenbrauen. »Ihr habt mich gestern schon einmal geduzt. Ich dachte, es war ein Versehen.«

Er zögerte ein wenig. »Ich möchte Euch so gerne Lene nennen. Lenchen. Es klingt viel näher.«

Sie biss sich auf die Lippen. Er war ein Kauz, wirklich, ein seltsamer. »Georg«, sie formte seinen Namen mit ihren Lippen, aber es fiel ihr schwer. Er war eine Respektsperson. In diesem winzigen Augenblick musste sie sich eingestehen, dass sie Respekt vor ihm hatte. Er wusste, dass die Leute ihn für einen Kauz hielten, doch es schien ihm nichts auszumachen.

Jetzt lächelte er. Er wartete noch, das Lächeln auf den Lippen, er hob es sich auf, und dann sagte er: »Lene. Lenchen.« Sie schwieg und betrachtete ihn. Ein heftiger Atem hob und senkte seine Brust schneller als zuvor. »Ich habe dir nicht alles gesagt, Lenchen. Der Grund, warum ich unbedingt dich heiraten wollte, ist kein Handel. Ich kenne dich schon lange, ich habe dich schon früher gesehen, schon als du viel jünger warst. Du hast mein Herz angerührt. Ich habe dich manchmal in der Stadt gesehen, wenn du auf dem Markt und auf der Halle gewesen bist. Du hast jedes Mal mein Herz angerührt. Ich wollte, wenn ich Witwer werde, um deine Hand anhalten. Noch bevor es dazu kommen konnte, warst du verschwunden. Ich war außer mir vor Trauer. Ich konnte nicht glauben, dass du ertrunken sein sollst, und habe wochenlang die Gegend an der Saale abgesucht. Bis Wettin bin ich allerdings nicht gekommen. Ich wusste nicht, dass du in einen Kahn gestiegen warst. Lenchen, es ist mein größtes Glück, dass du jetzt meine Frau bist. Ich könnte es nicht ertragen, dich wieder zu verlieren. Es ist mir völlig gleich, was sie über mich sagen. Ich will nur dein Lachen hören und über dein Gesicht streichen dürfen.«

Stille umfing den Raum. Er legte seine Hand auf ihre. Sie sah sich ihren Daumen heben und über die Seite seiner Finger hin streichen. Er wurde wahrhaftig verlegen und wollte die Hand fortziehen, doch sie hielt ihn an den Fingerkuppen fest. Er regte sich nicht. Sein Blick verfolgte ihren Zeigefinger, der langsam über seinen Handrücken und unter den Ärmelbund fuhr.

Diesmal schwieg Magdalenes Mund; ihr Verstand war langsamer als ihre Beine. Sie stand auf und ging mit diesem Mann hinüber in das übernächste Zimmer. Dort setzte sie sich an das Fußende des Bettes und sah ihm zu, wie er sein Halstuch aufknotete. Die Arme nach oben geworfen, ließ sie sich auf den Rücken fallen, hinein in die Kissen, umhüllt und geschmeichelt. Sie hörte ihn fragen, ob er ihr helfen solle, die Schuhe auszuziehen.

»Ja, ja doch«, antwortete sie. Ohne die Augen zu öffnen, sah sie die Zimmerdecke vor sich: drei dunkle, nach der Fensterseite ein wenig gebogene Balken, scharf vom Weiß der gekalkten Fläche abgehoben. Die Schuhe wurden ihr abgezogen, die Strümpfe. Er tat es mit gleichmäßigen, bedächtigen Bewegungen. Mit beiden Händen strich er über ihr Bein. Er zog jeden Strumpf bis über den Knöchel und hielt inne. Im mittleren Deckenbalken kannte sie einige tiefe Kerben vom ungeschickten Behauen, daran fuhr sie in Gedanken entlang und tastete durch die geschlossenen Lider nach den rauen Stellen, an der sie die harten, trockenen Holzfasern fühlen konnte. Seine Hand strich über ihren Schenkel hin. Die Fasern des Holzes, jede einzelne schwach und biegsam, zogen sie in ihren Bann. Sie hielt sich an diesem Balken fest, und die Fasern nahmen an Kraft und Härte zu, je mehr sie sich aneinanderpressten. Georgs Lippen berührten ihren Bauch. Magdalene war, als fühlte sie den rauen Balken unter beiden Händen, stark, wie um viele Hundert Jahre ein Haus zu tragen, und sie war leicht wie ein Zweig. Sie wurde ein Teil dieses Holzes; sie war seine Wurzel, sein Ast, sein grünstes Blatt, und sie schwang im Wind, legte sich ihm entgegen, ließ den Wind über sich gehen und sich von den Flügeln der Vögel berühren, die darüber hin strichen, als spürten sie keinen Widerstand. Der Baum wurde größer als die Erde; er hob sie hinauf, dass sie die Menschen weit unten nicht mehr erkennen konnte, die Mauern der Stadt verschwanden und die Mauern aller Städte. Der Mond erschien vor ihr, und sein weißes Licht spiegelte sich in der Oberfläche des Blattes. Weiter noch wuchs der Baum, dass sie den Atem anhielt vor Erwartung. Der Baum trug sie hinauf zur Sonne, zur unerträglich heißen Sonne, so heiß, dass ihr der Saft vom Blatte tropfte, er hob sie mitten in das Innerste des Feuerballs hinein, und nichts anderes war es, das sie erwartet hatte, nichts mehr ersehnt als das Verglühen des Grüns unter dem Strom des Lebens. Sie fielen erschöpft keuchend nebeneinander in die Kissen, einer die Wange an der des anderen, und Georg bedeckte Magdalenes Gesicht mit Küssen.

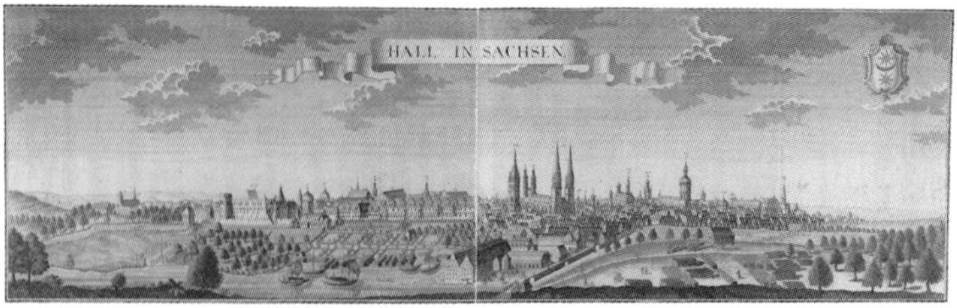

17. Kapitel

Draußen blinzelte trübes Licht, ein dunstiger Frühnebel lag vor den Toren. Die Mauern der Marktkirche schirmten die Menschen ein wenig vor der feuchten Kühle ab. Magdalene raffte ihr Mantelet eng um die Schultern und ging durch den frischen Morgenwind hinüber in die Kirche. Es war der frühe Morgen des Tages, an dem Jeans Prozess stattfinden würde. Das Gewimmel derjenigen, die ihre Pflicht tun wollten, indem sie hier ein, zwei Stunden verbrachten, hatte noch nicht eingesetzt. Kaum ein Dutzend Leute waren da, die meisten suchten die stillen Winkel, wo sie im Dunkel verschwanden. Es waren brave Bürger, flankiert von ein paar abgerissenen Gestalten, die sich mehr ausruhten als beteten.

Magdalene wollte beten. Sie war schon oft allein hier gewesen, auch früher, als sie noch bei ihrem Onkel wohnte. Ihr gewohnter Platz war in der hinteren Hälfte des Kirchenschiffs neben einem der schlanken Pfeiler, wo kaum Leute hingingen. Sie kniete auf dem Steinboden, den Rücken gebeugt, und betrachtete die kleinen Kieselchen auf den Steinplatten.

Reglos verharrte sie mit vor der Brust gefalteten Händen. Das war ihre Art zu beten: sich Rechenschaft über ihr Tun zu geben. Es hatte keinen Sinn, ein Gebet wie ein Gedicht aufzusagen. Ein auswendig daher gesagter Psalm war kein Glaube. Die Bibel war ein Vorbild, nicht mehr und nicht weniger, um dem Leben Sinn und Richtung zu geben. Magdalene würde sich hüten, jede Geschichte wörtlich zu nehmen. Es gab Geschichten wie die Offenbarung und gerade das 11. Kapitel, die hörten sich an wie eine Prophezeiung, aber jeder Schlüssel für ihr Verstehen konnte nur ein weiteres von Menschen gemachtes Gedankenwerk sein.

Was Magdalene getan hatte, war recht. Sie atmete tief und nickte sich selbst zur Bestätigung. Sie hatte ihren Platz im Leben eingenommen. Sie hatte Leute in die Schranken gewiesen, die es verdient hatten. Die beleidigte Miene der Magd Else kam ihr in den Sinn. Sie lächelte zufrieden. Gewonnen hatte Hans, denn ihm stand eine gute Zukunft bevor. Gewonnen hatte ihr Onkel, denn er war Magdalene los, konnte sich auf das ersehnte Amt konzentrieren und war nicht mehr für sie verantwortlich. Gewonnen hatte auch Georg Rehnikel. Er hatte eine junge Frau erlangt, die ihm gute Verbindungen brachte; sie war die Frau, die er schon lange ersehnt hatte. Ihr

Herz klopfte stärker, wenn sie an dieses Geständnis dachte, es macht ihr noch immer die Hände weich und die Wangen rot. Gewonnen hatte Magdalene, denn sie lebte freier als je zuvor. Nur Jean, was hatte er? Welchen Weg gab es für ihn, wenn sich heute sein Schicksal entschied?

Magdalene erschrak bis ins Mark, als sich eine Hand auf ihre Schulter legte. Ihr Herz tat einen Schlag wie eine Glocke, den Ton in ihrer Kehle erstickte sie mühsam. Es war Georg Rehnikel. Er kniete neben ihr auf dem Steinboden nieder und faltete die Hände. Seine Augen waren halb geschlossen, er sah Magdalene nicht an. Es schien, dass er zu beten begann. Für Magdalene war's mit dem Beten allerdings vorbei, denn er störte ihre Ruhe. »Was tust du hier?«, fauchte sie ihn an.

Ohne seine Frau anzusehen, zog er fragend die Brauen hoch. »Dasselbe wie du«, antwortete er salomonisch.

Sie versuchte sich auf ihr Gebet zu konzentrieren. Dass so dicht neben ihr jemand war, verhinderte ihre Sammlung. Georg atmete, er bewegte sich ein wenig, die Kieselchen knirschten, kurzum: Er störte sie.

»Woher wusstest du, dass ich hier bin? Hast du mir nachspioniert? Das ist gegen unsere Abmachung«, zischte sie zwischen den Zähnen hervor.

Er antwortete mit einem Grinsen. »Du wirst deine Fragen nie vernünftig beantwortet kriegen, wenn du mehrere auf einmal stellst, Lenchen.« Seine Miene wurde ernst. »Nein, ich habe dir nicht nachspioniert. Ich gehe jeden Tag um diese Zeit her.«

»Und was tust du hier?«

Sie merkte sofort, dass die Frage einfältig klang, aber es war zu spät, sie war draußen. Folgerichtig war seine Antwort. »Beten.«

Ein Weilchen schnaufte sie und ärgerte sich.

Georgs Frage traf sie unvorbereitet. »Betest du für Jean de Morin?«

Magdalene schnappte nach Luft. Sie schwieg empört und überlegte gleichzeitig, ob er recht hatte und ob sie ihre Sammlung für den näher rückenden Termin der Gerichtsverhandlung gesucht hatte. Schweigen lag zwischen beiden. Magdalene spürte, dass ihr Mann wirklich betete. Er war entrückt, seine Miene gelöst, das Doppelkinn hing reglos über dem Kragen. Entweder hatte er eine wunderbare innere Ruhe oder er ließ sich nicht so leicht ablenken wie sie. Magdalene geriet ins Grübeln über Georg, ihren Mann. Warum sorgte er sich, worum sie betete?

Er kündigte seine nächste Frage mit einem tiefen Seufzer an. »Ich verstehe nicht, warum du alles für diesen Mann tust. Was treibt dich? Fühlst du dich schuldig?«

Sie fasste ihn leicht am Ärmel und versuchte, mit einem Spaß die Fragen beiseitezuschieben. »Georg! Stellt man denn mehrere Fragen hintereinander, wenn man eine Antwort hören will?«

Er drehte sich zu ihr. Er blieb ernst. »Du hast nicht wissen können, was andere aus deinem Fortgang für Schlüsse ziehen würden.«

Sie nickte. Er hatte recht. Wenn sie noch einmal in derselben Situation wäre, sie könnte nicht anders als dasselbe zu tun.

»Er war dir nahe, nicht wahr?«, unterbrach Georg die Stille erneut. »Ist er es immer noch?«

Er machte Magdalene nachdenklich. Sie schüttelte zögernd den Kopf. »Nahe ist er mir. Aber ich bin ihm nicht nahe genug. Ich bin für ihn ein Ersatz. Ich will nicht nur die Frau sein, die seiner ersten Frau ähnelt. Ich bin nicht Madeleine. Ich bin ich.«

»Ganz und gar«, murmelte Georg Rehnikel.

Magdalene schwieg einen Atemzug lang und fasste ihn am Ärmel. »Können nicht Eheleute innige Freundschaft halten? Sich gegenseitig helfen, Gutes zu tun?«

Georg drehte sich zu ihr um. Auf den Knien, so wie sie da waren, nahm er seine Frau in seine Arme, in beide Arme, und hielt sie fest. Er tat das langsam, als ob er Angst hätte, ihr wehzutun. Sie legte die Handflächen auf seine Schultern und lehnte ihren Kopf an seinen Hals. Es tat gut, ihn atmen zu hören und seine Arme ganz rings um sich zu spüren. Sie hielten sich lange aneinander fest. Sie lösten sich erst verlegen, als in der Nähe jemand vorüberschlurfte.

»Die Ehe ist die einzig wahre Verkörperung der Liebe Gottes auf Erden«, sprach Georg. Das war der Satz, den er bei seiner Werbung im Haus ihres Onkels gesagt hatte. »Sie lässt uns einander so nah sein, dass wir Dinge um der Liebe willen tun.«

Magdalene sah ihm in die Augen. »Ja. Und für die Gerechtigkeit.«

Sie atmete noch einmal ein, dann fragte sie: »Wirst du mitkommen? Ich gehe nachher hin, zum Prozess.«

Georg Rehnikel nickte.

Der Weg zum Gericht führte quer durch die ganze Stadt. Als sie aus dem Haus traten, war es wärmer geworden. Der Morgennebel begann sich zu verziehen. Nur über dem Flusslauf der Saale lag er noch wie ein dickes Federkissen. Magdalene seufzte. Sie hatte so viele Tage damit verbracht, nach der Wahrheit zu suchen und sie immer noch nicht gefunden. Heute würde das Urteil über Jean gesprochen. Sie würden ihn dank ihrer Beweise freisprechen. Damit würde ihm Recht widerfahren, denn er hatte seine Frau nicht umgebracht. Magdalene hatte ihrem Onkel vorgegaukelt, die Wahrheit gefunden zu haben, doch so war es nicht. Magdalene hatte es nicht geschafft, ihre Aufgabe zu erfüllen.

Georg nahm Magdalenes Hand. Zusammen traten sie vor das Haus, als ihnen eine junge Frau entgegenkam. Es war Isabeau Baret. Sie lächelte, als sie Magdalene erkannte.

»Isabeau, das ist mein Mann.« Magdalene stellte Georg zum ersten Mal so vor, und es hörte sich gut an.

Isabeau zog die Brauen hoch. »Guten Tag, Monsieur! Ihr seid der Spezereienhändler, nicht wahr?«

Magdalene übersetzte, Georg nickte.

»Ich habe Euch versprochen, mich umzuhören«, begann Isabeau an Magdalene gerichtet. »Wegen des 11. Kapitels der Offenbarung.«

Georg richtete seinen dunklen Blick genauso aufmerksam auf die junge Frau, die ihr Kind streichelte, obwohl er ihr Französisch nicht verstehen konnte. »Also, es ist so, dass es einen richtigen Zirkel deswegen gegeben hat. Nicht in Halle, sondern in Berlin. Der Mann, den sie da zum Tode verurteilen wollen, hat ihn gegründet. Sie haben dieses Kapitel ausgelegt und darüber diskutiert, was es bedeutet. Die meisten, die dort drin waren, glaubten, dass man nur das Richtige tun müsse, dann könnten wir zurück in unsere Heimat.« Sie seufzte. »Es war falsch, was sie da geglaubt haben. Oder sie haben das Richtige nicht getan.«

»Was wäre denn das Richtige gewesen?«, fragte Magdalene.

»Es hat etwas mit den zwei Zeugen zu tun. Aber was, das konnte ich noch nicht herausbekommen«, meinte Isabeau. »Man sagte mir, die dabei waren, drucksen herum.«

»Wer war dabei? Kennen wir jemanden?«

Sie lächelte. »Oh, von den hiesigen Refugiés war keiner in Berlin. Nur Monsieur Milié war dort drin, der ist öfter einmal bei Hofe.«

Magdalene und Georg wurden ins Haus des Richters ohne Umstände eingelassen. Sie waren früh dran, noch niemand außer ihnen befand sich im Gerichtssaal. So nahmen sie auf den zugewiesenen Stühlen in der hinteren Reihe Platz und warteten.

Die Zeit verging nicht. Möglicherweise täuscht einen die Zeit: Uhren zerschlagen die Stunden in gleich große Minuten; anhand der Mechanik kann man sie gut beweisen. Allerdings sind Uhren Menschenwerk, deshalb kann auch die festgelegte Minute nur Menschenwerk sein. Wie die Zeit wirklich verfließt, bestimmt einzig Gott. Magdalene war überzeugt, dass die wirklichen Minuten, die göttlichen, nicht gleich lang waren. Gott ließ die Zeit anders vergehen als ein mechanisches Werk, nämlich nach den Herzen der Menschen. Was das bedeutete, spürte sie, wenn sie wartete. Da es ihre Aufgabe war, die Geduld zu erlernen, wurde sie dadurch geprüft, dass in der größten Ungeduld ihre Zeit noch langsamer floss, egal, was die Uhren anzeigten. Und wenn sie glücklich war, floss die Zeit schneller, ein Lehrstück, um ihr klarzumachen, wie vergänglich diese Freuden waren. Die heutige Prüfung hatte Gott hart gewählt.

Es war lange still. Magdalene dachte darüber nach, ob sie wirklich alles getan hatte, was möglich war. Sie hatte all jene in Halle angehört, die etwas zu der Sache sagen konnten, in Wettin auch. Das waren die Orte, an denen etwas geschehen sein konnte, was zu Madeleines Tod beigetragen hatte.

Sie dachte über das nach, was Isabeau erzählt hatte. Es gab einen Zirkel. In Berlin, beim Kurfürsten. Magdalene schlug die Hand vor den Mund. Natürlich! Bei Hofe war es geschehen, in Berlin! Dass sie darauf nicht früher gekommen war! In diesem Zirkel wurde etwas gesagt, was Jean und seine Frau von dort vertrieb, was sie auch in Halle zu Ausgestoßenen machte, zu bettelarmen Menschen, nachdem sie vorher bei Hofe verkehrt hatten. Es hatte mit den Predigern zu tun. Mit den zwei Zeugen. Magdalene war auf ihrem Sitz unruhig geworden. Georg musterte sie von der Seite, und Magdalene flüsterte ihm zu, was ihr gerade aufgefallen war.

Im Haus wurde es lebendig. Türen klappten, französische Wörter schwirrten durch den Raum, man hörte die Stimme von Conrad Bertram. Er betrat als Erster den Raum und schaute erstaunt auf Magdalene und Georg. Ehe er ein Wort sagen konnte, drängten hinter ihm weitere Menschen in den Raum, Herr Milié La Fleur, Pastor Vimielle, zwei weitere Männer, die Magdalene nicht kannte, nach ihnen der Richter. Die wohlgeborenen Herren kamen zu Herrn Bertram, die Hand ausgestreckt. Der eine oder andere nickte in Richtung der Rehnikels. Erst zum Schluss dieser Begrüßungen fiel Herrn Vimielles Blick auf die beiden, zunächst auf Georg, dann erblickte er Magdalene. Sie beobachtete gefasst, wie er die Lippen zusammenpresste und den Richter äußerst unhöflich fragte: »Was hat die Frau hier zu suchen?«

Der Richter gab keine Antwort. Er stellte sich vor seinen Platz, die anderen folgten seinem Beispiel und sprachen ein Gebet mit ihm. Einen Moment Stille lag im Raum, dann setzten sich alle gleichzeitig hin, Röcke und Roben raschelten.

Die Verhandlung fand auf Französisch statt. Georg war der Einzige, der es nicht gut verstand; Magdalene übersetzte leise für ihn. Monsieur Duclos verlas die Anklageschrift, die Herren nickten oder hielten den Blick auf den Richter geheftet. Monsieur Duclos forderte seinen Diener Pierre auf, den Angeklagten herzubringen.

Jean trat ein, in seinen neuen Kleidern, gewaschen und rasiert. Er ging aufrecht. Die Franzosen murmelten untereinander, sie hatten wohl den Anblick erwartet, den Jean bis tags zuvor geboten hatte. Sogar Richter Duclos musterte Jean überrascht. Jean trat in die Mitte des Raumes und blieb vor dem Richter stehen. Niemand forderte ihn zum Sitzen auf, denn er war immer noch ein Gefangener.

Der Richter räusperte sich. »Monsieur de Morin, Ihr wisst, welchen Verbrechens Ihr angeklagt seid. Jetzt findet die Verhandlung statt, in der wir Recht sprechen wollen. Sagt uns, seid Ihr des Mordes an Frau Madeleine de La Roque schuldig?«

Jean atmete tief ein, hob das Kinn und stand kerzengerade. »Nein, nein und nochmals nein.«

In den Raum legte sich tiefe Stille.

»Wir wollen das Verfahren eröffnen. Hier ist ein Doktor der Rechte, Herr Conrad Bertram. Er wird die juristische Seite Eurer Verteidigung übernehmen.«

»Ein Brandenburger, ein Lutheraner«, kam es von den Männern im Hintergrund. »Der wird niemals die Interessen eines Franzosen vertreten!«

Conrad Bertram stand auf. Magdalene sah, was für eine Figur er in einem Gericht machte. Sein starker Leib, in seinen schwarzen Talar gehüllt, flößte Respekt ein; seine tiefe Stimme klang, als würde sie das Recht selbst verkörpern.

»Ich werde dafür sorgen, dass diesem Gefangenen Recht widerfährt«, antwortete Conrad Bertram auf Französisch. »Sein wichtigstes Recht ist, dass die Anklage hinterfragt werden muss.«

Er zog aus seinem Ärmel das Schreiben, das Magdalene und Georg aus Wettin mitgebracht hatten. »Diesen Brief, ein gesiegeltes Dokument, habe ich aus Wettin erhalten. Es stammt von einem Herrn namens Benedikt Habermas. Ihr habt die Anklage gehört und wisst, dass sie zuerst in Wettin erhoben wurde, und zwar genau von jenem Herrn. Er meinte, die Frau sei fort und daher müsse Herr de Morin sie erschlagen haben.«

Die anderen Herren ringsum im Gericht nickten, einschließlich des Herrn Duclos.

»Nun schreibt er«, Conrad Bertram las vor, »Hiermit bezeuge ich, dass ich mich geirrt habe, dass nämlich die Gattin des Herrn Jean de Morin, genannt Hans Mohr, auf keinen Fall tot sein kann, da sie nach wie vor lebendig ist, wie ich jetzt weiß. Die Anklage war ein Irrtum.«

Alle Herren im Raum begannen gleichzeitig zu reden, und Ausrufe des Erstaunens wurden laut.

»Sehr geehrter Herr Doktor Bertram«, fragte der Richter, »wieso sollen wir das glauben?«

»Zum einen«, antwortete Doktor Bertram fest, »weil das Siegel echt ist, das habe ich überprüfen lassen. Zum anderen, weil Herr Habermas ein ausgewiesener Feind der Franzosen im Land ist. Er würde ein solches Dokument weder aus Freundlichkeit noch aus Barmherzigkeit schreiben.«

»Warum sonst?«, fragte der Richter weiter.

»Auch Lutheraner müssen wahrhaftig sein, wenn sie gottgefällig leben wollen«, antwortete Conrad Bertram schlicht. Das machte Eindruck im Gericht. Alles Rascheln und Murmeln verstummte.

»Wenn es so ist«, Richter Duclos streckte die Hand nach dem Dokument aus, und Conrad Bertram trat die zwei Schritte nach vorn, auf ihn zu, »ist die Wettiner Anklage vom Tisch. Das schreibe ich dem Kurfürsten gerne!«

Er lächelte Conrad Bertram entschuldigend zu, reckte das Kinn nach vorn und fuhr fort: »Das Verfahren des Staates kann damit als erledigt betrachtet werden. Doch außerdem haben wir unser eigenes Verfahren eröffnet. Auch ohne den Herrn Habermas stehen wir vor der Frage, ob genug Beweise vorliegen, dass Madame de La Roque noch lebt.«

Magdalene hörte hinter sich Herrn Milié murmeln: »Das meine ich auch!«

Prediger Vimielle rief, schon lauter, in den Raum hinein: »Macht es Euch nicht zu einfach, Richter Duclos!«

Der Richter schob seinen langen Hals nach vorn. Mit der Hand erteilte er Conrad Bertram erneut die Erlaubnis zum Reden. Der nickte. »Ich verstehe die Bedenken hier im Raum. Gelten darf vor einem französischen Gericht nur das, was dem Recht der Franzosen entspricht.« Beifälliges Gemurmel schälte sich aus den Ecken der Besucher.

»Ich habe hier einen Beweis, der von Frau de La Roque selbst stammt.« Conrad Bertram ging nach vorn zu Richter Duclos an den Tisch und zog aus der Innentasche seines Rocks den anderen Brief heraus, den Abschiedsbrief. Er war mit der beschriebenen Seite nach außen gefaltet, anders herum, als Magdalene ihn aus der Hand gegeben hatte. Herr Duclos nahm ihn entgegen, entfaltete und las ihn. Es tat Magdalene gut, zu sehen, wie sich seine Stirn glättete. Der Richter dachte genauso, wie es sich Magdalene gewünscht hatte, es war seiner Miene anzusehen. Laut las er den französisch geschriebenen Text vor:

»Jean, Liebster, wenn du diesen Brief liest, werde ich nicht mehr bei dir sein. Ich verlasse dich und gehe zurück nach Hause. Du weißt, wie hart dieser Weg mir wird. Gott wird mir Schutz gewähren in der schweren Zeit, die mir bevorsteht. Ich wünsche dir Glück für alles und danke dir für unsere gemeinsame Zeit. Ich sehe endlich ein, was du selber mir sagtest: Ich gehöre nicht hierher. Madeleine.«

Der Richter schaute Conrad Bertram fest an. »Das ist wirklich ein Beweis! Sie ist nicht tot, sie ist nach Hause gegangen!« Seine Stimme schnappte kurz über. »Fürwahr, ein hervorragender Beweis!« Er schwenkte den Blick zum Prediger. »Da könnt Ihr sehen, dass sie aufrecht war. Sie hat am Ende selbst getan, was sie von Euch verlangte!«

»Eben! Ihre Sünde liegt darin, dass sie es verlangt hat!« Dem Priester flogen beim Sprechen vor Zorn Tröpfchen aus dem Mund. »Und was ist das schon für ein Beweis? Ich glaube nicht, dass der echt ist. Jeder kann auf ein Stück Papier schreiben, was Ihr hier vor Euch habt, das muss noch lange nicht Frau de La Roque geschrieben haben. Es ist kein Beweis, es ist nur ein Stück Papier.«

Magdalene wurde bleich. Wenn das im Raum stehen blieb, würden sie Jean nicht freilassen. Auch ihr Onkel würde weiter Zweifel haben.

Der Richter zog die Mundwinkel nach oben. »Das können wir aufklären. Jean de Morin wird wissen, ob das die Schrift seiner Frau ist.«

All die Zeit stand Jean als Einziger in der Mitte des Raumes, sein Blick folgte den Gesprächen. Seine Miene wechselte ebenso wie die aller anderen zwischen Ungläubigkeit und Erstaunen, als von Briefen die Rede war, und dass Madeleine nicht tot sei. Jetzt wandte sich der Richter an ihn und winkte ihn näher zu sich. »Wir benötigen Euer Zeugnis. Seht Euch das Papier an und sagt uns, ob Ihr diesen Brief erhalten habt und die Schrift erkennt.«

Jean schien ihn nicht zu hören. Er drehte sich um, starrte in den Gerichtssaal und schaute Magdalene an, ohne dass ein Muskel in seinem Gesicht zuckte. Sie hielt seinem Blick stand und versuchte ein Lächeln. Allmählich kam Bewegung in ihn; er trat an den Tisch des Richters. Langsam hob er seine Hand und nahm das Schreiben, das ihm Monsieur Duclos entgegenstreckte. Er drehte sich zum Licht und hielt es näher an die Augen. Er ließ sich viel Zeit, keiner im Raum störte ihn. Pastor Vimielles Miene blieb steinern. Der Richter lehnte gelassen in seinem Stuhl. Jean bewegte beim Lesen die Lippen. Nach der Zahl der Bewegungen zu urteilen, las er das Papier nicht nur einmal. Endlich drehte er sich wieder zum Richter, wobei sein Blick Magdalene im Umdrehen streifte.

»Ich kenne diesen Brief«, antwortete er langsam in Deutsch, mit diesem leicht gebundenen Akzent, den Magdalene so geliebt hatte.

»Und wer hat ihn geschrieben?«, fragte der Richter.

»Madeleine.« Jean sah Magdalene nicht an, aber sie hatte das deutliche Gefühl, dass er von ihr sprach und nicht von der anderen.

»Seid Ihr bereit, bei Gott zu beschwören, dass dies die Handschrift von Madeleine de La Roque ist?«, fragte der Richter.

Eine kleine Pause entstand. Um Himmels Willen, Jean, betete sie, deinesgleichen darf niemals lügen, das weiß ich, aber es geht um dein Leben! Jean hob den Kopf und sah sich noch einmal um. Es gelang Magdalene, in dem Augenblick ein winziges Nicken zu produzieren, als sein Blick sie streifte.

Jean antwortete dem Richter zwar schleppend, doch konzentriert und klar. »So wahr mir Gott helfe, schwöre ich, dies ist der Brief, den mir Madeleine geschrieben hat. Ich habe geschlafen, als sie ihn schrieb. Sie hat ihn mir auf den Tisch unserer Hütte gelegt und ist einfach fortgegangen.«

Er senkte den Kopf. In Magdalenes Kehle stieg ein Kloß, der ihr den Atem nahm. Sie hörte die Tür der Hütte hinter sich schlagen und sah wieder den Nachthimmel über sich, sie fühlte ihre Schuhe über die Kiesel am Uferhang rutschen und wünschte sich, Jean wäre gekommen und hätte sie zurückgeholt und ihren richtigen Namen gesagt.

Der Richter räusperte sich. »Damit sind wir viel schneller als gedacht am Ende unseres Verfahrens angelangt. Ich werde ein Protokoll aufsetzen, das Ihr, verehrte Herren Zeugen, Herr Bertram und Herr Vimielle, mir später unterzeichnen werdet. Wir können uns glücklich schätzen, dass diese Dokumente rechtzeitig gekommen sind und somit das gesamte Verfahren eingestellt werden kann, wie wir alle es erhofft haben. Unsere Gemeinde ist damit wieder in ihr verdientes gutes Licht getaucht.«

Er nickte dem Pastor zu. Die Herren murmelten erleichtert. Es war gut für sie ausgegangen. Es bewahrte ihren guten Ruf. Ihr Ruf war wichtig, dass sie alle die Gnade des Landesfürsten behalten und hier bleiben konnten, hier, wo sie die ersehnte Ruhe fanden und ihre neue Heimat sahen.

»Ihr seid jetzt frei, Monsieur de Morin. Es tut mir leid, dass Ihr nicht früher in der Lage wart, die Angelegenheit aufzuklären. Ich finde Euch heute in guter Verfassung. Wie ist das möglich, wo ich mehrmals in den letzten Wochen versucht habe, mit Euch zu reden, ohne dass Ihr mir geantwortet habt?«

Jean drehte sich zögernd um. Er sah Magdalene an, den Mann an ihrer Seite, Conrad Bertram, die Herren im Saal, den Pastor. Schließlich wandte er sich an den Richter. Das Sprechen fiel ihm sichtlich schwer, er räusperte sich oft und machte Pausen zwischen den Sätzen.

»Ich habe sehr lange in einem Keller gesessen, erst in Wettin und dann hier in diesem. Lange Zeit hat überhaupt kein Mensch mit mir gesprochen. Man kann wirklich verrückt werden auf diese Art, wisst Ihr? Ihr seid mit einem Licht hinuntergekommen. Ihr habt mit dem Pastor gesprochen, nicht mit mir. Ihr sagtet, ich wäre verrückt. Ich dachte, das kann sehr gut sein. Ihr müsst es wissen, Ihr seid der Richter. Ich dachte, so fängt das Sterben an. Aber ich bin immer noch nicht tot.«

Er schwieg. Niemand wagte zu reden. Jean hob den Kopf und legte seine Hände auf den Richtertisch. »Bin ich jetzt wirklich frei?«

Der Richter nickte. Er schwieg betroffen, sein Adamsapfel hüpfte vom Schlucken, das war bei der gebotenen Sachlichkeit seines Berufes nicht zu erwarten gewesen.

Conrad Bertram stand, für alle unerwartet, auf. »Verzeiht, darf ich zu diesem Brief noch etwas fragen?«

Gönnerhaft nickte der Richter. »Bitte, Monsieur.«

Herr Bertram ging nach vorn, Magdalene sprang auf und folgte ihm. Er nahm das Blatt mit dem Abschiedsbrief, wendete es und betrachtete die bedruckte Seite. »Les Plaintes des protestants cruellement opprimés dans le Royaume de France«, las er vor.

»Die schlimmen Leiden der Protestanten im Königreich Frankreich«, übersetzte Herr Duclos und wandte sich an Jean. »Seht an, bis in Eure elende Hütte habt Ihr das Feuer getragen, das Euch beseelt hat, und Eure Frau noch mehr! Ich kenne dieses Flugblatt, es ist hier zum Kauf angeboten worden.«

»Welches Feuer war das«, fragte Conrad Bertram, an Jean gerichtet, »was Euch all die Zeit beseelt hat?«

Als Jean nicht antwortete und nur den Kopf schüttelte, sprach er den Pastor an. »Monsieur Vimielle, erklärt Ihr es mir bitte.«

Der Pastor drehte sich mit erbittert heruntergezogenen Mundwinkeln zu Conrad Bertram. »Glaubt nicht, dass Ihr das verstehen könnt. Ihr sitzt hier trocken und warm. Aber für uns geht es darum, wer in der neuen Heimat bleiben darf und wer nicht. Die liebe Frau de La Roque ist zu unseren Brüdern in die alte Heimat zurückgegangen. Das neide ich ihr nicht, keineswegs. Sie kann von mir aus da hingehen und den Priester spielen, so viel sie will. Nur von mir soll sie nicht verlangen, dass ich das tue.«

Conrad Bertram erkundigte sich mitfühlend: »Das hat sie getan?«

»Jawohl.« Mitgefühl stimmte Herrn Vimielle weicher. Er, der selber täglich anderen Trost spenden sollte, verlangte nach Gleichem für seine Seele. Der Pastor nickte heftig und schaute dabei Conrad Bertram an. »Sie hat das nachgeplappert, was Pierre Jurieu prophezeit.«

»Offenbarung 11, Tod und Auferstehung der zwei Zeugen?«, fragte der.

Der Richter nickte auch und übernahm es zu sprechen. »Professor Jurieu hat gemeint, unsere Feinde würden bald vernichtet sein, 42 Monate nach dem Edikt, wie es in der Offenbarung steht.«

»Und?«, fragte Conrad Bertram, der Taktiker, obwohl er die Antwort kannte. »Was ist 42 Monate nach dem Edikt geschehen, also am 18. April letztes Jahr?«

»Nichts!«, ereiferte sich Herr Vimielle. Tröpfchen sprühten von seinem Mund in die Luft. Der Richter musterte ihn strafend. Vimielle schwieg, und alle schauten sich gegenseitig an. Wollte er nichts erklären?

»Nun redet doch«, forderte Richter Duclos.

»Da gibt es nichts zu reden«, antwortete ärgerlich Herr Vimielle. Da ihn alle im Raum weiterhin ansahen, fuhr er fort: »Frau de La Roque hat gemeint, die Befreiung würde nur eintreten, wenn die zwei Zeugen ihren Anteil leisten. Als Zeugen hat sie uns Priester angesehen. Unser Anteil war ihrer Auffassung nach, zurückzugehen nach Frankreich, dass diejenigen, die bedauerlicherweise da geblieben sind, Priester erhalten.«

Jean war bei diesen Worten rot geworden. Er ballte seine Hände zu Fäusten. »Das ist richtig«, unterbrach er den Prediger mit rauer Stimme. »Du selber weißt, dass keinem die Entscheidung leicht gefallen ist, ob er geht oder nicht. Die Priester betrifft das genau wie alle anderen. Aber Priester haben mehr Verantwortung! Sie haben mit ihrer Berufung ein Schicksal gewählt, zu dem sie stehen sollten, selbst wenn ihnen die Prüfungen grausam erscheinen. Wir haben das in unserem Zirkel ausführlich diskutiert! Denk an das Alte Testament: wie Abraham seinen Sohn zu opfern aufgefordert war. Durch seinen Glauben bestand er die Prüfung. Um wie viel wichtiger erscheint die Forderung nach all den grauenhaften Nachrichten, die wir aus der alten Heimat hören!«

Der Pastor kniff die Lippen aufgebracht zusammen. »Und ich habe immer wieder geantwortet, dass ich nicht gehen kann. Ich habe hier meine Schafe. Ich bin von Gott an diesen Ort gebracht worden und an diesem Ort bin ich ein Hirte.«

Jeans Brust unter seinem leinenen Hemd hob und senkte sich schnell. »Weißt du nicht, dass sie deiner dort viel mehr bedürfen als hier? Hier leben alle in Sicherheit, wenn auch in Armut. Dort müssen sie dem Glauben abschwören! Sie brauchen Priester, um wenigstens im Geheimen beten, die Bibel lesen und sich versammeln zu können. Es ist kein Wunder, dass 1689 nichts geschehen ist. Es ist ja keiner der Priester zurückgegangen, der hier im Trockenen saß.«

»Fängst du schon wieder damit an?« Monsieur Vimielle hob die Faust. »Mit deinem Zirkel hast du sie alle aufgehetzt. Du bist ein Egoist, willst uns Priestern den Frieden und die

Heimat rauben! Das lassen wir nicht zu! Es gibt viele, die so denken wie ich, dass solche Eiferer wie du und deine Frau unschädlich gemacht werden müssen, damit sie kein Unheil anrichten!«

Jeans Zorn wuchs, das sah Magdalene an der kleinen Ader an seiner Schläfe. Sie pulsierte heftig. »Der Egoist bist du. Du willst lieber deinen Arsch im Warmen behalten, statt dich der kleinsten Gefahr auszusetzen.« Er hob die Hände, wollte sie Pastor Vimielle auf die Schultern legen, doch der wich zurück.

»Du plapperst wie deine Frau.« Die Stimme des Pastors vibrierte ärgerlich. »Sie hat bis zum Schluss immerzu mit dieser Schrift gefuchtelt«, er zeigte mit dem Finger auf das Papier, das auf dem Tisch lag. »Nehmt dieses furchtbare Papier vom Tisch, Herr Duclos, es ist die Verkörperung des Bösen, denn es hat Leid und Unglück über uns gebracht. Frau de La Roque hat alles geglaubt, was in diesem Druck geschrieben stand.«

»Da steht die Wahrheit, das weißt du genau. Auch Madeleine und ich wussten das. Sie war so mutig.« Jean senkte bekümmert den Blick. »Ich war ein Feigling, verglichen mit ihr.«

Er schwieg, schwer atmend. Einen Moment hielt er den Atem an und hob den Kopf, ganz langsam. »Dieses Papier, ist es genau dieses, das dir meine Frau vor die Nase gehalten hat?« Er ging nach vorn, nahm das Papier vom Tisch des Richters und hob es in Augenhöhe vor Herrn Vimielle.

Der Pastor sah wieder alt und krank aus. Er bewegte die trockenen Lippen und murmelte unsicher: »Ja, ich denke schon.«

Jean warf Magdalene einen hellwachen Blick zu, seine Augäpfel rollten, er wandte sich an Pastor Vimielle. »Ich habe mir die Schrift erst besorgt, als ich schon in der Hütte am Saaleufer gewohnt habe. Ich habe sie einem Reisenden abgekauft.« Er musterte den Pastor. »Bist du in unserer Hütte gewesen?«

Ärgerlich wehrte der Pastor ab: »Woher hätte ich denn wissen sollen, dass ihr dort lebt?«

Einen Moment herrschte Schweigen.

Zum ersten Mal mischte sich Magdalene ein. »Von Herrn Habermas aus Wettin.«

Atemlose Stille hing im Raum.

»Er hat mit Euch korrespondiert. Mein Mann hat es vom Postdiener erfahren«, erläuterte sie.

Jean trat dicht an Herrn Vimielle heran und sah von ganz nah in seine Augen. »Was hast du mit dem Habermas zu schaffen?«

»Nichts, nichts«, beteuerte Monsieur Vimielle mit verzerrtem Gesicht. Die beiden Männer starrten sich aus geringer Entfernung an. Der Prediger fügte furchtsam hinzu: »Ich habe dich nicht verraten, Jean. Der Habermas war es, der wollte herausfinden, wer du bist. Er hat mir geschrieben und angefragt, ob wir wen aus unserer Gemeinde vermissen. Ich habe mich nur nach dem Franzosen erkundigt, den der Habermas meinte. Als er mir dann zurückgeschrieben hat, wusste ich, dass du es bist. Ich habe den Habermas ohne Antwort sitzen lassen.«

Jean ging einen Schritt vom Pastor weg, der, sich die Stirn abwischend, auf seinen Stuhl sank. Jean atmete rasselnd, nur langsam beruhigte sich sein Atem. Er sah sich um, schaute Magdalene prüfend an, wie sie da zwei Schritte von ihm entfernt stand, in ihrem einfachen blauleinenen Kleid und dem dunklen Mantelet. Sein Starren musste allen unverschämt erscheinen. Dennoch forderte der Richter ihn nicht zur Mäßigung auf. Es hätte diese seltsame Atmosphäre zerstört, die jetzt herrschte, eine Luft wie flirrend vor Hitze und trotzdem glasklar, dass man jedes Stäubchen wie unter einem Lupenglas sah, jeden Atemzug eines jeden in diesem Raum so genau hörte, als stünden sie dicht nebeneinander.

Jean nahm den Faden wieder auf. »Du bist dort gewesen, um mich in meiner elenden Hütte zu besuchen?« Er schaute dem Pastor in die Augen.

Der schlug den Blick nieder. »Ich dachte, wir sollten über die Sache reden und uns versöhnen. Aber du warst nicht da. Da bin ich gegangen.«

Jean lachte ungläubig. »Das kann nicht sein. Du bist den weiten Weg gegangen und hast dann nicht gewartet, bis ich nach Hause komme?«

»Mit deiner Frau war nicht gut Kirschenessen. Ich habe ihr gesagt, warum der Kurfürst Euch unbedingt zu sich holen wollte. Da ist sie böse geworden«, er schnaufte, »sehr böse.«

Jean duckte sich, als hätte er einen Schlag in den Magen erhalten. »Das glaube ich«, seine Stimme flatterte, er schluckte und schwankte ein wenig. Er sah sich nach einem Stuhl um. Der Richter hob erstaunt die Brauen.

Der Pastor fühlte sich bestätigt und reckte den Kopf beim Sprechen. »All die Zeit muss sie geglaubt haben, dass ihr aus einem anderen Grund gezwungen wart wegzulaufen, fort vom Hof, weg aus Halle. Du hast ihr von einem Mordkomplott erzählt, Jean. Warum? Sie war nicht in der Lage, Contenance zu bewahren. Zuerst war sie niedergeschlagen und hat geweint, weil sie sich vor irgendwelchen unbekannten Feinden gefürchtet hat. Dann hat sie nach der Sache am Hof gefragt. Ich musste ihr sagen, warum der Kurfürst nach Euch gesucht hat.«

Es wurde still, keiner sprach ein Wort. Herr Vimielle warf einen prüfenden Blick zu Jean, der den Pastor anstarrte.

»Warum hat er denn nach den beiden suchen lassen?«, fragte Conrad Bertram.

Die Franzosen sahen sich an, der Richter, der Pastor und die beiden anderen Männer. Ein kurzes, leises Wispern im Hintergrund stockte wieder.

Herr Milié La Fleur reckte die Schultern, er hob das Kinn und danach die Hand. »Monsieur Vimielle und viele seiner Kollegen Pastoren verdanken ihren ruhigen Lebensabend mir persönlich. Ich hatte den richtigen Einfall, wie die Offenbarung besser auszulegen wäre.«

Niemand ging auf ihn ein. Der Pastor wedelte ein wenig mit der Hand, als wollte er La Fleur zum Schweigen bringen. Er nahm bebend seinen Faden wieder auf. »Sie war selber schuld! Sie hat mir aus dieser Schrift vorgelesen, und ich habe ihr gesagt, was der Kurfürst vorhatte. So ist das Geschrei entstanden. Sie hat herumgeschrien und geschimpft.«

Jean ging noch näher an Pastor Vimielle heran. »Was hast du getan!«

Der Pastor schob Jean an den Schultern von sich weg. »Ich war hilflos! Sie war in Rage, die Hände haben ihr gezittert, da ist die Schüssel heruntergefallen und zerbrochen, dass sie sich in den Finger geschnitten hat. Und bevor sie aus dem Haus gelaufen ist, hat sie so wütend getobt, dass sogar die Bank umgestürzt ist. Sie hatte jegliche Contenance verloren!«

Jean riss den Mund auf, versuchte zu sprechen, konnte aber keinen Ton hervorbringen. Er starrte den Pastor an. Es kam Magdalene vor, als sähe er alles leibhaftig vor sich. Herr Vimielle zitterte, die Farbe war aus seinem Gesicht gewichen.

Der Richter stand auf, hob die Hände und versuchte zu beschwichtigen. Monsieur Vimielle murmelte, erst undeutlich, dann gewann seine Stimme an Stärke. »Es ist über ein Jahr her! Ich habe ihr nichts getan! Sie ist hinunter zur Saale gelaufen …«

Jean unterbrach ihn scharf. »Sie ist ans Ufer gelaufen?«

»Sie hat all die Zeit böse Flüche gegen dich ausgestoßen, Jean. Ich wollte, ich hätte das nicht gehört.« Monsieur Vimielle schlug mit der Faust auf den Tisch und schrie. »Sie war lebendig! Sie ist diesen Frühling noch am Leben gewesen, es ist bezeugt! Oh mein Gott, mein Flehen war endlich erhört, als diese Nachricht gekommen ist! Ein Jahr lang habe ich geglaubt, ich hätte sie ertrinken sehen. All die Zeit haben mich Albträume verfolgt, wie sie am Ufer steht und flucht, wie sie sich ins Wasser fallen lässt und die Wellen schlagen über ihrem Kopf zusammen! Zum Glück habe ich aus der Anklage erfahren, dass sie erst in diesem Frühjahr verschwunden ist. Das hieß, ich habe sie nicht sterben sehen! Das war eine gute Nachricht für mich. Ah!«

Er krümmte sich, hielt die Hände an den Magen gedrückt. »Es war die Wahrheit, die ich ihr gesagt habe. Dass der Kurfürst seine Entscheidung getroffen hatte, nachdem Monsieur La Fleur bei ihm war, und dass diese Entscheidung der Grund dafür war, dass ihr eigener Mann«, er zeigte mit dem Finger auf Jean, »sie vom Hof fortgebracht hat. Sie hat mich angeschrien, Jean, dass du sie nur schützen würdest. Ich habe ihr die Wahrheit sagen müssen.«

Conrad Bertram fragte: »Ihr seid nicht hinterhergegangen, als sie zum Ufer gelaufen ist, nicht wahr?«

Vimielle schluchzte. Er weinte, Tränen liefen ihm die Wangen hinab. »Ich weiß, ich hätte ihr nachgehen müssen, als sie zum Ufer gelaufen ist, sie aus dem Wasser ziehen! Ich habe zu lange gezögert, weil sie mir Angst gemacht hat in ihrem Zorn. Sie hat da vorher in der Hütte geschrien und getobt, dass ich Angst vor ihr bekam. Sie ist hinunter zum Ufer gelaufen. Ich stand da und habe ihr nachgesehen. Ehe ich es richtig begriffen habe, war sie schon im Wasser. Sie hat geschrien, sie könne mit dieser Schande nicht mehr leben. Was hätte ich denn dagegen tun sollen?«

Er hob sein Gesicht und schaute Jean an, Tränen glitzerten auf seinen geröteten Augenlidern. »Sage mir, dass sie mir verziehen hat. Sie muss es dir berichtet haben, als du heimgekommen bist. Es ist wahr, wir sind wegen dieser Prophezeiung von Jurieu Feinde geworden, und das, nachdem wir so viel miteinander durchgestanden hatten. Wir alle waren zornig, du, ich, deine Frau. Ich wollte das nicht.«

Lange Zeit sprach keiner im Raum. Monsieur Vimielles Schlucken war das einzige Geräusch. Er zitterte am ganzen Körper.

»Und was«, ergriff Conrad Bertram wieder das Wort, »war die Entscheidung des Kurfürsten? Vor der seid Ihr doch geflohen, Monsieur de Morin, vom Hofe fort, und als die Kommissare sich näherten, auch aus Halle. Wenn ich recht verstanden habe, sagtet Ihr Eurer Frau etwas von einem Mordkomplott?«

Jean stand in der Mitte zwischen allen. Er schlang die Hände ineinander und öffnete den Mund. Er schloss ihn wieder. Schweißtropfen erschienen auf seiner Stirn. »Es gab kein Mordkomplott«, murmelte er.

»Was sonst?«, fragte Conrad Bertram noch einmal. Jean antwortete nicht, und Conrad Bertram fragte zum dritten Mal. »Welche Entscheidung hat der Kurfürst getroffen? Herr Vimielle, sagt Ihr es mir.«

Der Pastor hob die zitternde Hand. »Die zwei Zeugen, er hat entschieden, wer die zwei Zeugen sein sollen.« Magdalene erkannte, was seine Hand tat, sie deutete auf Jean.

Jean schaute diesmal beim Sprechen Magdalene an. »Monsieur Milié hat mir in Berlin die Nachricht gebracht. Es war im Februar 1689, es waren noch zwei der 42 Monate übrig, in denen man etwas tun konnte, nach Jurieus Auslegung. Wir sollten die zwei Zeugen sein, Madeleine und ich, wir beide, weil wir für Jurieus Ideen gekämpft hatten. Ich habe gewusst, wenn Madeleine das erfahren würde, hätte sie den Auftrag sofort angenommen, sie wäre zurück nach Frankreich gegangen. Ich wollte nicht zurück, ich wollte meinen Frieden und eine Familie haben und nicht mehr bei den Katholiken leben … Ich wollte nicht, dass die Kommissare des Kurfürsten uns finden, deshalb musste ich erst vom Hofe fort und dann aus Halle, in diese Hütte an der Saale. Niemand durfte wissen, wo wir sind. Madeleine hat mir geglaubt! Sie hat mir geglaubt, dass uns jemand nach dem Leben trachtet.«

Jean stand zitternd im Raum, seine Schultern waren nach vorn gesunken. Er schaute auf den alten Mann im schwarzen Rock hinab. »Sie ist in die Saale gegangen, weil sie enttäuscht von mir war, nicht wahr? Ich habe es gewusst, all die Zeit habe ich es gewusst.«

Herr Vimielle sah zu Boden. »Sie ist ins Wasser gegangen, weil sie den Zorn aus ihrem Herzen waschen wollte, aus keinem anderen Grund. Sie kann sich nicht ertränkt haben, denn sie war ja später noch am Leben. Sie hat böse Worte über dich geschrien, Jean, die ich hier nicht wiederholen möchte. Es ist kein Wunder, dass sie dir das später nicht erzählt hat. Es waren furchtbare Beschimpfungen. Sie hat geschrien, es gäbe nur eine wirkliche Strafe für dich, und das sei, dass du sie verlieren müsstest. Sie hat sich beruhigt, nicht wahr? Sie ist ja erst in diesem Jahr weggegangen!«

Jean de Morin stand reglos in der Mitte des Raums und atmete gepresst. Er sah Magdalene nicht mehr an. Alle im Raum beobachteten ihn. Seine Blässe nahm zu.

Endlich brach er das Schweigen. Seine Stimme klang rau, ein wenig gehetzt. »Ich war feige. Ich war immer zu feige. Diese Sache hätte sie mir nie vergeben.«

»Nun«, beruhigte der Richter, »sie hat ihren Willen doch durchgesetzt. Ihr müsst Euch deshalb keine Vorwürfe machen.«

Jean hob den Blick und sah sich in der Runde um. Wieder verharrte er bei Magdalenes Anblick.

»Ich hätte längst tun sollen, was Madeleine wollte. Jetzt muss ich es nachholen. Ich werde heimgehen, nach Frankreich, zu unseren Brüdern.«

Ungläubig sah Magdalene Jean an, wie er da stand, abgemagert, mit leeren Händen, zerschunden und schwach, ohne einen Pfennig Geld oder ein Stück Brot.

»Jurieu … die 42 Monate sind längst vergangen, es ist über ein Jahr zu spät«, grollte der Richter, »was wollt Ihr jetzt noch dort?«

»Es kommt nicht darauf an, die Offenbarung wörtlich zu nehmen.« Jean sprach mitten in den Raum hinein. Er schaute zu Boden und hielt den Kopf gesenkt. »Was habe ich zu verlieren? Ich gehe heim.«

Er drehte sich um und ging hinaus, ohne zum Abschied zu grüßen. Seine Schritte klangen hart auf dem steinernen Boden der Halle des französischen Gerichts. Die Tür fiel ins Schloss. Niemand hinderte ihn zu gehen, auch nicht der breitschultrige Diener. Die Männer im Raum blieben alle reglos an ihren Plätzen stehen, selbst als die Tür wieder geschlossen war. Der Richter saß unbeweglich vor seinem Tisch, die

Miene verschlossen. Es zog Magdalene zum Fenster, sie ging hin und starrte hinaus und sah Jeans schwarzen Schopf auftauchen, mitten zwischen den Mützen, Hüten und Kappen, zwischen den braunen und blonden Haartrachten, sie sah ihn die Straße in Richtung Westen hinuntergehen, Karren vor und hinter ihm, Alte und Kinder, Pferde und Ziegen. Er löste sich auf als ein Punkt in der Ferne, und Magdalene verstand endlich, dass es für jeden Menschen eine eigene Gerechtigkeit gibt, für jeden eine andere, und dass es an einem selbst liegt, sie zu erkennen.

Auswahl historisch belegter Persönlichkeiten

Conrad Bertram, geboren am 5. Mai 1645 als Sohn des späteren Pfarrers der Ulrichskirche und Schullehrers Sixtus Bertram, heiratete am 2. Dezember 1673 Dorothea Elisabeth Heinrich, Tochter des Rentmeisters Johann Jacob Heinrich und seiner Frau Maria Sophia geb. Neef. Sein Schwiegervater starb wahrscheinlich an der Pest, von ihm übernahm er nach dessen Tod 1681 das Haus Große Märkerstraße 7.

Conrad Bertram besuchte das hallesche Stadtgymnasium, studierte ab 1663 in Jena und disputierte im Februar 1667. Er ging nach Wittenberg und erwarb 1671 in Jena die Licentiatur. 1673 erhielt er das Bürgerrecht von Halle, wurde 1692 Vorsteher der Ulrichskirche und 1699 Worthalter im Rat der Stadt. Ratsmeister wurde er 1711 und starb am 30. Januar 1722 nach schwerer Krankheit in seinem Haus.

Jean Vimielle war Prediger der französischen Gemeinde von Halle. Ihm wurde das Jägerhaus an der Nordwestecke der Moritzburg als Wohnung zugewiesen. Er wurde 1705 in der Magdalenenkapelle begraben.

»Jean Vimielle ist zu Montauban geboren, wo er auch Theologie studierte … Im folgenden Jahre wird Vimielle in das Universitätsalbum von Genf eingeschrieben. In der Folge arbeitet er an verschiedenen Kirchen, schon im Jahre 1677 steht er an der von Saint-Affrique in Guyenne. Nach der Aufhebung des Ediktes von Nantes flieht er mit seiner Frau Marthe de Soulié nach Holland, dann nach Deutschland und hält am 14. November 1686 die erste französische Predigt in Halle. Ab 6. Juni 1687 hielt er Predigten in der Kapelle im Torhaus der Moritzburg. Er starb am 5. Januar 1705 um 5 Uhr abends. Noch an demselben Tage versammelte sich das Konsistorium, um eine Bitte an den König niederzusetzen, die erste erledigte Stelle an Lugandi zu vergeben und den Sohn von Vimielle, Pierre Vimielle (1681 geboren), zum außerordentlichen Prediger an der Gemeinde zu ernennen, damit die betrübte Witwe in ihm einen Beistand habe. Vimielle wurde in der Burgkapelle beerdigt, in der er so lange gepredigt und wo vor ihm kein anderer französischer Pastor geredet hatte.«*

Jean Michel Milié, genannt La Fleur, war ein aus Grenoble stammender Hugenotte. Er war Kammerdiener des 1680 verstorbenen Herzogs August von Sachsen. Zunächst hatte er als Sprachmeister in Helmstedt gearbeitet und am 22. März 1679 das Bürgerrecht der Stadt Halle erworben. Da er durch den Tod seines Herrn alle Ämter verloren hatte, fasste er den Plan, eine Ritterakademie zu gründen. Zu diesem Zweck kaufte er für 1150 Reichstaler das Haus Große Märkerstraße 21/22. Er hatte durchaus die notwendige Qualifikation, besaß Geld sowie Erfahrung im höfischen Zeremoniell und in der Courtoisie der Zeit. Notwendige Anlagen waren durch den Wegzug des Hofes frei geworden: die fürstliche Reitbahn

* Adolph Zahn: Die Zöglinge Calvins in Halle an der Saale, Halle 1864, S. 58.

auf der Moritzburg sowie das Ballhaus, der Fechtboden und das Jägerhaus auf der Schanze. Alle Exerzitienmeister dieser Anlagen waren dankbar für diese neue Möglichkeit, ihre Brotlosigkeit zu beenden. Ziel war, Söhne von Adligen, höheren fürstlichen Beamten und vermögenden Bürgern höfische Bildung und Sprachkenntnisse zu vermitteln und sie zur Ausübung aller ritterlichen Künste wie Fechten, Reiten, Tanzen, Konversation zu befähigen. Die Ritterakademie ging in der Universität auf und wurde 1693 offiziell aufgelöst. La Fleur verkaufte 1718 die marktseitige Hälfte des Hauses wieder.

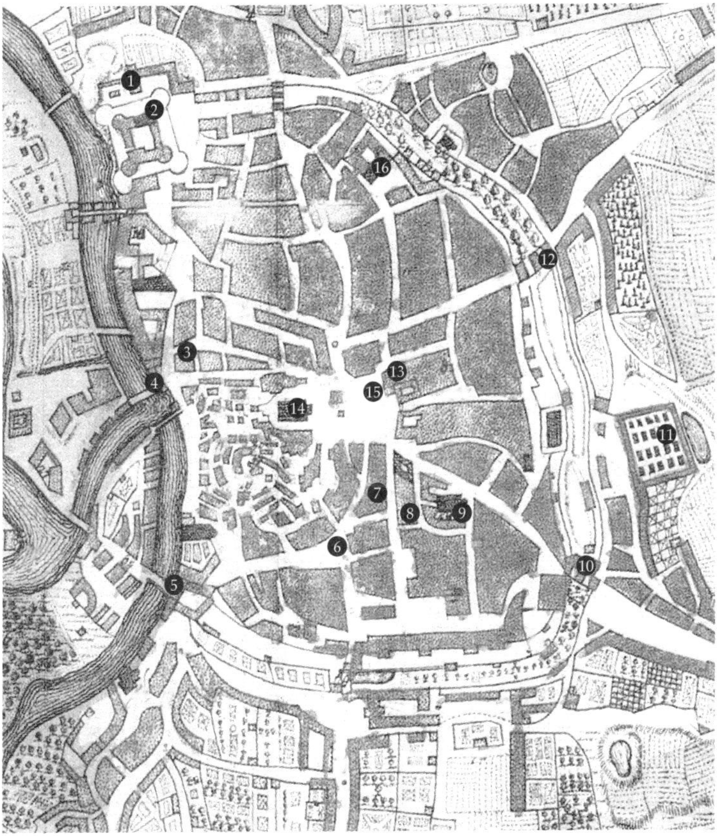

Stadtplan von Halle um 1700

Legende:

1 Jägerhaus, Wohnhaus Jean Vimielle
2 Magdalenenkapelle
3 Wohnhaus Familie Rehnikel
4 Klaustor
5 Moritztor
6 Alter Markt
7 Ritterakademie
8 Wohnhaus Familie Bertram
9 Ulrichskirche
10 Galgtor
11 Stadtgottesacker
12 Steintor
13 Rathaus
14 Marktkirche
15 Melusinebrunnen
16 Stadtgymnasium

Ausschnitt aus einem Interview mit der Autorin

Frau Auerswald, besitzen die Romane der Saalegeflüster-Reihe einen realen Hintergrund?
Christina Auerswald: Ich habe die Romane in die hier vorliegende Fassung gebracht, habe ihnen die Struktur, den Aufbau und die heutige Sprache gegeben. Sie beruhen jedoch auf einem sensationellen Fund alter Dokumente. Ich habe Anfang der 90er Jahre in einem leer stehenden Gebäude – einem ehemaligen Betriebsarchiv – einen Karton voller handschriftlicher Notizen aus dem Altpapiercontainer geholt. Sie sind die Grundlage der vorliegenden historischen Romane. Sie bieten so viele Details, dass ein einzelnes Buch unmöglich das Leben der Magdalene erfassen kann, um das es darin geht. Ich plane eine Buchreihe. Auf diese Weise können nach und nach die erstaunlichen und interessanten Erlebnisse einer halleschen Frau wieder zum Leben erweckt werden.

Was sind das für Notizen?
Christina Auerswald: Zunächst sind es einfache Aufzeichnungen in Kanzleischrift. Diese Handschrift ist ohne Übung schwer zu lesen. Es sind teils einzelne Blätter, teils Papierbögen, die früher geheftet gewesen sein müssen. Darin finden sich stichwortartige Notizen zu Fakten aus dem Leben einer Frau aus Halle. Sie sind so verfasst, dass man davon ausgehen kann, dass diese Frau die Notizen selbst aufgeschrieben hat.

Vielleicht sollten sie der persönlichen Erinnerung dienen. Es sind keine zusammenhängenden Texte, aber sie sind zeitlich geordnet. Man muss sich das auch sprachlich anders vorstellen als heute. Die Art und Weise, sich auszudrücken, war zur Zeit dieser Aufzeichnungen für uns eher umständlich und fremd.

Woher wissen Sie, um welche Zeit und welche Personen es sich handelt?
Christina Auerswald: Daten und Namen sind größtenteils klar benannt. Ich hatte manche Zweifel an der Identität der benannten Personen. Einige von ihnen lassen sich tatsächlich belegen, wie zum Beispiel eine Vielzahl der hier aufgeführten französischen Einwanderer von Halle. Andere sind im Nebel der Geschichte vergangen. Wenn man bedenkt, wie wenige Menschen Spuren in Dokumenten hinterlassen haben, ist es ein Geschenk, wenn man dem noch einiges hinzufügen kann.

Sind alle Angaben zu Orten und Personen real?
Christina Auerswald: Dafür kann ich nicht die Hand ins Feuer legen. Es handelt sich, wie gesagt, nur um Notizen. Ich habe nicht wirklich schlüssig herausfinden können, wo das Haus der Rehnikels gestanden hat. Solche Angaben ersetze ich durch eine plausible Erklärung. Ich möchte, dass ein möglichst lebendiges und reales Bild der Zeit und der Menschen in dieser Zeit entsteht. Dass das von meinem heutigen Blickwinkel eingefärbt ist, halte ich für wahrscheinlich. Ich denke, es spielt beim Lesen eine große Rolle, mit welcher Meinung und welchen Kenntnissen wir in die Vergangenheit schauen.

Wie war das mit den Franzosen in Halle?

Christina Auerswald: Eine Zeit lang lag der Anteil der französischen Einwohner in Halle bei fast zehn Prozent. Heute ist das den meisten Menschen gar nicht mehr bewusst. Es gibt noch einige französische Familiennamen hier, auch die reformierte Gemeinde bewahrt die Erinnerung. Vor dem Hintergrund der aktuellen Einwanderungsdebatte ist das Thema interessanter als je zuvor: die Ablehnung von Fremden, das Unverständnis einer anderen Kultur, der wirtschaftliche Neid. Wer sich erinnern kann, versteht: Heimat zu haben ist ein gemeinsames Anliegen. Nicht die Bedrohung der eigenen Kultur darf im Vordergrund stehen, sondern das Gemeinsame, das zu etwas Neuem führen kann.

Wie schauen Sie auf die Zeit, in der diese Frau gelebt hat?

Christina Auerswald: Glück und Leid der Menschen von 1690 unterscheiden sich nicht von unserem heutigen Empfinden, doch wir leben in deutlich größerer Bequemlichkeit. Wir können für viele Errungenschaften dankbar sein. Sie machen uns das Leben angenehmer. Medizin, Hygiene, Ernährung, Sicherheit, Wohlstand – wir leben viel komfortabler als die Menschen vor dreihundertdreißig Jahren. Einen Zusammenhang zwischen Komfort und Zufriedenheit habe ich aber nicht gefunden. Glück steht in keinem Verhältnis zur Bequemlichkeit. Ich glaube, das Erleben von Glück liegt im Betrachter selbst und ist nicht an Ort und Zeit gebunden.

Zur Autorin

Christina Auerswalds Lebensstationen führen von der kleinen Stadt Raguhn in Anhalt über Halle bis an den Rhein. Ihr Beruf ist ein ganz gewöhnlicher, sie verdient das tägliche Brot in einem großen Unternehmen und ist als diplomierte Volkwirtin für Menschen, Organisation und Finanzen eines Dienstleistungsbereichs verantwortlich.

Ihre Begeisterung für die Geschichte der Stadt Halle begann schon mit ihrem Studium an der Martin-Luther-Universität. Sie wohnte zwanzig Jahre in der Saalestadt, in der auch ihre Kinder geboren sind. Gefragt, warum sie sich ausgerechnet für die Zeit zum Ausgang des 17. und beginnenden 18. Jahrhundert interessiert, antwortet sie gern: aus Trotz, denn in einer älteren Veröffentlichung wurden diese Jahre für die Region als wenig spannend bezeichnet. Das konnte sie nicht glauben und begann zu recherchieren.

Je mehr Fakten sie erfuhr, umso weniger konnte sie der Aussage abgewinnen. Da kamen die kaum lesbaren alten Aufzeichnungen jener Magdalene gerade recht!

Christina Auerswald hat zwei erwachsene Kinder und lebt heute in Remagen. Mit ihrer Heimat Halle ist sie eng verbunden geblieben.

Christina Auerswald

Magdalene und die Saaleweiber

Historischer Roman

Leseprobe aus der geplanten Fortsetzung der Geschichte um Magdalene Rehnikel

Eine Stimme zerschnitt die warme Küchenluft. »Else!« Niemand antwortete. Das Haus ruhte still. »Else, jetzt komm endlich in die Küche!«

Die Altmagd Else bewegte sich nicht. Sie stand sechs Ellen von ihrer Hausherrin entfernt reglos mitten im Korridor zwischen Küche und Laden. Ihren Rücken hielt sie gerade wie eine junge Pappel, obwohl sie an die fünfzig war und manche Frauen in ihrem Alter einen Buckel bekamen. Else würde nie einen Buckel haben. Die weiße Haut ihres Gesichts war zart wie die einer Dreißigjährigen. Sie liebte es, ihren Leib mit einem engen Mieder zu betonen, und an diesem Tag trug sie dazu unter ihrem grauen Arbeitskleid eine Bluse mit bauschigen Ärmeln aus hellem Leinen. Das war eine dermaßen aufgeputzte Aufmachung, als hätte sie nicht bloß gewöhnliche Küchenarbeit vor sich. Eine Fliege summte an ihrem Kopf vorbei, und Else hob lässig die Hand. Die Brauen über ihren tiefblauen Augen zogen sich in einem spitzen Winkel zusammen, der modische Schönheitsfleck auf ihrem Jochbein zitterte. Die Fliege verschwand, und Elses Miene erstarrte wieder.

Magdalene Rehnikel, die Hausherrin, ließ die Hände von der eigenen Arbeit sinken und drehte sich zu ihrer Altmagd um. Sie folgte Elses Blick hinüber in den Laden, wo der Geselle Lichtenberg und

Meister Rehnikel standen und sich über eine Spezerei beugten. Die Türen zwischen der Küche, dem Treppenhaus und dem Laden standen wie die meiste Zeit weit offen. Das Geschäft war ein Spezereienhandel, der einzige in der Stadt Halle. Else war versunken in die Betrachtung der beiden Männer, ihr Gesicht bewegte sich so wenig wie das Glas im Vitrinenschrank. Der Geselle schüttete vorsichtig Körner aus einem Säckchen auf eine Schale der Waage, der Meister hielt seine Nase darüber und murmelte. Die Worte waren kaum zu verstehen, etwas von »nur in trockenem Zustand annehmen, da die Beeren sonst bald zu schimmeln beginnen ...«, und Lichtenberg nickte.

»Else!«, rief Magdalene ein drittes Mal.

Else drehte sich nicht um. Stattdessen faltete sie die Hände, als wollte sie ausgerechnet im Korridor anfangen zu beten, und hob sie theatralisch vor die Brust. Solche Posen mochte sie gern. Sie tat, als würde sie in einer Andacht versinken, damit die Herrin Rücksicht darauf nahm und auf eine Zurechtweisung verzichtete. Sie wusste genau, dass die beiden jungen Mägde Mangold zupften und wuschen, eine mühselige Arbeit, bei der ihre Hilfe gebraucht wurde. Doch Else schloss nur die Augen.

Georg Rehnikel richtete sich auf. Er zog sein Wams über dem runden Bauch gerade und steckte die Börse fester in den Gürtel. Aufmunternd legte er dem Gesellen die Hand auf die Schulter und verließ den Laden mit großen Schritten. Er ging an Else vorüber, ohne sie eines Blickes zu würdigen, und blieb vor Magdalene stehen.

»Ich gehe die Apotheken ab, Lenchen«, sagte er zu seiner Frau. »Ich bin zum Abendessen wieder da.« Er lächelte, strich ihr über die Wange und beugte sich für einen trockenen Kuss hinüber. Im Gehen hob er grüßend die Hand.

Die Apotheken abgehen, das hieß, die fälligen Rechnungen zu kassieren. Das tat Georg Rehnikel jede Woche. Er lieferte viele Spezereien an Herrn Becker und Herrn Rudolph, die beiden Apotheker der Stadt. Es war ein zuverlässiges Geschäft. Kranke gibt es immer, besonders in schlechten Zeiten, erst recht in guten Zeiten, da sich die Leute mehr um sich selber kümmern können. Allerdings hatten die guten Zeiten noch nicht recht angefangen, obwohl man hier die größten Hoffnungen hegte, seit Halle zum Kurfürstentum Brandenburg gekommen war. Man schrieb mittlerweile den 15. September 1693. In den letzten Jahren hatte sich manches getan, aber der ersehnte Reichtum der Stadt ließ auf sich warten. Immerhin gab es seit einigen Tagen eine dritte privilegierte Apotheke in der Stadt, und Herr Hoffstadt, der pfälzische Apotheker, hatte ein paar Materialien im Spezereienhandel Rehnikel bestellt. Vielleicht ging es also doch aufwärts.

Die Tür klappte hinter Georg Rehnikel, Else löste sich aus ihrer Erstarrung.

»Komm endlich in die Küche«, rief Magdalene noch einmal. »Deine Arbeit wartet.«

Else antwortete nicht. Den Bruchteil eines Augenblicks flatterten ihre Lider. Magdalene, im Vertrauen darauf, dass die Magd ihre Arbeit gleich wieder aufnehmen würde, streifte die klobigen Holzschuhe über und verließ das Haus durch die Hoftür. Sie holte den Rest des Mangolds aus dem Garten, der hinter dem Haus im tieferen Teil des Grundstückes lag. Er stand dort noch in seinem Beet, gut gewachsen, mit dicken Blättern. Dieses Jahr war im Gegensatz zu den vergangenen weniger verregnet und verwöhnte die Menschen mit Sonnenstrahlen. Das war gut für das Wachstum gewesen.

Sie legte gerade den dritten Arm voll Mangold in den Erntekorb, da kam die jüngere Magd Rosina atemlos aus dem Haus zu ihr gelaufen. Rosina war auf einer Seite lahm, sie hinkte sonst, aber diesmal war sie so schnell, dass ihr verkrüppelter Fuß kaum den Boden berührte. Zehn Schritte entfernt hob sie den rechten Arm und winkte. In ihrem puterroten Gesicht standen die Augen groß und voller Entsetzen. »Frau Meisterin, kommt schnell«, rief sie, »mit Else stimmt etwas nicht!«

Magdalene stellte den Korb auf dem Gartenweg ab, schlüpfte aus den Holzpantinen und eilte hinter Rosina her ins Haus. In der Küche saß Else am Tisch. Im ersten Moment konnte Magdalene nichts Ungewöhnliches entdecken. Der Spülstein war blank geputzt, der Suppentopf stand auf dem Herd, das Feuer im Ofenloch knisterte. Else trug immer noch dasselbe Arbeitskleid mit der schmutzigen Schürze darüber, die hellen Blusenärmel aufgekrempelt. Um sie herum standen Gertrud, die Kleinmagd, die atemlose Rosina und Lichtenberg, der Geselle, und ihnen hingen die Mäuler offen. Else hatte, wie Magdalene im Näherkommen sah, weit aufgerissene Augen und einen starren Blick zum Fenster hinaus. Die Hände hielt sie erhoben wie ein Priester bei der Segnung und gab einen tiefen Ton von sich, als wäre sie ein Bär. Rosina fröstelte, Magdalene sah den Schauder, der über die nackten Arme ging und die Härchen auf ihrer Haut sich steil aufrichten ließ.

»Else, was treibst du für einen Unsinn«, fuhr Magdalene sie an. Else zuckte nicht einmal, sie gab ungerührt weiter seltsame Töne von sich. Ihre Herrin stemmte die Hände in die Seiten und versuchte es ein weiteres Mal. »Nun ist es gut, Else, du hast uns lange genug von der Arbeit abgehalten. Steh auf und kümmere dich um die Suppe!«

Nichts geschah. Else brummte ein klein wenig höher im Ton. Rosina und Gertrud zitterten. »Ich glaube, sie ist krank«, flüsterte Gertrud furchtsam.

»Ach was!«, winkte Magdalene ab. »Nicht so krank, als dass es nicht mit einem Eimer kalten Wassers behoben werden könnte! Rosina, hol Wasser!« Rosina nickte und wollte den ersten Schritt tun, da fing Else an zu schreien.

Abbildungsnachweis

Umschlag: Stadtansicht von Halle von 1700 (Stadtarchiv Halle); Recueil des modes de la cour de France, ›Fille de qualité en d'Eshabillée d'hyver‹ [Sammlung der Hofmode Frankreichs, ›Junge Edeldame in Winterkleidung‹], Nicolas Arnoult (circa 1671–1700), Paris 1685 (Los Angeles County Museum of Art, United States, California, Los Angeles, www.lacma.org)

Stadtplan S. 311 aus: »DARSTELLUNG des GRUNDRISSES und PROSPECTES der Königl. Preußisch-Magdeburgischen und des Saal-Crayses HauptStadt HALLE, welcher daselbst auf Kosten des Verlages IOHANN BAPTISTAE HOMANNS Der RÖM. KAYS. MAJ. Geographi und Mitglids der Königl. Preuss. Societät der Wissenschaffte, ist ausgemessen und Geometrice verzeichnet worden von I. C. HOMANN der Medicin und Mathematic Studioso. Zu finden in Nürnberg bey dem Authore.«

www.mitteldeutscherverlag.de

Gesamtherstellung: Mitteldeutscher Verlag, Halle (Saale)

ISBN 978-3-95462-579-6

Printed in the EU